谜托邦

MYSTOPIA

华文推理新大陆
推理迷的乌托邦

失独

朱琨 / 著

北京联合出版公司
Beijing United Publishing Co.,Ltd.

目 录
CONTENTS

第一章　离奇灭门案

(1)

下班时间已经过去很久了，塞北市第三人民医院精神科门前的等候区空荡荡的。林美纶和李伟并排坐在长椅上，西斜的阳光照射到他们身上，异常耀眼，使得两人与周围的环境似乎有些不太协调。与他们相隔不远，坐着木讷的马志友。

李伟神情冷峻地抽着电子烟。与林美纶不同，他没有显露出多少焦躁情绪。林美纶则不安地站起身来回踱了两步，又在位子上坐了下来。李伟看了她一眼，像某种安慰般轻轻点了点头。

他们在等马志友的检查结果，以明确对方是否与"二四灭门案"有关系。对于专案组来说，这是下一步行动的关键因素。

十一天前，也就是公历二月四日，年三十晚上，还有一个月就到知天命年龄的赵保胜死了，死在塞北市怀志县东风路自家别墅，一丝不挂地倒在卧室地板上，胸口有个两厘米左右的伤口，鲜血淋漓，下身血肉模糊，某个凸出的器官被割走了。

赵保胜是怀志县苇楠地产公司的总经理，今年四十九岁，按理应该没人对他那东西感兴趣才对，偏偏这事儿就发生了，还是在这么一个本应该举家欢庆的特殊日子。

除此之外，赵保胜全家被杀，他的妻子杜倩、儿子赵楠和儿媳宋玉乔，都中刀而亡，死亡时间是晚上十一点至次日凌晨一点，基本和赵保胜的死亡时间相同。其中赵楠有被拖行的痕迹，身中九刀，有三刀是后补的，都是致命伤。除赵保胜死在卧室外，其他三人都被倒缚双手丢在餐厅地上，几乎泡在血水当中。

灭门案震惊了整个怀志县。大年初一早上天刚亮，林美纶就被刑侦大队长杨坤叫到了案发现场。由于是女实习生，林美纶之前很少有机会出现场，当天情况紧急，她也被叫来负责外围警戒。

就在这天上午，林美纶见到了李伟。当时，县委书记班向东、市公安局长宋建鹏、市局主管刑侦的副局长李丛民等都已经到了现场，正在与技术人员开第一次碰头会。林美纶赫然看到一个皮肤白净的中年人跨过警戒线，径直向自己走了过来。

这人不到四十，容貌帅气，身材健美，很容易让人联想到与其同龄的陆毅或号称不老男神的林志颖，只是精神头有些蔫巴，整个人显得很疲惫。不过当时林美纶只是匆匆一瞥，顾不上想太多，伸手拦住了对方。

"你找谁？"

"我叫李伟，宋建鹏局长让我过来找他。"李伟说着话从口袋里掏出警官证给林美纶看了一眼。他表情严肃，眼睛半眯着，有点睡眠不足的样子。后来熟络了林美纶才知道，李伟表面看好像永远都睡不够。他睁眼往往是审犯人，一般都是重刑犯，每次都颇有成果。甚至有人在背后开玩笑，说他像日本动画片《圣斗士星矢》里的沙加，睁开眼就要杀人。

"哦，你就是李伟啊。"这个人林美纶听朋友说起过，在塞北市警界挺有名，口碑不错。今天第一面，看上去干干净净的李伟给了她一个良好的印象。

林美纶带着李伟来到赵保胜家的餐厅，领导们正在这里开会，见他们进来立即安静下来。宋建鹏局长示意李伟坐下，说道："李伟，你来得正好，我刚说了你的情况，大家都觉得你很适合加入专案组，也想听听你的意见。"林美纶怕耽误他们开会，要退出去时被宋局长叫住："小林也别走，一块儿听一听，还有任务给你。"

既然宋局长发话，林美纶就找地方坐了下来。李伟慢悠悠拉了把椅子坐下，脸上始终没有表情。他似乎在思索应该说什么，半天都没开口。

这个人怎么这么不痛快，瞻前顾后。这是李伟除外形外，给林美纶留下的第一个直接印象。

李伟终于清了清嗓子，说道："今天早上我接到宋局长电话，说苇楠地产的赵保胜全家被灭门。宋局是我的老领导，知道我二十年前和赵保胜有过接触，再加上这几年我一直负责刑侦工作，多少有点经验。所以他想听听我的意见。"

说到这儿，李伟又停住了，像录音突然断电又接上一样，仍旧是那副不咸不淡的语气，"说实话，这件事发生得很突然，我也没啥准备，既然让我说，我就简单谈谈。"

"长话短说，把前因后果说清楚，具体的情况下面再细谈。"宋局长犀利地看了李伟一眼。

李伟伸手从上衣口袋里抽出一张叠得四四方方的 A4 纸，窸窸窣窣地当着众人的面打开，低头念起了稿子。林美纶离他最近，看见纸上密密麻麻地写满了潦草的字迹，东一榔头西一棒槌，不像有什么章法，显然是路上临时拼凑的。

"一九九九年正月十五，也就是当年的阳历三月二日，家住怀志县解放路胜利机械装备厂小区的马硕带女朋友曹芳开车去济梦湖出游时失踪。四天后，有两个嫌疑人在某修车厂出售马硕的桑塔纳汽车。后来警方在济梦湖南岸发现了马硕的少量血迹，两人至今没有任何音信。那两个卖车人就是赵保胜和现在苇楠集团总裁文辉。"

李伟音量不高，可这一段说完，仍像落入水中的一枚石子般激起了现场一片涟漪，与会人员把惊异的目光都转到李伟身上，只听他继续平静地说道，"除了赵保胜和文辉，当时还有两个人与马硕失踪案有关。他们是私立北关加油站的加油员安慕白和她朋友刘文静，后者现在是怀志县政协副主席，前者于两个月前在家中疑似自杀身亡，在现场发现了这个东西。"

李伟从手机里调出一张照片，林美纶看到照片里是个可以当手电使用的微型钥匙扣，有湖蓝色的苇楠集团标识，不锈钢打造，制作很精巧。他示意技术人员将他们面前的一个证物袋递给自己："我在电话里和技术员老孟确认过，赵保胜死亡现场也有这么个钥匙扣。"

随着他的话音，证物袋里的东西被与会领导传看了一遍，的确是一个和照片中别无二致的苇楠集团标识钥匙扣挂件。李伟说道："这有可能是一起精心谋划的报复杀人事件，从两个月前安慕白'自杀案'时就开始了。她之所以成为嫌疑人的目标，就是因为二十年前马硕的女朋友曹芳在案发前曾经去北关加油站加油并向安慕白求救，但当时安并未予以重视甚至以为是恶作剧，后来曹芳失踪，安慕白是最后一个见过她的人。"

"她是怎么求救的？"班向东问道。

"根据安慕白的笔录，曹芳在加油时用很低的声音说她车上有坏人，请安慕白帮忙报警。不过安慕白和在场的刘文静说从曹芳的表情看不出什么异样，就以为是个玩笑。"李伟回答。

"你觉得这件事和本案有关系吗？"李丛民问道。李伟抬起头，眯着眼睛和李丛民对视了两秒："我不清楚。"他回答得干脆利落，"这案子发生的时候，我还没从警校毕业，在怀志县实习。曹芳和马硕失踪案是我接手的第一个重案，当时带我负责这个案子的是已经去世的老刑警高荣华，也就是我的师傅。很可惜，直到今天这个案子都没有破。如果高师傅活着，也许他可以回答你的这个问题。"

"我补充两句。"宋局长接着李伟的话，说道，"马硕是我们的同行，失踪前才满十八岁，刚考上实习交警，被分到市交警支队二大队工作；他的女朋友曹芳非常漂亮，是我们怀志县的选美冠军，县职教中心空乘专业的三年级学生。这么优秀的人才难道就这样让他们消失得无影无踪？"他停顿了一下，冷峻的目光从在座的每个人脸上扫过。

"高荣华同志在世的时候就说过，只要有机会，一定给这两人、给他们的家属一个交代。当年案件发生的时候，我是这个案子的负责人，这么多年来，每当想到这件事，我都觉得对不起死者。高荣华临终前还惦记着这个案子，和我说两个不满二十岁的生命就这样消失得无影无踪，这事始终压在他心头，都成顽疾了。"

宋局长有意停顿了一下，深深地吸了口气："所以今天我听到赵保胜出事的时候，第一个就想到了当年办过这个案子的李伟。"说完，宋建鹏转头把目光投向了李伟，"说说吧，你打算怎么办？"

"我——"李伟犹豫了片刻，"希望能加入专案组，全力以赴。"他的声音不高，亦没有宣誓般的表情，竟像是被逼说出的这句话一样。宋局长还是很认真地点了点头："好，既然这样，你就加入专案组，组长杨坤很忙，你还是向副组长董立汇报吧，你们之间也熟悉。"

李伟愣了一下，神色中微微闪过一丝异样。林美纶这才知道董立竟然是副组长。董立是怀志县刑侦一中队的老队长，在怀志县公安局干了四十多年，经验丰富，名声也大，好像只要他出马就没有破不了的案子。不过，听说高荣华生前和他有些矛盾，具体情况不清楚。

去年夏天，龙山县公安局发现塞北市犯罪团伙嘉堡贩毒集团的漏网毒犯线索，应龙山警方要求，市局协调了塞北市最有名的几位刑侦专家前去帮忙，其中就有董立。在最后的围捕过程中，毒犯预设的炸弹提前爆炸，致董立负伤。伤好后他就离开刑侦一线，调至国保大队工作，这次临时被征调到专案组，不知为什么没有出现在会议现场。

"谢谢领导的信任，我一定全力以赴。"李伟话说得好听，语气中却完全没有办案人员应有的激情，给人的感觉是他自己都没底气，声音平淡得像一杯白开水。即使如此，与会人员仍瞪大眼睛瞅着他，没有人表示出任何不满或鄙夷。

林美纶觉得与其说是李伟得到了足够多的信任，还不如说是宋建鹏局长的威望高。县公安局长马雷打破了沉寂，悠然问道："能具体谈谈吗，你的想法和思路，我们集思广益。"

"行吧。"李伟沉吟片刻，把手中的纸叠好放回口袋，拿起手机又找出一张照片给大家看。照片里是个神情萎靡的老头，藏在人群中木然向前瞅着，表情非常冷漠，看样子好像就是刚刚在外面拍摄的。果然，李伟接下来的话证明了林美纶的猜测："刚才我来的时候，外面聚集了很多人，有不少媒体记者，还有围观的群众。我留意观察了一下，其中就有这个人。"

"他是谁啊？"杨坤愕然问道。

"这个人叫马志友，退休前在胜利机械装备厂工作，先干过几年铸造车间的车间主任，后来又担任公安处副处长直到退休，二十年前失踪的马硕就是他的独生子。"李伟的话震惊四座，所有人都不约而同地想到了"嫌疑人"这三个字。难道李伟是把他当作灭门案的第一嫌疑人了吗？

(2)

医生的呼唤打断了林美纶的回忆，她站起身来到办公室，正看到拿着检查结果的王医生往出走："李警官、林警官，马志友的检查结果出来了，不过详细的报告你们得过几天来拿，今天打印机坏了。"他的声音刚落地，李伟已经站了起来："结果怎么样，他的精神问题严重吗？"

"你自己看吧。"王医生将检查结果递给李伟，林美纶要过去时，马志友突然叫了起来："林警官、李警官，我儿子的案子怎么样了，你们带我到这儿干什么啊？"林美纶叹了口气，只好过去安慰马志友。在她看来，这个可怜的老人孑然一身，看这身体情况不用检查也能猜个八九不离十，无论如何都不像是嫌疑人的样子，可案发当天李伟的陈述，似乎又不无道理。

就在林美纶和李伟与王医生交谈的时候，距离他们不远的门外，一个戴着黑色口罩、穿着黑红条纹冲锋衣的中年人正用犀利的目光，远远地隔着玻璃窗盯着他们三人。继而他将目光转移到马志友身上，朝他微微点了点头。后者则像没看见一样，慢吞吞地从口袋中掏出一支小毛笔，在旁边的垃圾桶上蘸了点水，走到李伟身后，蹲下身写了起来。

那天李伟面对大家的困惑与质疑，表现得相当沉着，他似乎对众人的反应早有准备，所以回答得从容不迫："从警这么多年，犯罪嫌疑人再度返回案发现场的情况我没见过，但嫌疑人在周边活动，观察案件的侦破情况、从警方的重视程度来推断下一步行动是经常发生的事情。所以我在来的路上非常小心地观察周围的情况，每一个围观的人都拍了照，最终确定马志友也是因为我当年给他做过笔录，记得他的样子。"

"不错，一来就给我们提供了这么重要的线索。"宋局长鼓励道。大家正说着，董立从楼上走了下来，身后还跟着新入职的刑警牛智飞。林美纶这才知道他们在楼上忙活，就见董立提着几个证物袋放到桌上，给大家介绍现场的勘查情况。

"凶手十分冷静，心理素质很强，除了地上的血迹外并无其他搏斗过的痕迹。书房的笔记本电脑一直处于休眠状态，今天早上五点多的时候还有人用过。"董立说道。

"赵保胜全家的死亡时间都在昨晚十一点到今天凌晨三点之间，你说五点多有人用电脑，难道是凶手？"杨坤疑惑地看了一眼董立，"这是什么路数，杀了人还不快走，用什么电脑，他看了些什么东西？"

"春节晚会第一个相声的网友评价，好像是相声演员笑场了，他搜索了这方面的内容。而且在电脑桌前丢掉了两个蛋黄派的袋子，我们怀疑是凶手遗留的。"

"指纹呢？"

"现场没有任何可疑的指纹，从二楼卫生间的气窗到赵保胜的卧室有很轻的脚印，都是贴着墙走。凶手一到两名，有一人的身高应该在一米七到一米八之间，身体强壮，可能受过训练。"董立又道。

"嗯，还有什么？"

"后面的脚印能看清的就这一组，前面的就麻烦了。这个赵保胜是苇楠地产的总经理，家里来人很多，从前门到客厅、餐厅甚至二楼卧室和书房都有不少脚印，还需要仔细筛查。除此之外，最令人不解的是凶手为什么要在杀死赵保胜之前阉割他，谁和他有这样的深仇大恨？"

说这话的时候，董立没有注意到现场有女同志。林美纶觉得有些不好意思，脸微微一红，所幸无人注意。就听班向东说道："赵保胜是咱们县的名人，你们一定要重视起来，尽量减少影响。"

董立连忙点头，对班向东说道："班书记，我们也简单了解了一下，赵保胜是苇楠地产公司的总经理，这几年在怀志县开发了不少项目，口碑还不错。他这个人很低调，名气大但没有恶习，是怀志县出名的善人。他自己捐助了一所希望小学，听说还一直帮助西部山区的孩子。这人信佛，每年都定期吃斋。"

"我和他见过几次，没有深交，你们查细一点，不能丢掉任何线索，比如他有没有仇家，除了刚才说的那个马志友以外。"班向东嘱咐。董立听到马志友的名字愣了一下，继而回道："没听说有什么仇家，马志友这个人我多少有些了解，身体不好，不可能是他。整个怀志县有名气的地产公司一共就两家，除了碧桂园就是这个苇楠地产。问题是他们的价格比碧桂园便宜，特别受老百姓欢迎。这个赵保胜是老百姓口中的半个英雄呢。"

"我听说赵保胜早年发家的经历不太光彩，现在和苇楠集团的总裁文辉不是特别要好。"杨坤突然说道。班向东一愣，问道："文辉不是他的老板吗？"

"赵保胜跟文辉多年，以前也没听说有什么矛盾。这几年赵保胜好像想移民，文辉不乐意。"董立说。

"就因为这个也不至于，再查。"

"好的，我们还在卫生间的洗脸池上面发现了几根可疑的毛发，正在化验。和现场几个死者的都不太像。"他有意沉默了几秒，继续说，"凶手杀完人去卫生间洗了脸，然后从冰箱里拿蛋黄派吃，逗留了五六个小时之久，还用被害人的电脑上网看新闻。"

"查一查这头发和马志友有没有关系。"班向东说道。

"家里有遗失的财物没有？"李丛民问。

"卧室的保险柜被打开了，丢了什么还不知道。另外赵保胜的手脚都有捆绑的痕迹，死前被阉割。"董立刚说完，杨坤突然接口道："这是个问题，凶手要不是恨透他，怎么会这样对付一个老头呢？"董立看了杨坤一眼，见领导们都没说话，自己继续说了下去："凶器在卫生间的柜橱下面，是把二十五厘米的杀鱼刀。"说着提了个证物袋给大家看。

林美纶顺着他的手望去，见是很普通的一把刀，普通到每个菜市场的鱼档都能见到的那种。隔着证物袋，杨坤把刀放到手里掂了两下，又还回去："只有这一把吗？这把不适合阉割用，最少应该有两把刀，一会儿再好好找找。"说着他把目光投向李伟："马志友虽然有作案动机，但也要确认他有没有作案时间，和案发现场的证据做对比，一定要弄清楚再做决定，不能盲目相信自己的判断。另外需要查一下与赵保胜交往的异性，看看是不是情杀。"

接着董立把报案人，也就是赵保胜的小姨子杜梅的情况介绍了一下。据杜梅讲，她和姐姐约好今年两家子一块儿打牌过节，想着姐姐和姐夫都挺忙，难得有个休息的时间，她便琢磨着早点过来帮帮忙。所以当天早上不到八点她就来到了姐姐家，谁知道门没有锁，屋里狼藉一片。楼上卧室里的姐夫几乎把她吓晕过去，她跌跌撞撞地下楼打电话报了警。

根据这些情况，董立初步判断杜梅没有作案动机和时间，初步排除嫌疑。接着大家七嘴八舌又说了几句，班向东最后总结："同志们，我们怀志县正在创建全国文明县城，多少年都没有恶性案件了，怎么这回一出就是两个大案？这不仅是怀志县的事，还影响到整个塞北市的声誉，是对我们大家的严重挑衅。俗话说'养兵千日用兵一时'，现在正是我们回报党和人民的时候，也是证明你们自己的时候。经上级研究决定，'二四灭门案'专案组即日成立，协调全县资源，一个月内必须破案。另外，市局来的李伟同志加入专案组，向副组长董立汇报。"

班向东说完就和李丛民先离开了现场。杨坤带着董立和李伟、牛智飞、林美纶以及其他相关人员又开了个小会，将林美纶也安排进了专案组，主要协助李伟在怀志县的工作，具体的细节让董立安排，包括牛智飞在内分为 A 组；另外一组人马则是 B 组，由另一位副组长杜瑜宣负责，成员是刑警侯培杰、班晓超和女警汪红，内勤李妍妍、技术员老孟和法医陆宇负责整个专案组的技术支持。

根据宋局长的建议，A 组的工作主要依循李伟的思路展开，重点是摸排马志友的情况。B 组则是按常规方法调查，除了赵保胜家的走访和取证外，主要集中在赵保胜的社会关系上面，与他交往密切的人都要重点排查。如此分工大家没什么意见，立即投入了工作。谁知道董立和李伟很快就有了第一次分歧。

　　离开赵保胜家，董立的意思是先确认马志友是否有不在现场的证据，谁知李伟执意要先从刘文静开始，理由是他觉得刘文静是下一次作案的目标。董立严肃地望着他，两人在车上展开了争执。

　　"李伟，你的意见很重要，但我仍然觉得要把精力和重点投入到'二四灭门案'上来。既然局长也说马志友有作案动机，那我们就要先查他的不在场证明，如果不是他，就马上找其他线索。重点要放在破案上面，不要过多纠缠二十年前的事情。二十年前的案子是背景，只能说明一部分问题，但不是全部。"董立故作语重心长地对李伟说道。

　　"董哥，如果我们知道凶手的下一次作案目标而无动于衷，出了事一定会后悔。况且我觉得二十年前的事与本案息息相关，不能为破案而破案。"李伟平静地回答。

　　"我还是建议你不要这么做，刘文静是县政协副主席，明天早上就带团出发去意大利卢塞迪奥领。怀志县和意大利卢塞迪奥领缔结了友好城市，最近有一个商业合作要谈，也就是说，只有今天下午到明天早上这多半天的时间，你觉得嫌疑人真会对她下手？"

　　"不行，万一我们能抓到人呢？"李伟不卑不亢。

　　"我们已经尽到了告知的义务，去她家蹲守抓人这事我做不了主。现在时间这么紧，要是抓不到人怎么办？"董立反问。林美纶听到这里才弄明白，他是担心去刘文静家蹲守太冒险，不愿意承担责任。李伟冷冷地哼了两声，嘀咕道："正好我还不想干呢，你不如和杨队说换别人来吧，我回去教书挺好。"

　　说话间，李伟拿起手机给杨坤打电话，丝毫没有顾及董立感受的意思。电话里，杨坤一听他要撂挑子，立马急了，两人的语气激烈起来，最后李伟干脆打开免提将手机丢到一边，抽起烟来。董立阴沉着脸看着、听着，一语不发。电话里，杨坤问李伟是不是确认凶手会在今天晚上动手。

"不知道。"李伟相当干脆。

"那为什么不去查马志友？"

"我只能说马志友有嫌疑，但不能保证他或他有没有同伙，有多少人。目前时间紧迫，从他查起并不是首选。我们现在需要确认安慰白案和赵保胜灭门案是不是有联系，只有这样才能有的放矢。我认为不仅有联系，甚至有可能是同一伙人，理由我刚才在会上已经说过了。如果凶手真是这样的目的，那他的下一个目标极有可能是刘文静和文辉。现在刘文静要出访，她的可能性很大。我不能承诺任何事情，只能排除隐患。"李伟解释道。

"你不能拿二十年前的事情胡乱猜测，纯属浪费时间。"董立在一旁插嘴。

电话里杨坤沉默了几秒，最终做出了妥协："好吧，就按你的意思来。你和董师傅商量一下细节，只能你们组的人自己去，我会和马局长打个招呼。"杨坤所说的马局长是县公安局长马雷，专案组的第一负责人。

挂掉电话，董立的脸上露出些许不悦："既然这样，你就和牛智飞、小林商量商量怎么保护刘文静吧。我先回趟专案组，马志友的档案要整理一下。"董立说着换了副友善的面孔，还拍了拍李伟的肩膀，"有事打电话，你们开车去，我打车回。"

说完董立转身离去，李伟直瞅着他上了出租车消失在视线尽头，才转身对林美纶和牛智飞道："我们也抓紧点，凶手现在就开始动手了呢。"他冷冷地说。

(3)

李伟声音不高，却让林美纶和牛智飞瞠目结舌。一瞬间车里静谧异常，几乎每个人都能听见自己的心跳。好在李伟还算拿捏得住，似乎对他们的反应有所准备："我们不能不重视，但也不能太重视。"

"李哥，我们现在怎么办？"牛智飞问。

李伟叹了口气。说实话，他真不想管这摊子事。自从前年年底高荣华师傅去世，李伟对这个案子就已经死心了。案发时他还不到二十岁，有着使不完的精力和刚当上警察的使命感，一直相信凭着自己的能力肯定可以找出真凶，把案子查个水落石出。

结果呢，这么多年来他忙忙碌碌，案子一个接着一个，多是鸡毛蒜皮的小事，再没有机会接触这个案子。岁月就像是一个巨大的磨盘，把他的棱角和冲劲儿打磨得无影无踪，戾气倒和年龄一样与日俱长。马硕、曹芳的失踪案也变得像逝去的记忆一样朦胧起来，要不是高荣华临终时拉着他的手提起这件事，李伟都有些恍惚是不是自己出了记忆偏差，将电影里的故事当了真。

就在李伟已经彻底死心的时候，宋局长竟突然在大年初一的清晨通过电话把他那燃烧殆尽的希望之火又挑拨起来。李伟带着任务从塞北到怀志，静静地站在围观的人群中，踌躇良久。

李伟一度犹豫要不要进去，最终想到高荣华对他说过的话，想到宋局长电话里的嘱托，还是抬腿跨过了警戒线。

"对内重视，对外保密。"李伟抬起头，轻声说出了自己的打算，虽然是赶鸭子上架，可他仍然希望能按照自己的节奏行事，这也是李伟办案的原则：必须控制调查方向，不能被任何人干扰。

"现在就过去，你一会儿联系刘副主席，最好让她推迟去意大利的时间。如果不行，我们一定要保护她和她的家人的安全，最起码在她上飞机之前不能出事。还要查飞机乘客的情况，看看能不能和机场公安联系一下，请他们配合。务必在保证安全的情况下起飞，这个不仅是刘副主席一个人的事情，还是谨慎一点好。"

时间紧，他们边说边驱车前往刘文静家。当然，他们并不知道刘文静住哪儿，是负责内勤工作的李妍妍将地址提供给牛智飞的。谁知道几个人才摆脱董立的限制，就结结实实地吃了刘文静一个闭门羹，严重打击了他们的积极性。

刘文静不认可警方的意见，更不愿意让人上门保护她。此时已经是大年初一下午五点，距离刘文静登机还有十三个半小时。面对李伟的劝阻，刘文静哂笑一声："你们还是去追捕嫌疑人吧，我这儿不会有事。大过年的，家里留这么多外人不太合适，容易吓坏老太太。"刘文静说的老太太是婆婆，丈夫唐怀生的母亲。

"我们这样做是有理由的，希望刘主席予以理解。任何一个普通公民都有配合警方查案的义务；警方也有保护公民的权力，这不矛盾。如果在您出访之前出了问题，我们谁也承担不起这个责任，我觉得还是宁可信其有比较好。"李伟义正词严，说得刘文静缄默无言，迟疑了一阵儿才勉强同意："好吧，你们也不容易，大过年的这么辛苦。"

李伟不在乎刘文静是什么身份，抬腿就进。那边林美纶还一个劲地道歉，他已经带着牛智飞里里外外转了一圈。最后还算客气地和刘文静商量，问她能不能带家人回屋去，没有警方的同意最好不出来。刘文静什么也没说，沉默地走了。望着身边警惕的同事，和李伟坐在客厅的林美纶有些不解："李哥，你真有把握啊，要是今天嫌疑人没现身，咱们的麻烦可大了。"

"能有什么麻烦，宁可信其有不能信其无，凶手不来，我们也排除了一个隐患。"李伟悠然地取出电子烟，慢悠悠地放了枚烟弹。

他真像是管牙膏，挤一点出一点，惜字如金。

"听说这东西对身体也不好。"林美纶幽幽地说道。

"对身边的人好，最起码你不担心二手烟的问题。"李伟正说着，牛智飞走了过来："李哥，我查过了，没有什么遗漏的隐患。刘主席的婆婆和他们一块儿住，她丈夫唐怀生和儿子唐冕也在屋里，女儿唐豆豆在加拿大读书，过年没回来。"

"就这些人吗，直系亲属没有别人？"李伟问道。

"应该没有了。"

"你去确认一下。"

牛智飞显然对李伟的话有些困惑，却照做无误，这引发了刘文静的不满："是什么意思啊，警察怀疑我老公有私生子还是我有情人？"看得出，这位心直口快的刘主席并不好对付。

"照例询问，刘主席不要介意。"李伟淡淡地说道。

"我刘文静来怀志县二十多年，从来是行得正坐得直，不怕有人来寻仇。除了小女儿，我家人都在这儿了。今天谢谢你们陪我们过初一，晚上一块儿吃顿饭，警察不容易啊。"看不出这刘文静的脸是六月的天，说变就能变，"要能帮你们抓住罪犯也是我的荣幸，就怕他不来。"说着她转身进了厨房，搞得林美纶和牛智飞面面相觑，只有李伟怡然自得地抽烟，像没听到一样。

刘文静话说得刻薄，可对来保护她的警察还不错。她亲自炒了菜，还特意订了饺子外卖给大家，甚至从酒柜里取了两瓶白酒佐餐，被李伟婉言谢绝。其间，董立和杨坤都打来电话询问情况，李伟三言两语就打发了。

"李哥，今天晚上嫌疑人真的会来吗？"牛智飞不无担心地问道。

"有可能。"李伟本来打算躺到沙发上眯一觉，看到牛智飞与林美纶那充满强烈求知欲的目光时又打消了这个念头。自己说不准能在专案组待多长时间，他们可都是第一次碰到这么大的案子，一定想在侦查过程中多学习吧。

李伟想到了年轻时的自己。

他坐直身体，打起精神说道："嫌疑人可能是个完美主义者，一定会在他认为的追诉期失效前达成他的愿望。除了刘文静，文辉也是重点目标，只是刘文静要出国，所以我猜他提前选择这里的可能性更大一点。"

"'二四灭门案'引起了这么大的动静，难道他还不收手？"牛智飞疑惑地问道，"还有那个马志友，怀志县很多人都认识他，经常在文化广场写毛笔字。况且他儿子死了这么多年，要动手也不用等到今天吧？"

李伟没有立即回答，沉默了很久才微微摇了摇头："说不好，就算不是他本人，那凶手有没有可能认识他？还是先看看今天晚上的情况再说吧，你们机灵着点。"

天逐渐黑了下来，房间里静谧极了，一点都不像过年的样子。林美纶蜷缩在沙发上，想到素日里春节时的喧嚣，不禁有些淡淡的酸楚。外面明亮的灯光照进房间，客厅里每个人的影子都拉得老长。牛智飞和两个同事倒班坐在大卧室门口，一支接一支地抽烟，搞得屋子里都是烟雾。相比之下，抽电子烟的李伟身边还舒服一些，林美纶就又往他这边坐了坐。

"小林，你回去休息吧，晚上我和牛智飞就行了。"李伟说道。林美纶被说得一愣，马上就把头摇得像个拨浪鼓："我也是专案组的成员，凭什么搞特殊。李哥别瞧不起人，说到刷夜，你也许还不如我呢。"

话是这么说，可牛皮谁不会吹？还没到十二点，林美纶上下眼皮就打得不可开交，她迷迷糊糊地靠在沙发上打盹，也不知道过了多久才被人推醒。"小林、小林，醒醒小林。"蒙眬中林美纶睁开眼，看到牛智飞站在面前，李伟却不见了人影。

"几点了，李哥呢？"

"快五点了，李哥出去打电话了。"

"人没来？"林美纶提心吊胆地问。

"没有，刘主席马上要去机场，我带一个人送她上飞机，你和李哥在这儿等着。"牛智飞边招呼同事边往外走，看不清脸色。这一夜显然没有发生什么，多少有点让她失望。林美纶迷迷瞪瞪地走出门，听到李伟正在电话里和人争执着什么，声音忽高忽低："行了，宋局您也别多说了，既然这么看得起我，那我愿意为您两肋插刀。"

李哥是和宋建鹏局长打电话？电话里的声音不小，林美纶屏气凝神隐约可以听个大概："这就对了，你不是为我插刀，你应该为百姓插刀，为你自己插刀。我告诉你李伟，做刑警的哪个没有经历过生死离别，不能因为一桩案子的得失就失魂落魄，更不能丧失信心，变得像行尸走肉，别忘了你的职责。"果然是宋局长熟悉的声音。

"好，我马去过去。"李伟放下电话，转身回屋，正好看到林美纶，他神色异常平静："你来得正好，这边估计没什么事了，一会儿我让其他同志帮帮忙，守到天亮。你和我出趟现场，去济梦湖。"

"去济梦湖干什么啊？"林美纶诧异地问道。

济梦湖离怀志县城区三十公里，是北方第一大湖。整个济梦湖甚为辽阔，水域面积接近三千平方米，周长超过三百公里，横跨察哈尔和雁北两个省的三个地级市，背靠巍峨的华垣山脉，周围环境极为复杂，到现在也没实现监控全部覆盖。十余年来由苇楠集团投资，分九期修建的济梦湖湿地公园，如今是怀志县旅游产业的主要收入来源。

项目始于二〇〇八年，当时为了响应国家四万亿投资拉动内需的号召，塞北市搞了为期三年的"塞北换新颜，三年翻三番"的大建设，苇楠集团以特许经营的方式签约济梦湖湿地公园建设，总计投资数十亿元，终得赚到第一桶金。文辉从一文不名到身价过亿也不过短短十余年。

"济梦湖湿地公园刚发现一具尸体，身上也有苇楠集团标识的钥匙扣挂件。"李伟平静地说道。林美纶一惊，一股寒意从脚底生起，困意全无："又一具尸体，这是第三具发现有这种钥匙扣的尸体了吧？"

"嗯，我们小看了对手。不过也好，就从这具尸体开始查。"李伟说着走出刘文静家，脸上没有任何表情。林美纶跟在他身后，赫然看到一辆漂亮的摩托车停在门前。林美纶诧异地望着李伟，只听他解释道："我夜里回去骑了趟车，本来打算今天去马志友那儿的，没办法，你和我骑这个吧。小牛开车走了。"

"哦，这是你的摩托车？"

"对，我不喜欢汽车。"李伟让林美纶上车，话匣子像决了堤的洪水一样止不住，介绍起自己骑过的摩托车来。他从第一辆光阳125讲起，到本田CBR400，再到现在的川崎Z1000，如数家珍，头头是道。林美纶这才知道，这位李警官还有这爱好。

林美纶坐在李伟的摩托车上，风从耳边呼啸而过，这是她第一次乘坐这么快的摩托车，紧张又刺激，还有点冷。这使她想起电影《天若有情》中刘德华带着吴倩莲的场景，不禁开心地闭上了双眼。一瞬间一种奇怪的感觉蒙上心头，林美纶心底微微一荡，呼吸中充斥着若有若无的男性荷尔蒙味道。

原谅话也不讲半句

此刻生命在凝聚

过去你曾寻过

某段失去了的声音

落日远去人祈望

留住青春的一刹

风雨思念置身梦里总会有唏嘘

若果他朝此生不可与你

哪管生命是无奈

过去也曾尽诉

往日心里爱的声音

就像隔世人期望

重拾当天的一切

此世短暂转身步过萧杀了的空间

只求望一望

让爱火永远地高烧

青春请你归来

再伴我一会

…………

《天若有情》的音乐在林美纶脑海中盘旋而起，她微微叹了口气，好像看到了电影的结局。蓦然，一种不寒而栗的感觉让她打了两个冷战。

"瞎想什么？"林美纶嫣然一笑，就在这个时候，李伟突然停住了摩托车，将她拉回现实。

"到了，前面拉了警戒线，我们走过去吧。"他当然不知道林美纶在想什么，思绪还在案子当中，"我听杨队长说，这个案子的受害者是个非常奇怪的人。"

第二章 "民国穿越者"

(1)

"什么……什么奇怪的人啊?"林美纶看到李伟的时候脸微微一红,随即恢复了正常。李伟没有注意到她的变化,在前面边走边说道:"从这个门进去就是湿地公园了。我刚才听杨队说,死者衣着打扮怪异,身份不明。"

两人说着话已经穿过了警戒线,面前停了几辆警车。他们走过警车,在微露的晨曦中,面前是浩瀚无边的济梦湖,湖上薄雾氤氲;湖畔一条银带般的步行道蜿蜒盘旋过湖边,逐渐消失在视线的尽头。就在眼前的路边草丛中,一具男尸平躺在路基下。男尸的头靠在湖堤上,距离路边,也就是林美纶站立的地方约有十五米。他双腿直伸、脚部相扣,两只手交叉置于胸前。

最奇怪的是这人的穿着,他身材高瘦,穿了一套民国的黑色学生装,就和电视里经常看到的一样。看年纪,此人不过二十岁出头,皮肤白皙,长相俊美,脸色安详,没有任何痛苦的表情。在湖边待太久,他浑身上下都挂了薄薄的一层露水。技术人员正在忙碌取证,远一点的地方,县公安局长马雷、"二四灭门案"专案组负责人杨坤、副组长董立和杜瑜宣,以及侯培杰、班晓超、汪红等人都在。

看到李伟他们过来,董立的眉棱骨微挑了一下,干巴巴地笑道:

"昨天晚上辛苦了，一夜没得休息，还好吧？"李伟抬头看了他一眼，平静地点了点头："还好。"

"唉，我说李伟——"杨坤听到他们说话忙转过身，从马雷那边迎过来，"昨天刘副书记家没出什么事吧？"

"没什么，牛智飞送她去机场了。"李伟无所谓地回答，"最起码我们确认嫌疑人没有对刘书记本人下手……"李伟舔了舔嘴唇，没有再继续说下去。董立清了清嗓子，走过来说道："刚才杨队还说呢，这人身份不明，我说不行还是交给老杜他们组负责。咱们组仍去查其他线索。"

"那赵保胜那边怎么办，他可是'二四灭门案'的正主。"李伟转身看了眼男尸，说道，"这个人有没有可能和文辉或刘副书记有关，不如让我们先查查看。"

董立愣了一下，神色中立刻显现出不悦："有证据吗？还是要看证据吧，别太武断了。况且这个人的身份不好查，身上没多少线索。"李伟看了他一眼，问道："那有什么？"

"初步调查，他身上只有半盒哈德门香烟、一盒黑头的旭日牌火柴、几张法币和两块现大洋，还有一把小木梳子，都是民国时期的东西。"一直听他们说话的副组长杜瑜宣插言道。杜瑜宣退伍兵出身，大家都叫他老杜。一直在县二中队工作，是个有二十多年经验的老刑警，做事很谨慎，平时不太爱说话。

"其他情况呢，死因是什么？"

"这人很年轻，应该不超过二十五岁，身体看上去还可以。你们看他穿着民国式样的布鞋，鞋上也没什么泥，身上挺干净。现场没有任何打斗的痕迹，初步判断死因可能是心力衰竭，也可能是中毒。"老杜继续道。

"没有能证明身份的东西？"

"没有。"这次说话的是董立，"我们的时间非常紧迫，我还是觉得你把精力放到赵保胜案上面更好，这个人先交给老杜他们。要是和我们专案组没关系，可以给其他同志办。别忘了，我们可是'二四灭门案'专案组。"

"正因为怀疑他和专案组有关系，我才要查。虽说这三个案子的遇害人死因各异、手法不同，但行凶者前期都做过大量工作，有很强的反侦查能力，非常谨慎，现场留下的线索都不多。况且，他还特意放置了苇楠集团的钥匙扣。虽然不能说明什么大问题，但这条线索绝不能轻视。"李伟停下来望着众人，又道，"我还是那句话，这件事交给我来查，和马志友的事一块儿办，很可能是一码事。"李伟说着把目光投向杨坤，这时候马雷也加入了他们的谈话。

"我同意李伟同志的意见，给他时间让他去办。不过有个前提，如果不能在短期内找出两个案件的相关性证据，就要交给局里的其他同志了。"

杨坤看了看李伟，又瞅了瞅董立，最后问马雷："马局的意思是觉得这个案子和'二四灭门案'之间有联系？"

"对啊，李伟不是说有关系吗？就让他找出来。他有怀疑的嫌疑人就让他去排查，你们说呢？"

董立抬头瞅了一眼马雷，没说话；杨坤附和着点了点头，也没反对。就这样，李伟终于接下了查明这具神秘尸体，以及是否与"二四灭门案"有关系的任务。老杜他们组仍旧去搜集赵保胜和文辉的信息。

李伟戴着手套和技术人员一起检查尸体，林美纶百无聊赖地等着他，两只脚都站酸了也不见李伟有回去的意思。这时候杨坤跟着马雷已经回县局，老杜他们组的人也撤走了，只有董立坐在车里不停地打电话。

"董队，你过来看看。"随着李伟充满惊喜的声音，林美纶和董立都围了过去。只见法医陆宇从男尸的腰带上翻出了一个非常隐蔽的暗袋，小心翼翼地从里面取出一张纸条来。

"这是什么？"林美纶睁大双眼，只见纸条发黄，约有一寸宽、三寸长，形状不太规则，上面印着"有生老病死"五个楷体字，像是从某种旧书报上撕下来的。

陆宇把纸条装在证物袋，封好后递给董立。董立翻来覆去地看了好几遍才拿给李伟："你有什么看法？"李伟托着证物袋发了会儿呆，一直没回答，直到对方又问了一遍才说道："董队，你看这张纸，微微有些发黄，而且上面的墨迹颜色很特殊，可以从纸张、用墨以及文字这三个方面来查。另外就是，你仔细看，前面好像有个逗号。"

朝着李伟手指的方向，林美纶和董立睁大了眼睛，发现纸条的边缘果然有一个非常模糊的逗号，只听李伟解释道："既然有逗号，就能说明这是一句话的中间或结尾部分，可以根据这个来试着找找这本书。"说着他站起身对董立道，"董队，麻烦你和技术部门联系一下，看看从纸张或墨迹上面能不能找出什么线索，我和小林去趟图书馆。"

李伟交代完，带着林美纶就要上车，却被董立一把拉了下来："你们去哪个图书馆？"

"塞北市图书馆啊。"

"一百多公里，骑这个去多耽误事。"说着话，董立把汽车钥匙扔给李伟，"开车去吧，我给你骑回局里。"就这样两人换了车，李伟开车带着林美纶去塞北市图书馆找资料。汽车速度快又舒服，可不能再坐摩托车，林美纶心里竟隐隐有些遗憾。

塞北市区距离怀志县有一百六十多公里，两人用了近两个小时，到达塞北市图书馆时已是上午九点四十分。李伟亮明身份，直接来到电脑前搜索"有生老病死"几个关键字，还没忘记在前面加了逗号，一下子竟查出七十多本书。

"《没有肚脐的小孩》《丰收》《天演论》《最好的太阳》《昆虫记》《原来老子这样说——在虚静中觉悟人生智慧》《希腊神话》……"林美纶

茫然读着书名，"李哥，这么多书啊？"

"对。你发现没有，这些书多是一九四九年后出版的。"

"什么意思？"

"那具尸体不是穿着民国装吗，全身上下没有一处现代的东西，怎么可能装个一九四九年后出版的作品的纸条？"李伟说着用鼠标点了其中一本书，"这本，只有它是一九四九年前的书。"

"《天演论》？"林美纶问道，"这是什么书啊？"

"民国的一本科普读物吧，先借回去看看再说。"李伟说着，过去把《天演论》借了回来，又带着林美纶回专案组。这时候前期检查结果已经出来了，男尸的确是中毒死亡，是毒毛花苷 K 注射过量。

"毒毛花苷 K 注射液应该不是什么难找的药物，从来源入手恐怕会事倍功半。只是谁会注射这种东西，吸毒人员？"李伟嘀咕着。董立在旁边道："那个区域三公里内没有监控，不能通过车辆来判断。现在只有在这本书上想办法了。"末了还不忘加一句，"这个不好查，要是你找不出什么名堂，又像昨天晚上那样空手而归，咱们组这脸可丢尽了。"

说到这里，董立想了想，又道："刚才技术那边打来电话，说赵保胜案发现场的毛发是人的头发，但没有毛囊留存，没法检测 DNA 序列。"

"头发是剪下来的吗，掉落的头发怎么会没有毛囊？"李伟问。

"回头你问陆宇吧。他说发质中的含水量很少，非常脆。"

"行了，我先把这个弄明白再说。"李伟沉吟道，"从用墨上面想想办法，我有个朋友是开印刷厂的，我去找找他。"李伟说着就走，林美纶慌忙跟了上去，身后传来董立的声音："你朋友在哪儿？"

"塞北。"李伟的回答干脆利落，林美纶却一脸无奈："天哪，刚从塞北回来，还得回去一趟啊。"话是这么说，行动却没打折扣，临近中午的时候，两人已经到了塞北市亚龙彩印厂。

李伟说的朋友其实是他父亲的朋友皮建设，一位年近六旬的老先生，在印刷行业干了一辈子。站在散发着刺鼻味道的车间里，伴着隆隆的机器声，皮建设翻来覆去地用放大镜看了那张纸条，推了推鼻梁上的眼镜，说道："这东西的工艺的确很古老了，是石印上去的，就我所知，一九四九年以后就没有这种工艺了。"

"皮大爷，您说的石印是什么意思啊？"林美纶认真地问道。皮建设小心翼翼地把装着纸条的证物袋还给李伟，说道："石印是一九四九年前的一种印刷技术，非常落后。要用毛笔在草纸上写或画的方法制板，然后覆在特制的石板上施加压力，就是把写在草纸上的字或画的图像反印在石板上，要用湿布多次擦拭，再用沾遍油墨的墨磙在石板上滚动，让有字迹的部分着墨，空白的部分因为有水所以就沾不上墨迹。之后还要再覆上纸加压，揭下来才能印出成品。"

皮建设说着，带着他们到自己的办公室，从硕大的书架上取出一本发黄的册子来："你们看，这就是民国二十八年由我爷爷创办的石印社印制的《塞北教育》杂志，你们看字迹是不是很相似。"

林美纶凑上前，捧着这册老杂志瞅了半天，果然发现发黄的字体和纸条上的有点相像，就听皮建设又道："这种工艺很繁复，很好辨认。当时我们塞北地区相对落后，这种工艺设备简单，所以被广为采用。像你拿的这本《天演论》在当时就非常受欢迎，印量极大。"

"这么说，这张纸条是从民国时的《天演论》里撕下来的？"李伟问道。皮建设点了点头："很有可能。"

"可是他为什么非要撕下这么一张纸呢？"李伟嘀咕着，在原地踱了两圈，然后拿起电话给专案组打电话，让李妍妍帮他查一下塞北市有多少图书馆有《天演论》，是否借阅出去了。

两人辞别皮建设，随便找了个饭馆吃东西。李伟告诉林美纶，《天演论》这种书现在并不常见，排除私人藏书，只有旧书店和图书馆才能找到。只要这名死者不是真从民国穿越来的，那他很可能会在找书的过程中留下线索。

(2)

吃完饭,李伟带着林美纶准备回怀志县,李妍妍打来电话告诉他们:整个塞北市只有市图书馆和桥南区图书馆有这本书,都没有借出去。年前有人去市图书馆查过这本书,当场翻阅,并没有借走。

"除了这个人,还有多少人查过《天演论》?"李伟问道。电话里李妍妍不知道说了什么,似乎更加肯定了李伟的判断,"看来这个人很可疑。"说着他挂了电话,又带林美纶回到车上。

"我们去哪儿啊?"林美纶疑惑地问。

"去市图书馆,你知道近十年这本书的借阅量吗?"他忽然睁大了眼睛盯着林美纶,几乎把她吓了一跳,"只有这一次,还不能说明什么问题吗?"

林美纶不能否认,无论主观情绪如何,只要开始查案,李伟在追踪线索上就有超乎常人的韧劲和执着,他认准的事情似乎就算用重型卡车也未必能拉回来。譬如这《天演论》的线索,在没有和任何领导汇报的前提下他就带着林美纶去了市图书馆,直接推开馆长办公室的门,将警官证亮了出来。

"借书的人叫韩茜,但借书证上没有登记地址,只有身份证号和手机号。"馆长叫人打开电脑查询后说道。李伟点了点头,一句废话没有,连招呼也没打就带着林美纶离开图书馆,他边开车边打电话,速度飞快地在街上奔驰。

"李哥,你知道去哪儿找人吗?"林美纶疑惑地问道。

"借书证上有身份证号,我们往韩茜家的方向走。"李伟说话间电话已经通了,韩茜开始怎么也不相信李伟的身份,后来经过多次解释,才半信半疑地告诉他们她在市粮食局工作,那本书是帮一个外地朋友查的,具体的情况她也不清楚。

"你朋友叫什么？"李伟把手机免提打开，放在车载支架上大声问。电话里的韩茜犹豫了一下："她叫徐海艳。"

"在哪儿工作？"

"她……她不是塞北市的人。"韩茜提起徐海艳的时候有点吞吞吐吐，李伟猛地把车停住："她是哪里人？把她的电话发过来。"

"她是云州人，电话我短信发你。"韩茜说道。

"好的，我们回头联系。"李伟把车掉头，换了个方向飞驰而去。电话里韩茜问道："你还过来吗？"

"徐海艳让你查《天演论》干什么？"李伟没有正面回答韩茜。只听电话里的韩茜说道："我也不知道，就是帮忙看看书里有没有缺页，缺的是哪一段文字。"

"好，我先不去了，有事再联系你。"李伟说着拿起手机设了静音，然后扭头对林美论说道，"我们得去趟云州，找找这个徐海艳。"

"现在吗？"林美纶吃了一惊，已经下午四点钟了。要知道，云州是雁北省的省会，在塞北市的正东方，距离两百三十公里。两地间的主干道云塞高速还是二十世纪九十年代修建的，隧道众多且都是单洞双向双车道设计，再加上这段路大车多，晚上行车很危险。

"嗯，现在去吧。"李伟焦灼的目光中充满了迷惘，似乎也在为自己的决定犹豫，"昨天早上宋局长打电话给我的时候，我一点都不想参与。想起这个案子，我就头痛。后来他给我戴高帽，说什么非我不可。你看今天这个意思，专案组里这么大的阵势，我们要不抓紧找出点什么，丢的不仅是我的脸，恐怕还有宋局的脸。"

"那也得跟董组长说一声吧？"林美纶小心翼翼地问道。

"有了线索再告诉他也不晚。"李伟不想解释什么，把收音机打开，油门轰然踩到了底。林美纶就这样跟着李伟沐着西下的斜阳展开了一场逐日之旅，直至红日踟蹰的黄昏，两人才踏上了云州市的土地。

由于有高耸入云的华垣山脉阻隔，相较于干燥苦寒的塞北，云州更能得到来自渤海湾的潮湿空气，给人的感觉也更加湿爽。林美纶跟着李伟找了家高档西餐厅，给徐海艳打电话。

不得不说，李伟打电话的技巧很是高明，他先是轻描淡写说了自己的警察身份以打消对方的顾虑，话锋一转说道："我们想和你了解点韩茜的事，不方便直接问她本人。你看你几点有时间过来喝杯咖啡，我们聊一聊。"

"你在哪儿啊？"电话里的徐海艳问。

"凯文法餐厅，就在登禹路上。"李伟对着手机说道。他的语速很快，说着标准的北方普通话。电话里徐海艳哦了一声，语气中透露些许淡淡的惊讶："我知道那个地方，不过我现在还有点事，过去也晚了。"

"行，我们等你，一块儿在这儿吃饭。"李伟说着轻松地挂了电话，让服务员上了咖啡。林美纶趁机拿起装帧精美的菜单看了一眼，结结实实地吓了一跳："天哪，一瓶依云矿泉水八十八块钱，这里的东西好贵。"

李伟端着咖啡杯瞟了林美纶一眼，阴阳怪气地笑了笑："穷养儿富养女啊，你这么漂亮的姑娘怎么可能不进一次西餐厅，要不然让人一顿饭就拐跑了。别一惊一乍的，这饭钱我出。"

林美纶瞪了李伟一眼，把菜单放下，喝了口咖啡："西餐厅我还没去过啊，只是没来过这么贵的而已。再说，你也不用为我操心，我对自己还是有信心的。我倒是对咱们专案组的经费没什么信心，怕你回去报不了这个账。"

"不用报，我自己掏。"李伟平静地看了林美纶一眼，可能是怕她不相信，补充道，"最近有几本我主笔的刑侦教材出版，手里还有点余钱，几顿饭算不上什么。"

"原来你还是个教授呢。"林美纶故意加重"教授"两个字，打趣道,"怪不得你选了这么一个地方,让徐海艳很难拒绝啊。"

"一九九九年我到警队实习,遇到的第一个大案就是马硕、曹芳的失踪案。我师傅高荣华很重视,带着我没日没夜地忙活,最后眼瞅着疑点还不少,却突然结案了。当然,那时候咱们的刑侦手段相对落后,很多条件也不太具备。曹芳和马硕的尸体一直没有找到也是原因之一。"李伟像含了一枚味道极重的橄榄,一改素日的冷静,神色间难得露出一丝淡淡的哀愁。

"后来呢?"林美纶有些看呆了,情不自禁地问道。

"前年我师傅去世了。去世前我去看他,我们又聊起了这个案子,他说这个失踪案是他一辈子唯一没破的大案,心里老觉得像堵了块疙瘩。我就劝他说让他放心,这事有机会我会帮他办,不仅给他也要给家属一个交代。"

"原来是这样,难怪宋局一打电话你就来了。"

"其实开始我没同意,这么多年过去,我对这个案子早死心了,一点都不想管。昨天宋局给我打电话,让我跟着把这几个案子串一串。说实话,我真不愿意来,可我答应过高师傅啊,所以就希望能按照自己的想法查,宋局也答应了。可你看咱们董组长,他完全是老一套的办案思路,把'二四灭门案'破了就好,至于以前的事,能少牵涉就少牵扯。"

李伟停下来想了想,继续说道:"你说,咱们不抓紧能行吗?怎么也得给高师傅、给宋局一个交代吧。"

"当年到底是怎么回事?"林美纶不知道怎么回答他,只好循着他的思路问案子。她对这个案子还真不太熟悉,只是听李伟在会上草草提起才知道大概,后来虽然抽空翻过案卷,仍旧懵懵懂懂。

李伟用搅拌棒不停地顺时针搅动着杯子里的咖啡,听林美纶这么问,忽然抬起头:"想听?"

"嗯,你说吧。"林美纶坐直身体,摆了个洗耳恭听的姿势。李伟点了点头，故意压低了声音："一九九九年夏天，我还没从警校毕业，在怀志县刑侦大队实习。一个天气很好的午后，我照例给新犯录口供，遇到两个非常棘手的刺头，就是赵保胜和文辉。那天他俩是因为卖车被捕的，那辆车就是失踪人马硕的汽车。"

李伟说话的时候很忧郁，声音低，连眼皮都微微垂滞。"赵保胜沉默寡言，长得五大三粗，一看就不好惹。而他身边的文辉高瘦清秀，戴着眼镜，像个知识分子，也挺配合我。他说和赵保胜去济梦湖遛弯儿，顺手撬了路边一辆半新不旧的桑塔纳汽车，打算弄到黑市卖掉，并不知道车主是谁。当时看好像没有什么疑点，就在我准备将手里的记录让他们签字的时候，外面一个中年妇女疯了一样在办公室里大声叫喊，说文辉和赵保胜杀了人。"

"是谁啊？"林美想到当时的场景，竟微微有些代入感。只听李伟继续平静地说道："闹事的是个身有残疾的中年妇女，坐在轮椅上哭天抢地，还有一个脸色铁青的中年男人，个子不高，黑眼圈，在他们身边站着的是我们队办公室的杜瑜宣，就是这次专案组的 B 组负责人老杜。"

"他们是马硕的家属？"

"对，杜瑜宣说男的是马硕的父亲，也是他当兵时候的侦察营长，叫马志友，我审的那两个嫌疑人偷的是他儿子的车。他媳妇叫李玉英，天生就腿有残疾不能站立。他们说，那两个人杀了他们儿子和儿子的女朋友曹芳。"

"他们为什么这么说？"

"我当时也是这么问的，老杜说由于在济梦湖那边发现了血迹，马志友就猜是他儿子或曹芳的血。他还说马志友的判断一向八九不离十，当年他们在战场上就是凭马志友的判断，才救了侦察小队的十几个人，他本人被营长从敌占区背回来才捡了一条命。"

"太戏剧性了吧？"

"是啊，没有过硬的证据，我当然不能按他说的做。但老杜特别信任他们营长，非让我帮他。我就让同事先稳住马志友夫妇的情绪，拿着马硕和曹芳的照片回审讯室问文辉见过这两个人没有。那两个人都是老油条，肯定说没有见过。那时候塞北市还没有DNA检测技术，后来血迹化验结果虽然和马硕相同，也不能确认是他本人。赵保胜与文辉什么都不说，更不承认见过马硕和曹芳，只说偷了辆汽车。很让人挠头，也是第一次让我有了当刑警的使命感。"

"后来呢？"

"又去过现场好多回，在离济梦湖往东三公里的一个私人加油站里找到了当事人加油员安慕白。据她说，当天下午五点多的时候，的确有个漂亮的女孩开一辆黑色桑塔纳来加过油。加油的时候，她似乎和安慕白说了两句话，但由于没太注意再加上对方声音很小，安慕白没听太清。"

"这个人是曹芳？"

"没错，是她。除了安慕白，当时现场还有一个人和安慕白在一起，你猜是谁？"

"谁啊，难道是赵保胜或文辉？"

李伟苦笑一声，微微叹了口气："就是刘文静，她和安慕白是小学同学。"

"原来是这样，你别说，这还真像是二十年以后的报复杀人。"想到这几天的事，林美纶方有些拨开迷雾的感觉，她说完这句话恍然大悟，"怪不得杜组长看你的眼神不对，原来他和马志友认识，你还说人家有嫌疑。"

"我们是警察，要凭证据说话。"李伟说完，长长地叹了口气，"就算到现在，我也觉得不能排除马志友的嫌疑。"说完这句话，李伟并没有过多解释，低下头喝起了咖啡。

林美纶愣了一下，正想再问，这时从门外走来一个年轻的姑娘，径直来到李伟和林美纶的面前："你就是李警官吧，我是徐海艳。"

林美纶和李伟不约而同地抬起头，顺着声音望去，果然看到一个年轻的女孩站在他们面前。当看到她的装束时，两人都结结实实地吃了一惊。

（3）

让林美纶和李伟感到惊异的是徐海艳的装束。林美纶素日自诩是个前卫开放的"九五后"，虽然因为工作，装扮不能过于夸张，但此时想来，就算自己再想得开也不可能变成徐海艳这样，典型的一个非主流的新新人类。

徐海艳长得并不难看，甚至算是挺漂亮。可她不知道怎么想的，把长长的头发高高盘起，染成了大海一样的湛蓝，甩到前额的空气刘海儿故意染成红色，和泛着淡淡绿色的唇膏相映成趣，像是一块巨大的调色板。

她的妆很浓，惨白的底妆和褐色小烟熏眼妆勾勒出棱角分明的脸形轮廓，修长的假睫毛让眼睛看上去巨大无比，像动漫中的人物一样。她身上穿着宽大的黑白条纹嘻哈风格长衫，配着黑色打底裤，连脚上蹬的鞋子都透着浓浓的动漫风。

看年纪，徐海艳应该不超二十五岁，也许更小。正想着，她已经大大方方地坐到了李伟对面："这年头，警察也带这么漂亮的秘书啊。"

她的声音清脆甜美，带着习惯性的傲娇，可在林美纶听来极为刺耳，忙插言解释："我也是警察。"说着还从口袋里掏出警官证在对方面前晃了一下。可惜徐海艳根本没理会她，反而专心致志地看起菜单来。

"吃什么自己点，一边吃一边聊吧。"李伟吩咐服务员点菜，似乎也不着急直奔主题，而是等这轮寒暄过后，才拿出一张死者的照片放到徐海艳面前。

"认识这个人吗？"

徐海艳正端起杯子喝咖啡，显然没料到李伟会在这时突然拿出这么张照片，不禁惊叫一声，杯子险些掉到地上，咖啡也洒了一身。

从反应来看，她对死者并不陌生，林美纶满意地瞅了瞅李伟，发现他面无表情，紧紧盯着面前的徐海艳。徐海艳放下杯子，擦拭了很久才重新抬起头，脸上有些狐疑："你们不是从塞北来要问韩茜的事吗，和他有什么关系？"

"你认识他？"李伟拿出的照片是发现尸体现场的大头照，明显是个死人，徐海艳的反应也不足为奇。她又喘了几口粗气，才逐渐平息下来："认识啊，怎么了？"

"他死了。"李伟平静地说。

这次徐海艳的表情虽然古怪却没有刚才那么惊愕："什么时候？"

"他叫什么？"

"胡梓涵。"

"你和他什么关系？"

"朋友，经常在一块儿玩。"

"最后一次见他是什么时候？"

"年三十晚上，我们一块儿吃饭，他新发布了一个主题，然后唱歌到凌晨。"这时他们点的餐已经陆续上桌，徐海艳低头吃东西，边吃边说，"早上五点散的，后来就没见着人。"

李伟点了点头，将她的话记录下来，问："你刚说的发布主题是什么意思？"

"哦。"徐海艳抬起头，想了想道，"胡梓涵是'百变子姬'的创始人，就是一个 cosplay 组织，经常带我们一块儿玩。通常他会每个月发布一个新主题，这次的主题是民国风。他本人装扮成民国学生的样子，身上有几条线索，谁能找到线索来源谁就算赢。他会输给每个赢家现金，这次的第一线索奖励是两千块钱。"

"什么组织？"李伟显然没有听过 cosplay，徐海艳又说一遍还是不太懂，直到林美纶凑过去给他简单解释："cosplay 就是装扮成动漫人物，一种基于兴趣爱好的民间社团。"

"这个胡梓涵是干什么工作的？"李伟问道。徐海艳好像对这个问题也很费解，回答有些模糊："我也不知道，其实我是通过朋友介绍认识他的。这个人挺有钱，出手大方，和我们很玩得来。具体干什么，我不清楚。"

"你们这个组织有多少人？"

"二十几个人吧，我也没见全过。"

"你查《天演论》干什么？"

"胡梓涵不是发布了个民国主题吗，其中第一线索肯定就是这个。他这次的主题其实有好几条线索，隐藏最深的主线索就是关于《天演论》的东西。他当时换了民国风的衣服，告诉我们线索就在他身上，我们几个女孩子就在他身上找，有人找到民国的火柴，有人找到别的东西，就我在他的腰带夹层里发现了五个字，在电脑上一查就知道是《天演论》里的句子，但具体是哪本《天演论》我不清楚，能找出来就可以拿到他的奖励。我查过云州当地的图书馆，只有一本《天演论》，并不是胡梓涵撕页的那本。"徐海艳得意地说道。

"你还解他的腰带了？"

"怎么了，他当时喝得迷迷糊糊的，要不然怎么得到线索？"说到这儿，徐海艳忽然神色黯淡下来，"胡梓涵撕下来五个字的《天演论》不在塞北也不在云州，可能是私人珍藏。眼瞅着快排查到了，他竟然死了，那两千块钱也泡汤了呗。"

李伟和林美纶对视一眼，都对面前这个非主流女孩有些费解，看样子她对胡梓涵一点感情也没有，面对当事人的死亡想到的竟然是两千块钱。李伟想了想又问道："你们这个组织的成员都是云州人？"

"是吧，怎么了？"

"没什么，你有胡梓涵的手机号吗？写给我，另外，他平时还和谁走得比较近？"

徐海艳放下餐具，脸上露出不屑的表情："你的问题太多了，一顿饭就想知道这么多东西，不得表示表示？"

李伟冷哼一声，笑道："好啊，戴着限量版手铐去我们那儿十五日游怎么样，还管饭呢。"

"你——"徐海艳愣了一下，似乎不知道该怎么回答，只听李伟继续道："你要不配合我的话，我们真得换个地方聊聊了，到时候你可说得没这么舒服。"

"我有他的手机号，也有微信，不过很少单聊，通常他都是在我们'百变子姬'微信群里发消息。我不知道他和谁走得近，反正不是和我。"徐海艳噘着嘴说。

"那你就把你知道的所有人的名单写给我，就是这个'百变子姬'里的人，还有电话、微信、QQ 号、电子邮箱，一样也别落下。"

"太麻烦了。"徐海艳又将一块切下来的牛排放到嘴里，含混不清地说道，"我知道一个人经常和胡梓涵在一块儿打针，其他人真不知道谁和他好。"

"打针？"李伟愣了一下，"胡梓涵吸毒？"

"是啊，奇怪吗？"

"这个人叫什么，就是和他一块儿打针的人。"

"我就听胡梓涵老叫他少杰，但大名是什么我不知道。我也没他电话。"

"在哪儿工作知道吗？"

"不知道，不过——"徐海艳犹豫了一下，又想起了什么，"我们那个'百变子姬'微信群里有他。"说完话，徐海艳拿出手机加了李伟的微信，将那个叫少杰的人推送给了李伟。

"我知道的就这么多，不行我把你拉群里吧，一共三十七个人，加上你三十八个，你想和谁聊直接加谁就得了。"徐海艳一看李伟越发严肃，立时像换了个人一样想撇清关系。李伟没理她，低头摆弄手机，一时间，桌上的气氛变得有些沉闷。

林美纶歪着头看了一眼，发现李伟正和那个叫少杰的人聊天，来来往往已经有了几条消息。徐海艳又问了几句，他才抬起头来："哦，有事再找你，给我留个电话。"看样子，他已经觉得在徐海艳这儿问不到什么了。

按理说，徐海艳这会儿看李伟不再找她麻烦，应该马上离开才对，这也是林美纶认知中所有嫌疑人的常见表现。谁知道面前这位一看李伟不再理会自己，竟然踏踏实实地吃起东西来，甚至叫服务员过来又添了一份甜点。

徐海艳真让人长见识。林美纶正拿起叉子也想吃东西，只见李伟猛然站了起来："我们走。"他完全没有商量的意思，直接用近乎命令的语气和林美纶说话，好像也没注意到她的饭才吃了一半。

"去哪儿啊？"林美纶惊讶地问道。

"阳光100快捷酒店的垣山路店，离这儿远吗？"他后半句话竟然是对徐海艳说的。徐海艳用怪异的眼神望着李伟，愣了足有五秒钟才反应过来："不算太远，开车十多分钟吧。"她迟疑了一下，又道，"这账你得结了吧？"

"安心吃吧，没你的事。"李伟说话时已带着林美纶走到前台，他把信用卡递给收银员，对林美纶说，"少杰开了家酒店，我说是胡梓涵的朋友，塞北来的，找他有点事。他好不容易才勉强答应见面，一个劲地问我胡梓涵是不是出事了。"

"你怎么说？"林美纶问。

"我说他喝多了，就在车上呢。"李伟笑道。

"这——"林美纶似乎觉得李伟这样做有些不妥，可到底哪里不妥又说不出来。他们开着车跟着高德导航里郭德纲充满磁性的声音，大约用了十五分钟左右来到了垣山路上的阳光 100 快捷酒店。

少杰是个二十七八岁的小伙子，长得又高又瘦，从迷离的双眼和略显萎靡的精神头就能看出这家伙的确是个瘾君子。好在说起话来倒不含糊，一见李伟和林美纶的身份就先蔫了，竹筒倒豆子般把知道的都说了出来。

少杰告诉李伟和林美纶，自己的大名叫邵杰，也没有什么化名和小名之说。他和胡梓涵纯属酒肉朋友，一块儿玩，一块儿打哄替啖，没有什么深交。他之所以认识胡梓涵是因为在这个圈子里他是大客户，经常照顾邵杰酒店的生意，带不同的女孩来过夜，时间长了两人就熟悉起来。

"那个'百变子姬'其实也不是真正的 cosplay，就是挂一名儿。"邵杰点了支烟，吞云吐雾地说，"胡梓涵本人是重度 PUA 爱好者，用 cosplay 为掩护，引诱那些喜欢 cosplay 的女孩上钩，要不然为什么都是女孩子呢？"

"PUA 是什么啊？"这下李伟和林美纶都没听懂，只见邵杰笑道："PUA 是一种以把妹为目的的所谓'技术'，通过特定手段用最短时间来搞掂各种各样的女生。像胡梓涵就特别喜欢干这事，每个月都带不同的女孩子来开房。"

经邵杰这么一解释，这个胡梓涵的人渣味就越来越浓了。林美纶甚至觉得他死得一点都不冤，心里正鄙夷，只听李伟问起了胡梓涵家的情况，邵杰摇头道："我不知道，他没什么工作，好像也没有家人，反正我没听说过。收入来源不太清楚，我就知道他有一套房子自己住，倒是每个月都有个挺神秘的人去他家找他，我遇到过几次。"

"神秘？"

"对，这人从来不露面，胡梓涵也从来不说。他每次找胡梓涵都把车停到离他家特别远的地方。我之所以知道，是因为我有时候会走路去找胡梓涵，刷刷微信步数。有一次我路过他家门口，没打招呼就上去了，正遇到一个西装革履的小伙子下楼。开始我没注意这人，当天胡梓涵玩得特别嗨，出手那叫一个大方。"

"之后呢？"

"胡梓涵这人有个特点，就是有钱的时候可劲造，没钱的时候天天泡方便面，连个鸡蛋都不敢加。之后我又遇到那人两次，只要他一出现，胡梓涵肯定有钱，我就知道他肯定和胡梓涵有关系。"

"他欠胡梓涵的账，还是什么？"

"不知道，不过我跟过他，知道他的车牌号。"邵杰说着，拿笔写下一个塞北市的车牌号码，"我这人特谨慎，和胡梓涵交往的这个人要是和我没关系就算了，但不能不提防。"他话是这么说，但林美纶知道他是怕胡梓涵出卖他。李伟点了点头，握着手机起身走了出去，大约七八分钟以后才回来。

"你把胡梓涵家的地址写给我，有消息我再联系你。"又是这么一句没头没脑的话，听这意思是要结束谈话，但林美纶猜他一定是有了新线索，要马上离开了。

果然，才走出酒店大门，李伟的脸色就变得非常凝重，他说他打电话回队里让董立帮着查了一下。这个车牌号的主人叫于强，是怀志县政协办公室主任。

"县政协办公室主任？"林美纶感觉自己好像在哪儿听过这个名字，有些熟悉又有点陌生，琢磨了一阵儿才想起来，昨天他们不还在县政协副主席刘文静家蹲守嘛。李伟一直坚信"二四灭门案"的凶手下一个目标是刘文静，当时他们扑了个空。此时却出现了一个县政协办公室主任，竟然和胡梓涵来往密切，难道仅仅是巧合？

第三章　头号嫌疑人

(1)

早上一起床，于强就有点心神不宁。自从胡梓涵出事后，他每天都提心吊胆的，总担心警察找上门来。其实胡梓涵做了什么和自己没什么关系，错就错在他把赌注错下到刘文静身上，就算这时候想抽身恐怕也不那么容易了。

停好汽车，于强琢磨着是不是该给刘文静打个电话说说这事，恐怕她人在国外，还不一定知道胡梓涵出事了。至于自己，似乎也应该做做功课，毕竟他可能是最后一个见过胡梓涵的人。正想着，一推开办公室的门，就有三道犀利的目光不约而同地会聚到他身上。

屋里坐着三个人，除了县政协主席郑鹏外，还有一男一女。男人三十七八岁，穿了身休闲装，身材修长健壮，头发略显凌乱，一双明显睡眠不足的眼睛半眯着，神色冷峻严肃；他身边坐着一位姿容秀美的年轻姑娘，长得相当漂亮，也瞪着一双妙目怔怔地望着他。一瞬间，于强的心里咯噔一下，第一反应就想立刻转身逃走。好在理智最终让他没有这样做，只是静静地伫立着。

郑鹏看到于强进屋，指着他道："他正好来了，你们有什么问题还是和他本人谈吧。"说完站起身来，走到于强跟前，拍了拍他的肩膀，"小于，公安局的同志想和你了解点情况，你和他们好好聊聊，有什么就说什么，不要有顾虑。工作上面的事，我会让别人帮你办，你就放心吧。"说着话，郑鹏意味深长地看了他一眼，贴着肩膀从他身边走了出去。

这算什么，停职吗？于强忐忑不安地看了两个警察一眼，慢慢地走到他们面前坐下，想抽支烟。可他找了半天也没在随身携带的挎包里找到香烟，只好把手抽了出来，暗自嘀咕今天怎么没把烟装到包里。对面的男警察看出了他要干什么，把手边一盒刚刚拆包的香烟递了过来。

"抽这个吧。"说着他把烟往前推了推，"不用紧张，我们是县公安局刑侦队的，我叫李伟，这是我同事林美纶。找你就是想了解一些情况。"

"哦，什么情况？"于强抽出一支烟，点了两次才点燃。李伟翻开一个仿牛皮纸的大笔记本，低头看了两眼问道："察A·UR832是你的车吧？应该是一辆银灰色的大众途观。"

"对，是我的车。"多半支烟抽完，于强感觉一直提着的心平静了些许。他隐隐猜出了对方的来意，可仍然怀着一丝侥幸：万一对方有别的事情找他呢？正琢磨着，李伟又开口了，他每句话都问得很慢，似乎在仔细斟酌："车在哪儿呢？"

"在地下停车场，我租了一个车位。"

"哦，停车场租车位贵吗？"李伟的话问得有些莫名其妙，不过于强还是如实回答："还行吧，一年几千块钱。"

"那还可以，过年你们也没休息啊？"

"没有，最近一直加班，这不刘主席带团出国访问嘛，我们就年三十休了一天。"于强小心翼翼地回答。李伟点了点头，边问边记录，也不知道这种东西有什么可记的。他身边的女警察很认真地听他们对话，没有插言。

"去意大利是吧，这可是大事。你没有跟刘主席出去？"

"没有，谁去谁不去是领导们定，我说了不算。"

李伟点了点头，沉默了片刻又把笔记本往前翻了一页，有些漫不经心地问道："你们出差多吗？"

"出差？"于强愣了一下，想了想说道，"不算太多，一般就是省内短途，当天去当天回。"他这话刚说完就意识到对方似有所指，果然就听李伟马上把话接了过去："那省外呢，最近没出去？"

于强心里咯噔一下，暗道不好，警察果然是冲着胡梓涵这事来的。他咽了口唾沫，深深地吸了口气："腊月二十三我去过云州。"

"哦，去干什么？"李伟问得还是很轻松，好像并没有因为于强说出云州而引起他的兴趣。于强低着头，慢慢抽出一支香烟："去找胡梓涵，给他送点东西。"

"胡梓涵是谁？"李伟平静地问道。

"就是前天在济梦湖死的那个人，你们不是为这个来的吗？"于强实在无法忍受李伟这种不经意却又逼人的态度，"我知道你们会找到我，但他的死和我没关系。我和他是在云州见过面，时间很短。"

"你给他送什么了？"这次问话的是那个年轻漂亮的女警察。她声音清脆，一开口就让于强愣了一下："我……我给他送了些过年的东西，还有一些钱。"

"多少钱？"李伟问道。

"两万块钱。"

"为什么要给他钱，你和他什么关系？"

虽然有所准备，可当李伟的话进入于强耳朵的时候，他仍然有些迟疑。如果实话实说，可能彻底得罪刘文静，这辈子也别想再得到对方的原谅。可如果不说，自己眼下这关就过不了，看样子还会惹恼郑主席，怎么办呢？

李伟看出了于强的犹豫，轻轻地敲了敲桌子，让他把注意力放到自己身上，说道："我们是在帮你，知道吗？你自己干了什么自己最清楚，如果不说明白的话，胡梓涵这事你跑不了。目前你是最后一个接触他的人，什么性质还用我明说吗？"

于强被李伟的话彻底吓住了，想到刚才郑鹏走时瞅自己的眼神，恐怕现在已经把自己当作嫌疑人了吧？不行，这个锅不能背，最起码不能一个人背。他只是给领导帮忙而已，就算站错了队，也不能当成杀人犯啊！想到这儿，于强彻底释然，把烟头狠狠地摁到了烟灰缸里。

"我和胡梓涵没什么关系，钱是刘主席给的，我只是帮她送过去而已。"说完这句话，于强彻底放松下来，就好像等待许久的事情有了结果，人轻快多了。

李伟点了点头，追问道："刘文静为什么要给胡梓涵钱，经常给吗？"

"是的，平均一个月一两次吧。刘主席从来没有和我说过为什么要给胡梓涵送钱，不过我听说这个胡梓涵是刘文静的亲生儿子，是她和前夫王平所生，还是未婚先孕。王平和她青梅竹马，俩人初中就好上了。有了胡梓涵以后本来打算结婚，谁知道王平突发心脏病死了，家人都让她打了孩子，可刘主席对王平感情太深，还是生了下来。她现在的老公是原塞北市罐头总厂的厂长，后来成立了塞北海洋食品公司，身价过亿，肯定不能接受胡梓涵。"说到这儿，于强突然停了下来，他仿佛听到外面有什么动静。难道刘文静回来了，就藏在外面偷听自己揭她的老底吗？

"继续说啊。"李伟催促道。

"没有了，就这些。"于强紧张兮兮地说道。

"胡梓涵是谁带大的？"

"是一个叫胡林梅的女人，她妈叫刘世珍，是刘文静的姑姑。听说胡林梅当时也死了丈夫，刘世珍就把孩子交给她带了。直到胡梓涵二十岁，也就是去年春天，胡林梅病死了，刘文静就把他弄到了云州上学。"

"上学?"

"对，直到现在，胡梓涵还是云州职业教育学校的学生，学的什么市场营销。"于强说道。李伟愣了一下，问道："你是什么时候知道这件事，并且开始给胡梓涵送钱的?"

"就是去年春天。刘文静一直对我不错，我们关系也挺好。她和我说胡梓涵是她表姐的孩子，挺可怜的，让我每个月定期送钱给他，并监督他的学习。谁知道这小子根本不学好，一年不到就不好好上学了，天天在外胡混。"

"你怎么知道她的这些事情?"那个叫林美纶的女警问道。于强苦笑了一下，回道："这事其实不算秘密，县里好多人都知道。具体是谁传出来的，就不清楚了。"

李伟点了点头，沉思了片刻，问道："刘文静知道胡梓涵的现状吗?"于强点了点头："当然知道，这事她也头痛。我能看出来，她很喜欢胡梓涵，什么事都惯着他。一个二十出头的孩子，每年给十几二十万的生活费，能不把他宠坏吗? 她现在的儿子唐冕是个轻度智障，听说国外的唐豆豆一直对她有成见，所以她老想着给胡梓涵找个出路。"

于强停顿一会儿，端起面前的杯子一口将水喝干，才接着说道："去年冬天，她有一阵儿老往北京跑，我有几次听她和中介打电话，咨询去英国和澳洲自费留学的事。我估计她有等胡梓涵毕业以后送他去国外的打算。"

"这么说，刘文静对胡梓涵还挺上心的啊。"林美纶在旁边说道。于强赞同地点头："其实刘主席和王平的感情远远好过现在的老公，她的人生观、价值观等好多东西都受王平影响，甚至连从政也是。据我所知，现在的老公唐怀生和她更像合伙做生意，各取所需，不像有啥真感情。即便到现在提起这个王平，怀志县很多人还是相当钦佩，说这人特聪明，还说要不是死得早最少是个正处。"

"除了你以外，胡梓涵和什么人走得比较近？"李伟问道。

"我不知道，他净交些酒肉朋友。说实话，我一点都不想管他的事，也不想知道这些烂事。"于强终于感觉心情放松起来，好像说出了心里话后再也不用投鼠忌器。他望着大门的方向笑了笑，大声道，"胡梓涵身边的人都是垃圾，和他在一块儿就是想混他的钱花。你们想想，胡梓涵二十岁之前都是胡林梅在张南县老家带着，生活无忧，她又不怎么敢管这孩子。刘世珍活着的时候可能还好点，可她在胡梓涵十岁的时候就去世了啊，这样能让他有什么好的教育？"

李伟和林美纶对视一眼，没有接于强的话，李伟只是让他再好好想想胡梓涵和什么人来往，最近有没有什么可疑的人在他身边出现。看样子关于胡梓涵的死亡还没有什么新的线索。于强低头思索了一阵儿，眼前突然浮现出一个可疑的身影，立时说道："对了，有一个人最近半年经常到胡梓涵那儿去，说起来还真像有点问题。"

(2)

张晓峰不喜欢警察，无论是街头执勤的交警还是穿梭街巷的巡警。在他眼中，这些人不仅没事找事经常半夜拦住他查身份证，还无缘无故在他刚刚停到路边的汽车上贴条，搞得他每个月都是派出所和交警队的常客。

可今天来酒吧找他的是两名刑警，这很出乎他的意料。他揉着模糊的醉眼发现是一男一女，男的很普通，年轻的女警倒是相当漂亮，身材也是一级棒。他晒笑着上下打量许久，凑上去嬉皮笑脸地问她怎么干这个工作，要是来他的场子准是头牌公主。

"你给我醒醒！"女警察还没来得及反应，他身边的男警察就不轻不重地用右手背抽了张晓峰一个嘴巴。其实扇嘴巴威力不大，男警察也无意真打他，只是想警告他一下而已。但效果着实不错。一瞬间周围所有人的目光都被吸引了过来，张晓峰也让他唬住了，立时被抽回现实当中。他没想到警察竟然敢在自己开的酒吧打他，一瞬间整个夜场安静极了，伴随着震耳欲聋的音乐声，所有人的目光都集中在张晓峰身上。

"跟我走！"男警察一声怒喝，一把拽住张晓峰的衣领，把他像拖死狗般从酒吧里面拖到了路边的汽车上。伴着冰冷的夜风，张晓峰的酒劲逐渐退去。

酒吧里，几个相熟的朋友陆续走出来，看到张晓峰被男警察铐在汽车扶手上，他们眼瞅着男警察发动了汽车。"这帮孙子，没一个讲义气。"张晓峰低声咒骂着，被两个警察拽进了渝北路桔子连锁酒店六楼的某个套间。

女警察给他倒了杯水，然后坐到对面摊开笔记本，男警察则启动了个像是录音笔的东西，似乎要给自己录口供的样子。他们不是说了解情况吗？怎么把自己带到这儿来了。张晓峰赫然发现酒店的房间已经成了临时审讯室，自己的手铐依旧没有打开。

"你们……你们想干什么？"

"你自己做了什么还不知道吗？"男警察冷笑道，"你要是老实交代，今天晚上的事就一笔勾销，要不然我就以妨碍公务罪拘留你。"

"我说，我什么都说。"一听到拘留两个字，张晓峰立时软了下来。他后天还有笔大生意要谈，要真被拘了，可就什么都耽误了。只不过他现在还摸不准这两个塞北市的警察为什么来找他。所以话虽然说得好听，却没什么实质的东西，只一个劲地说些拜年的话。

"认识这个人吗？"男警察说着将手机里的一张照片打开给张晓峰看。张晓峰觑着眼睛瞅了半天才看清那人好像是胡梓涵，随即心里一宽，看样子不是针对自己来的："这是胡梓涵吧？他自己弄了个什么

cosplay 的组织，经常带着姑娘到我店里玩。"说到这儿，他又探头看了两眼，发现这张照片里的胡梓涵好像是尸体，"人死了？"

"最后一次见他是什么时候？"男警察并没有回答他。

"年前吧，二十三糖瓜粘、二十四扫房子、二十五……"张晓峰嘀咕着回忆和胡梓涵的最后一次会面，"没错，是吃完麻糖的第二天，他应该是腊月二十四来的。"

"他最近和什么人来往比较密切？"

"最近我可不知道，除了女人，他好像和谁都那么回事。"张晓峰说。男警察漫不经心地点着头，忽然抬起头把眼睛瞪得溜圆："那你呢，你们到底什么关系？"

"我们就是普通朋友。"张晓峰不敢看两个警察，只好把脑袋低下来。男警察冷哼一声，悠悠说道："你以为我们什么也不掌握，就把你弄这儿来了？你要是不想说就在这儿待着，看你着急还是我着急。"

"我就是……我就是和胡梓涵做点小生意。"说到小生意的时候，张晓峰遽然一惊，想起曾经见过的那个陌生人来。那人和他在胡梓涵家的楼道里擦肩而过，当时自己还悄悄踅回去跟了他一段路，记得他开了辆银灰色的大众途观，是塞北市的牌照。难道是这家伙交代的自己？张晓峰不由得有些后悔，说到底他当时也没太把那个书生气的外地人放到眼里。

"什么生意？"

"卖点针给胡梓涵。"

"什么针？说清楚。"女警察不耐烦地说了一句。

张晓峰忙赔笑着点了点头："杜冷丁。"

"卖多少钱，一次给他几针？"男警察问。

"一千五一针，一共和他做过三四次生意，每次六针。"

"三次还是四次？"

"四次。"

"和胡梓涵认识多长时间了？"

"多半年，真是多半年。他之前和谁做生意我不知道，不过他到这儿也是一朋友介绍过来，我才卖针给他。好像之前卖针的那哥们儿跑路了，他到我这儿一是跳舞、二是买针。"张晓峰边说边琢磨自己认罪的态度这么良好，一会儿这两个外地警察看在和胡梓涵被杀没啥关系，应该能放了自己吧？后天他还得去西北进点针，这事可不能和他们说。

"这酒吧是你开的吗？"

"是我媳妇开的，她还有别的生意，我主要负责盯这个酒吧。"

"你媳妇比你大吧？"

"对，你怎么知道的？"张晓峰奇怪地说道，"我媳妇比我大九岁。"男警察点了点头，又问他到底知不知道胡梓涵还和谁有来往。张晓峰无奈之下，只好将那个陌生人说了出来。

"除了他呢？"男警察低头在本上草草写了几个字，然后问道，"还见过什么人没有？"张晓峰无奈地摇了摇头："我真不知道。"

"不知道，那你就在这儿好好想想，啥时候想起来啥时候回家。"警察说着站起身要走，张晓峰怕他们真把自己扔这儿，忙大声叫住他们："那个……胡梓涵家，你们去了吗？"

"什么意思？"男警察问道。

"我知道他家客厅的鱼缸里有个摄像头，你们要是不知道的话，也许那东西能拍点什么。"无奈之下，张晓峰把自己知道的所有关于胡梓涵的事都说了出来。

"你怎么知道他的鱼缸里有摄像头？"

"我帮他装的，其实胡梓涵这家伙挺谨慎，别看年轻。他从来不说自己的事，但我总感觉他这人心眼挺多。"张晓峰停顿几秒，接着道，"他和我说是用来监视鱼的，不过谁把摄像头装在鱼缸里监视鱼呢？当然他不说我也不问，这规矩我还是懂的，就帮他装一下，挣个差价。"

男警察歪着头和女警察低声交流了几句，问张晓峰愿不愿意和他们去一趟胡梓涵家。其实张晓峰也没有讨价还价的余地，愿不愿意都得跟着去，男警察问他好像也只是例行程序而已。

出酒店大门的时候，已经是初二晚上十一点多了。迎着刺骨的夜风，张晓峰被两个警察推上了汽车，他们顺着孔雀大街往西走了六公里，拐到春城路，最终汽车开进了胡梓涵租住的高端小区茶海竹苑。

看样子警方并非第一次来，不仅道路熟悉，甚至连小区的物业对他们也是十分配合，连问都没问就让车进去了。张晓峰懵懂着被男警察带进电梯。

胡梓涵家住在一栋高楼的十层，对面就是云州体育场，视野十分开阔，当然这房子租金也不便宜。张晓峰一直搞不清天天旷课的胡梓涵的收入来源，他好像总有花不完的钱。最终他只能认为对方是个纨绔的富二代，否则无法解释这个疑问。

电梯门一开，张晓峰赫然看到两个警服齐整的中年男警察，其中一个胖子似乎有点眼熟，应该是云州本地人。就见稍胖的这个警察和押送张晓峰的男警打了个招呼："李警官来了，你打电话的时候我们正好在这附近。"

"辛苦你们，我把车开进来了，一会儿你们直接开走就行。"被称作李警官的男警察说道。胖警察听了忙摆手："不急，你们先用嘛。"

"差不多了，我今天早上借车的时候就和张队说好了，用车一天。上午约了几个和胡梓涵玩 cosplay 的女孩，没什么收获。倒是晚上这哥们儿这儿有了点进展。"李警官边说边跟着他们走，此时已经来到胡梓涵家门外。张晓峰夹在他们中间，身后是那个漂亮的年轻女警。

"李哥是张队的老朋友了，到我们云州查案，这点忙还是要帮的嘛。"胖警察说着，拿钥匙打开了胡梓涵家的门，"现场我们已经清理过了，你说的那个鱼缸还真没太注意。"他们打开灯，让张晓峰带他们来到鱼缸前，从里面湿淋淋地拿出一个伪装成加热棒的摄像头来。

"这东西有点意思，真不太容易发现。"胖警察拿着防水摄像头说道。李警官蹲下身，顺着线缆打开底滤箱，找出套着防水套的存储设备，问张晓峰："存多少天的数据？"

"三十天，云盘上还能存六十天，然后循环。"张晓峰回答。

"回局里看一下，这三个月到过胡梓涵这屋的人应该都能录下来吧。"李警官说着把东西交给了身后的女警，扭回头对胖警察说道，"这个人交给你们了，具体情况就是电话里说的那些。"

"好，谢谢李哥。"胖警察笑着和李警官打过招呼，踅过身来拉张晓峰。直到此时张晓峰才察觉自己上当了，原来这个塞北市的警察没有放过自己的打算。他想到刚才交代的问题，额头上立即冷汗淋漓。

"我，我要投诉——"张晓峰忽然大声喊了起来。

(3)

电话铃声一个劲儿地响个不停，可那个叫李伟的警察丝毫不为所动。他身边的姓林的女同事似乎有些看不下去了，不停地示意他接一下电话。李伟把手机拿起来扔到桌上，随手关闭了铃声。

这一切就发生在二婷面前，她却只能像蜡像一般木然注视着面前的两个警察。透过他们身后层层叠叠的白酒箱子，二婷能看到天空中正零零星星地飘着雪花。就像儿时过年，母亲腌咸菜的碎盐粒一样的雪花无声无息地落到地上，薄薄地铺了一层。

"我去解释一下吧。"年轻的女警察终于按捺不住，犹豫中把手朝桌上闪烁的手机伸了过去。可那个叫李伟的男警察仍然像没睡醒一样眯着眼睛，微微摇了摇头："别管它，先问正经事。"说着他把目光移向二婷，提高了声音，"说吧，这个人到底是谁？"

他说的"这个人"是两个警察十分钟前走进二婷店里拿出的照片上的人。照片是打印出来的，像是透过某个摄像头偷拍的，非常模糊。虽然如此，可二婷仍然能从背影猜出这人的身份，他们太熟悉了，熟悉到之前有一阵儿每天早上醒来第一个映入眼帘的就是这结实而宽厚的背影。

饶是如此，二婷仍然不愿意把他说出来。虽然他们已经很多天没有联系了，虽然他会经常莫名其妙地消失，虽然在这个人心里，二婷的重要性远远小于他自己在二婷心中的分量……可二婷仍然不想说什么，她相信他会像上次一样，在某个夕阳西下的傍晚，迎着落日的余晖走进店里，然后踅步到柜台前告诉二婷："给我拿一盒黄鹤楼。"

二婷已经不再年轻了，可她仍然憧憬着再次见到他的情景。谁能保证生命中不会出现奇迹呢！就像今天，一开店就进屋的两个警官带给二婷的不就是另外一种震惊吗？

"说啊，你等什么呢？"李伟催促道。二婷看了他一眼，把头低了下去："我不认识他。"说完这句话，她咬紧了嘴唇，一个字也不愿多说。所谓言多必失，谁知道哪句话说错了让警察又抓住了把柄。

"什么，你不认识他？"李伟显然不相信二婷的话。二婷可不管他信不信，反正自己就这个态度。只见他拿起手里的电子烟吸了两口，忽然站起身向外面走去。

二婷和姓林的女警察都瞠目结舌地望着李伟，直到他又抱着一尺多厚的一摞打印纸走进来。只见李伟将这堆纸全丢到桌子上，立刻哗啦一声散成一片。

打印纸上全是打印出来的监控画面，有的是车有的是人，但多数都是背景或侧脸，貌似也有他的照片。二婷正疑惑，李伟又开口了："今天是大年初四了吧，其实我前天就拿到这个人的照片了，你猜我这一天一夜在干什么？"

二婷没明白他的意思，只好疑惑地望着他。就听李伟又道："我在看监控录像，从云州看到塞北，我们两人倒着班看，一帧一帧地把从云州茶海竹苑小区到你这个名烟名酒超市的沿途所有录像都看了一遍，还打印了这些照片。你知道什么意思吗？"

"什么意思？"二婷懵懂地问道。

"从这个人出现在死者家里那天往前一个月，从云州茶海竹苑小区开始，到塞北市之间出现过的所有嫌疑车辆我都排查过，其中最有嫌疑的只有一辆车，在你超市门前出现两次，在茶海竹苑小区也出现过两次。另外就是这个人下车进你店了，你敢说你不认识他？"

李伟说着，翻出一张在二婷超市门前拍的照片："这一张就是他下车的照片，无论衣着、身高、身材，都和出现在胡梓涵家里的人一样，你敢说你不认识他？"他接着又找出一张打印的照片递给二婷，"还有，去年十二月二日下午，家住塞北市海港区金水湾小区的安慕白在早上去火车站送完孩子，回家后在家里被缢身亡，死因未定。我们在她死前一天，发现你的车停在她家小区门前，这难道也是巧合？"

"如果不是出现在你门前的那辆车，我们也许还不会把你列入监控范围。"林姓女警官说道，"可从云州到塞北，只有那一辆车符合条件，他根本没有想着隐藏自己的行踪，最起码没在你这儿隐藏。如果你不说，我们只能把你列为安慕白案的第一嫌疑人了。"

"我——"想到他素日行事的诡秘，二婷有点害怕了。虽然对他有感情，可二婷仍不愿把自己搭进去。她嗫嚅许久，忽见李伟猛地一拍桌子："想说什么就痛痛快快地说，不想说就上车，咱们换个地方再说。"

"我和他也不是很熟，就是普通朋友。"二婷鼓足勇气，终于说出了这几个字，"他之前总来我店里买烟，后来认识了就经常过来聊天。有时候他会借我的车办事。"

"他叫什么名字？"

"他说他叫夏智宇。"说出名字的时候，二婷憋了口气，生怕警察看出她有所隐瞒，"我不知道他是干什么的，也没和他出去过。就是借过车给他，还是两个月前的事，就那一次。"

"这个夏智宇就没和你说他干什么工作？"李伟问道。

"他说他是跑船的船员，以前进过监狱。"

"在哪儿跑船？"

"福建泉州，出去半年回来半年。"二婷说道。

李伟看出了她神色中的犹豫，突然问道："你和他就只是普通朋友？"

"是啊。"听李伟这么问，二婷蓦然有些羞涩，她抬起头与李伟的目光相对，不由自主地又垂下了眼帘。

"既然说了就都说了吧，要是你现在不说，将来再说恐怕也晚了。现在说我们还能帮帮你，到了公安局就没这么好的条件了。"

"他在我这儿住过一段时间。"二婷红着脸把她和夏智宇最后的秘密说了出来。出乎意料的是，并没有引起两个警察的兴趣，这让她一直悬着的心慢慢放了下来。

李伟把面前的资料整了整，又问道："你手机里有他的照片吗？"

"没有，他从来不留照片。"

"他是哪里人？"

"福建的吧，他说在这儿做生意。不出船的时候就卖点水产什么的。"

"说话有口音吗？"

"没有，夏智宇说他之前在这边有个舅舅，他从小父母双亡，是跟着舅舅长大的。舅舅死后跟着舅舅的朋友去福建谋生，定居在那里。这边也没什么亲人了。"二婷这次终于老实了，一五一十地交代了自己知道的一切。

"把他手机号给我。"

"153××××××××，不过现在打不通了。"夏智宇的手机号二婷倒是背得颇为熟练。李伟点了点头，站起身在她店里转了两圈："你这儿就没有什么监控吗？"

"没有，晚上雇了人下夜。"

"我的意思是你有没有他的视频或照片。"李伟不耐烦地说道，"我告诉你，佟婷婷，你现在可是涉嫌窝藏包庇犯罪嫌疑人，你要是想洗脱嫌疑就老老实实和我们合作。到时候我们可以考虑给你求求情，让法院从轻处罚。"

二婷摇摇头，她的确没有留过夏智宇的照片。事实上她开始就知道这个人来路不正，绝对不是什么正经生意人，可她就是愿意和他在一起。在他身上，二婷总能感觉到一种男性特有的魅力，让她甘愿付出。

"这样啊，他没说他在哪儿蹲的监狱？"

"没有，他很少说他的事情。"

"他后来开的这个车是他买的吗？"

"不是，是用我身份证租的车。"

"你还真舍得给男人花钱啊。"林警官冷冷说道。二婷一听这个连忙摇了摇头，解释道："钱都是他出，这个人挺有钱的。"

"他住你这儿是不是也交住宿费啊？"李伟冷冷地笑道。二婷无奈地笑了笑，只见林警官面露惊讶之色："这钱你真收啊，怪不得能开这么大的超市。"

"这个嫌疑人很谨慎，就算出门也都戴着口罩帽子。看来得麻烦佟老板和我们走一趟，做个拼图再回来。"李伟悠然说道。二婷开始没听明白他所谓的拼图是什么意思，经他解释才弄懂，想了半天忽然回忆起某天晚上的事，红着脸道："其实……其实我有一张他的照片。"

"哦，那你怎么不拿出来？"李伟面露惊喜，看了一眼林警官，忙凑上前问道。二婷咬了咬牙，道："我们有一次晚上自拍，拍完他就让我删了照片。我觉得拍得不错就悄悄留下一张，放到云盘了。不过……"

"不过什么？"李伟问道。

"不过我们都没穿什么衣服，那张照片不太好看。"说完这句话，二婷感觉脸烫得很，声若蚊蝇。李伟愣了一下，想了想说道："非常时期，必须得给我。"他的话没有商量的余地，二婷也知道自己这关躲不过去，只好打开电脑把照片下载到桌面。

李伟和林警官第一时间都凑了过去，只听"哎呀"一声，林警官红着脸又转过了头，狠狠地瞪了二婷一眼："你都快四十岁的人了，怎么一点也不知道自重。"她说完再也不看照片，回到了自己的座位上。

倒是李伟没什么反应，瞪着电脑瞅了半天，忽然一拍脑袋："怎么是他，这个嫌疑人我可见过。"

第四章　转折与希望

(1)

经过李伟和林美纶的缜密调查，一个胡梓涵案的新嫌疑人浮出了水面。可李伟面对这个人的时候，第一反应竟然是有些吃惊，他见过这个嫌疑人。

"这人谁呀？"出门上车时，林美纶好奇地问道。李伟伸出左手轻轻摩挲了两下头顶："他叫曹麟，二十年前我们见过。那时候还是个十来岁的半大小子，现在也人到中年了。"李伟说话间突然愣住了，好像想到了什么怪异的事情。

"曹麟不就是曹芳的弟弟，那个因为姐姐失踪打伤文辉儿子文延杰的人。听说文延杰后来左腿终身残疾，曹麟因此入狱八年……"说到这儿，林美纶才注意到李伟的变化，顺着他的目光望去，马路对面，一个衣着朴素的老人正慢慢远离他们的视线。

"怎么了？"

"他怎么在这里，难道是巧合？"李伟喃喃自语。林美纶没听清他说什么，也没接口，李伟说完钻进驾驶位发动汽车瞅了她一眼："你接着说，怎么了？"

林美纶点点头，结合二婷刚才的交代继续道："二婷说夏智宇告诉她他曾经进过监狱，没准儿他还真蹲过班房。"

李伟赞许地看了林美纶一眼，笑道："行啊，这几天做功课了吧？之前开会的时候，你对马硕、曹芳的案子还一无所知呢，怎么突然这么清楚。"

"你以为我是谁啊，和你办案当然要多学习，这也算近朱者赤吧。"听到李伟的表扬，林美纶心里美滋滋的，只觉得这么多天的辛苦没有白费。话说回来，要是和他搭档的人不是李伟，自己还有没有这种学习劲头还真难说呢。

"和马家人一样，曹麟也认为赵保胜和文辉强暴了她姐姐，所以一直对这两个人怀恨在心。如果'二四灭门案'是他做的也不稀奇，但还需要证据和他的同伙。"

"你确认他有同伙？"

"这么大的灭门案他一个人很难完成。杀人手法干脆利落，不亚于职业杀手，我甚至怀疑曹麟是雇凶杀人。"说到这里，李伟停顿了一下，"不过也有例外，如果帮曹麟的人曾经是个职业军人，甚至是个打过仗的侦察兵，就很可能让他事半功倍。"

林美纶听得有些疑惑，不知道李伟云山雾罩地究竟什么意思："你说什么呢，李哥，你怎么知道有这么个人帮曹麟，难道你有目标了？"

"你知道刚刚过去那老头是谁吗？"

"谁啊？"林美纶问。

"你是怎么毕业的，这记忆力训练可不过关啊。"虽然是玩笑，李伟还是说得林美纶脸上一红。李伟怕她面上不好看，立即岔开了话题："那老头就是马志友，你见过照片，没见过真人。"

"是他呀。"林美纶恍然大悟，"资料里的确说他当过兵，难道你怀疑他是曹麟的同伙？"想到刚才那个走路颤颤巍巍、随时都可能摔倒的老人，无论如何都不像是可以杀人的凶手。

"我只是猜测，没什么证据。再说马志友的病也不像是装出来的，看起来他脑子的确不太好。"

他们两人说着已经开进了县公安局大院。林美纶不无担忧地说道："董队找了咱们两天，你也不接电话，我这一天也没音信，会不会剋咱们啊。"

"没事，我们可是弄清楚了胡梓涵案的嫌疑人，要真能证明他和'二四灭门案'以及安慕白的案子有关系，那案子不就等于破了吗？我这儿也能给宋局交差了。"李伟说着跳下车，还一个劲地给林美纶打气："将在外君命有所不受，他要再叽叽歪歪，我正好推掉这个苦差事，回去当我的教书匠，挺好。"

事实证明，林美纶的担忧是有道理的，董立绝不是一个好说话的人。他们一进办公室，董立就劈头盖脸地把他们卷了一顿，气势不啻夏日登陆的最强台风。首先，他对李伟和林美纶无缘无故地失联极为不满，认为李伟找过强以后，私自开车前往云州是无组织无纪律的表现。另外就是，他接到市局警督办电话，说云州那边有人投诉李伟刑讯逼供和诱供，涉嫌钓鱼执法，已经展开调查。

"市局的警务督察在杨队办公室，你们俩自己看着办，这件事我可包庇不了你们。"董立一副公事公办的样子，阴恻恻地盯着李伟。李伟听他这么说，随手将几张打印照片丢在董立的桌子上："我们不是去玩，你看看我们找出的嫌疑人，没有我们，能找得这么快？"

"那这也不是突然消失的理由，你们连个电话都不接，我怎么跟上级交代？"董立冷哼道，"刚才杨队问我刑讯逼供的事情，我一无所知。"

"那你怎么回答他的？"林美纶紧张地问道。

"实话实说，能怎么说。"董立冷笑道，"我只能告诉他我不知道。"他的话还没说完林美纶就急了。她知道这种事可大可小，如果董立肯为李伟说几句好话也许还没这么难办，怕就怕他不愿承担责任，所有事情都推到李伟头上。

"你——"林美纶刚想再质问董立，李伟伸手就拦住了她，慢条斯理地说道："算了吧，无所谓了，正好回去教书。我该做的也都做了，一会儿你把咱们这几天查到的情况给董队介绍一下，我去杨队屋里瞅瞅。"

李伟走后，听过林美纶的解释，董立才斟酌着说出了事情的经过。原来投诉李伟的人叫张晓峰，是云州"Party 2002"酒吧的合伙人。他说李伟和林美纶到他酒吧问话时不仅诱供，还刑讯逼供，一定要和公安部门要个说法。事情闹了一整天，今天转到了塞北。宋局长一听是李伟的事就直接转到了杨坤手里，让专案组解决一下。

说完这些，董立道："警务督察已经来了，就算是你说的那样，也需要时间调查取证。李伟做事不计后果，又这么冲动，要是出了人身危险谁来负责？再说如今时间很紧，曹麟的线索就由你和牛智飞先跟下去，等李伟的事解决了再说。"

李伟和张晓峰的事情，林美纶自然清楚，也有些后悔。如果当时自己没有表现出那样强烈的反感或是拉李伟一把，也许事情不会闹到现在这般田地。此时想来，她心中不是一直为李伟帮自己出头教训张晓峰而沾沾自喜吗？也是从那时候开始，李伟在她心中的分量越发重了。

再说眼前的案子，明摆着才开始有了点头绪，临阵换将可是大忌；何况林美纶也不愿李伟离开专案组。于是她猛地抬起头，大声说道："这怎么行啊！"

董立紧攒眉头，听林美纶不愿意去查曹麟，立刻拉长了脸："小林，专案组的工作这么急，你不能感情用事，李伟的问题我会帮他处理的嘛。"

董立话不多，却吓了林美纶一跳，尤其是听到感情用事四个字，蓦然以为董立知晓了自己的心事，脸一红不再回辩。董立自然不知她想什么，以为她是被自己说动了，兀自有些扬扬得意。

"快中午了，你吃完饭和牛智飞沟通一下，查查曹麟的背景，他们家现在还有什么人。他不是曾经服过刑嘛，你们可以和监狱方面联系一下。"

"那马志友谁查？"林美纶顺口问道。董立被她问得一愣："有证据吗？就凭李伟那张照片也不能说明什么问题啊。先从曹麟入手吧，现在他才是最大的嫌疑人。"

既然知道董立以破案为第一目的，林美纶不好再多说什么。她懊恼地离开办公室，想找借口去杨坤那儿打听打听李伟的事，谁知道才出门就遇到了 B 组的汪红，只好强打精神和汪红一块儿去食堂吃饭，饭桌上正好遇到牛智飞。

"小林，董队说下午一块儿去塞北西郊监狱，你给我说说情况呗。"牛智飞这边听说可以和林美纶出去显得非常高兴，林美纶却三言两语打发了他，吃完饭特意绕路去了一趟杨坤的办公室外，只见大门紧闭，李伟和警务督察都不见了。

塞北市西郊监狱距离市区三十多公里，再加上怀志县到塞北市还有一百六十公里的路程，所以林美纶和牛智飞到达西郊监狱的时候已过下午三点。他们顾不上休息，直接去找监狱负责人苏狱长。之前董立已经和苏狱长打过招呼，所以他还找了当年负责过曹麟服刑监区的两名干警——邓普华和郝杰——过来介绍曹麟的情况。

邓普华今年五十多岁，在西郊监狱干了一辈子，对很多犯人都相当熟稔。当林美纶问起曹麟的时候，记忆力惊人的老邓竟然还能记起他的一些事情。只听他介绍道："曹麟是二〇〇〇年夏天正式转入我们监狱的，服刑期是七年半，中间有过两次减刑。他出狱的时候正好距离北京开奥运会还差一年，我记得很清楚。"

"那您说说他的情况吧。"林美纶拿起笔记本认真记录，想着纵然李伟过不来，自己也能整理些资料给他。老邓语速很慢，边回忆边说，大概就是曹麟这个人在监狱里很低调，不怎么爱说话，和他同号的几个人都反映说他是个蔫货，受了欺负也不愿声张，平时干活还算中规中矩，七年来也没什么特别的事。

"那他的家人呢，经常来看他吗？"林美纶问道。

"他姐姐去世以后，曹麟的直系亲属只有养母贺东婷一个人。我听说他养父曹红军很早就死了，所以曹麟在监狱这几年过得也挺苦，家人很少来看他，能挨下来不容易。"

"他家人一次也没来过？"牛智飞问。老邓听他这么说愣了一下，想了想才道："他养母贺东婷来过，不是一次就是两次。"

林美纶放下笔，听老邓说养父养母觉得很奇怪，问道："难道曹麟不是贺东婷亲生的？"

"不是，曹麟、曹芳都是贺东婷和曹红军从福利院抱养的，具体的情况我不清楚。不过除了贺东婷以外，还有两个外人经常来看曹麟。"

"谁呀？"林美纶惊讶地问。

"好像也是那个案子的受害人，一个人叫马志友，一个叫李玉英，是两口子。他们好像和曹麟很谈得来，经常过来看他。李玉英有残疾，坐着轮椅，所以马志友来得多一点。我记得他经常给曹麟的卡充钱，还买东西给他，但曹麟很少花钱，就是有额度也让给其他人了。"老邓斟酌着说道。

林美纶停下笔，琢磨着李伟说马志友是曹麟同伙的嫌疑是不是从这儿来的？曹麟这个人也很奇怪，听老邓这么说，很难在心里给他勾勒出比较清晰的形象，人设模糊。

一直没有说话的郝杰开口道："曹麟入狱的时候刚满二十岁，其实还是个大孩子，再加上他的身世复杂，所以在监狱里低调也很正常。只不过有人向我举报过，说曹麟曾经嚷嚷出狱后要杀了强奸他姐姐的人。为这事我还问过他，他不承认。举报人后来没得到奖励，就不了了之了。"他停顿几秒，稍稍喘口气说，"这次苇楠房地产那个老总全家被杀，我第一时间就想起了这个事。"

"原来是这样啊，明白了。"林美纶又问了曹麟的其他情况，却再没有什么值得注意的线索。最后索要曹麟资料的时候，老邓说道："资料可以给你复印一份，不过他入狱比较早，咱们塞北市又不算发达地区，所以当年只有指纹和照片，没有 DNA 留存。"

离开监狱，林美纶心里其实挺兴奋，最起码今天没有白跑，还有曹麟并非贺东婷亲生这件事，也算有所收获。她真希望马上回去把这个情况告诉李伟。

查到的线索不向队长董立汇报，而是第一时间告诉李伟，林美纶也觉得自己怪有意思的。当她满怀期待地赶回怀志县，董立告诉她，李伟涉嫌对嫌疑人刑讯逼供，已经被停职了。

(2)

李伟的停职很出乎林美纶的意料。这两天跟着他没白天没黑夜地东奔西跑，案子刚有了一点眉目，突然听到这么个消息，她的心情一下子沉到了谷底，做什么也提不起劲。从董立的办公室出来，已是华灯初上。林美纶去食堂打了饭，望着窗外盐粒般的星星点点，脑海中不断回忆着下午听到的曹麟的那些事，一时间那个看似柔弱实则内心偏执的形象逐渐清晰起来。

林美纶突然有了想和李伟交流案情的冲动，她十分想知道李伟对曹麟的这些事情怎么看，下一步自己又应该怎么做。思来想去，她猛地推开吃了几口的餐盘，急匆匆回到寝室取了挎包，要去塞北市找李伟。

林美纶说不清自己为什么要这样做，内心深处似乎有一种莫名其妙的动力推着她前行。她不由自主地驱动汽车，风驰电掣般开上高速公路。

雪大起来，呼啸的北风裹挟着石子打在车窗上，发出噼噼啪啪的声响。汽车头灯的光线笔直地照亮前方，越发衬托出车身两侧的黑暗。林美纶把音响调到最大，在音乐的陪伴下穿过高速公路，直到汽车迎着五彩缤纷的霓虹灯，一头扎进塞北市的怀抱。

"李哥，你在哪儿呢？"林美纶边开车边给李伟打电话。电话里，李伟的声音并未像她想象中那样颓废："在家，你们还没回呢？"

"他们走了，我还没回呢。你方便吗，过去和你聊聊。"林美纶简单地把下午的情况说了一遍。只听电话里李伟犹豫了一下，说道："那……你来吧，我家就我自己。"李伟接着问，"吃饭没？"

"没有。"林美纶这才察觉自己真有些饿了，看时间已是相当晚了，街衢巷尾间缩手缩脚的行人越发稀少，只有两边茶楼酒肆的灯影人声，才显得不那么落寞。她按照李伟手机上发来的位置寻去，最终将汽车拐进新落成的一个小区。

李伟住在小区中心位置的一栋高层的七楼，当林美纶敲门进屋的时候，李伟正围着围裙在厨房做饭。

"我正准备泡方便面呢，既然你第一次来也不能让你吃那东西，干脆简单炒两个菜，对付对付得了。"李伟笑盈盈地说道，完全看不出被停职的沮丧。

林美纶好奇地左右打量，发现这是一套崭新的三室一厅，装修是北欧简约风，倒也干净整洁。李伟看她到处踅摸，笑道："我结婚晚，这是前年才买的婚房，房贷二十年，现在才还了三年。"

"哦，嫂子呢？"林美纶抬头看到，客厅里结婚照中的李伟精明干练，身边的妻子非常漂亮，虽然年长几岁，可和林美纶比起颜值来有过之而无不及。

"怀孕了，这段时间住到我嫂子那儿去了。我顾不上家，再加上我妈去世早，她干脆搬到他们那儿了，和我爸一个小区，互相照应着也方便。"李伟在厨房边炒菜边说。

"嫂子姓什么啊？"

"姓成，成功的成。"李伟说道。

"哦，离这儿远吗？"

"不远，就对马路对面。"李伟说着端出菜来，是西红柿炒鸡蛋、酱爆鸡丁、蒜薹炒肉三个菜，另外还有一大瓶两升装的百事可乐。

"吃饭，我不爱吃牛羊肉，所以就简单点对付这些吧，你别嫌弃。咱们边吃边谈。"李伟给林美纶盛了饭，这才收起笑容和她谈起下午的事，当他听到曹麟扬言要杀了强奸姐姐的人时，眉头紧紧攒在了一处。

"这是他的心结啊，下一步还要多了解。"说完这句话之后，李伟再不言语，只是一个劲地给林美纶夹菜。本来还等着他高见的林美纶看他忽然哑了火，直到这顿饭吃完也没再说什么，颇感奇怪。

"我刷锅，你去客厅坐会儿。"李伟说着走进了厨房。林美纶百无聊赖地信步推开书房的门，赫然吓了一跳，轻轻喊出声来。

映入眼帘的是一面齐墙高的玻璃盒子墙，每个盒子约有成年人手掌大小，里面密密麻麻地放满了各色昆虫标本，有蜻蜓、蝴蝶，甚至有几只蜘蛛，红红绿绿的，倒也不难看。只是突然推开门看到这些，林美纶着实吓了一跳。

听到林美纶叫声的李伟从厨房跑来，看到她正瞅这面昆虫墙，也笑了起来，回身洗了手，端着杯热茶过来放到茶几上："吓了一跳吧。"

"你还有这个爱好啊。"林美纶好奇地过去打量盒子里五彩缤纷的蝴蝶问道。李伟摸出电子烟点燃，抽了两口在沙发上坐下道："我这个人以前没什么爱好。你也知道，干咱们这行的，除了睡觉也不可能有什么爱好。身体素质还不如普通人呢，熬夜抽烟发脾气，天天让小华训。"说到这里他笑了笑，"就是我媳妇。"

"然后你就给自己找了个爱好？"

"也不算吧，机缘巧合。有一回我哥接了个活儿，帮别人改一个剧本。他是个编剧，也接各种稿件的改编。剧本里有个人特喜欢昆虫，尤其喜欢一种叫'侏红小蜻'的蜻蜓。我就有了点兴趣，也开始收集起昆虫来。"他边说边在墙上找了个盒子指给林美纶看，"你看，就是这个东西。"

林美纶循着他手指的方向望去，只见盒中间放了只非常小的红色蜻蜓，比普通的大苍蝇大不了多少，只是浑身火红，煞是好看。只听李伟继续道："这是世界上最小的蜻蜓。身长只有不到两厘米。这么小的它们只生活在沼泽的草丛附近，一辈子都不会出去。"

"沼泽？"林美纶不解地问。

"就是逐渐陆化的湖泊，湖水已经被水草覆盖了大半的地方。那是一个很封闭的环境。侏红小蜻一辈子就生活在那儿，好像很安稳。我常常会想，要是有一天沼泽没了湖水，成为真正的陆地，它们会就此失去栖息地，到那时候，它们又该往哪儿去呢？"

"真是替古人担忧。"林美纶笑着坐回客厅。

"我喜欢上收集昆虫标本，就是从这只侏红小蜻开始的。我有时候觉得我就是一只侏红小蜻，只能守着这块沼泽过日子，保着这块沼泽平安无事就行了，以后的事谁知道呢？"

林美纶抬起头，看到李伟正朝自己笑，声音清脆洪亮："至少我想帮在这儿生活的人守护住这片栖息地，让大家安居乐业。警察也是普通人，是个普通的职业。像我以前，干警察二十多年，连个爱好也没有，除了抽烟喝酒就是睡觉，多不健康。"

"这个爱好挺健康，就是费钱，是吧？"林美纶哈哈大笑起来。

"还行，就是那只侏红小蜻在网上买得贵了点，其他的都很便宜，看着好看，其实是很普通的品种。"李伟也跟着笑了起来。说话间，他又给自己倒了杯可乐，林美纶这才知道李伟竟然这么喜欢冰镇可乐。

"这东西提神，比咖啡来得快。"说着话，李伟坐到林美纶对面，面带微笑地望着她，"是不是特发愁，不知道该怎么办了？"

林美纶叹了口气，既没否定也没肯定。李伟端起可乐一口气喝了半杯才道："张晓峰那个事其实不难弄清楚，只不过他既然投诉了，领导也不能不重视啊。所以说我这儿你放心，把你自己的工作干好就行，案子现在算是有了一点眉目，别因为咱们这事节外生枝。我可听说老杜他们那组有不少干货了，你可别落后。"

"他们主要是围绕赵保胜的社会关系和苇楠集团取证，难道这方面有进展了？"林美纶问道。李伟摇了摇头说道："具体的不知道，下午打电话听杨队说苇楠集团的水挺深，据知道内幕的员工透露，他们还有代号叫'老佛爷'的后台，需要详细调查。

"苇楠集团不着急，眼下还是把咱们的事干好吧。下一步要从曹麟的养母贺东婷和马硕的父亲马志友身上展开调查，把当年的事摸清楚，不要怕麻烦，要把每一个细节都查得水落石出，尤其是马志友的情况。"

"有这个必要吗？"林美纶虽然也知道目前曹麟是最大嫌疑人，但感觉李伟的意思是要她把当年的案情重新梳理一遍，似乎与现在最需要关注的曹麟下落不甚相符。况且她对李伟什么都非常佩服，唯独盯着马志友这一节有些不解。

她的话音刚落，李伟就郑重其事地点了点头："当然有必要，如果这事真是曹麟所为，他将是咱们塞北市历史上最有影响力的杀人犯，他不可能一个人完成这么大的案子。"

"为什么啊？"林美纶不解地问道。

"小林，你也是警察，你知道我们遇到的杀人案中最多的一种情况是什么吗？"李伟问道。林美纶愣了一下，竟然一时不知道该怎么回答。只见李伟很得意地眨了眨眼，说道："我告诉你，百分之九十以上的杀人案都是有迹可循的激情杀人。像'二四灭门案'这种经过精心谋划的杀人案属于极少情况，可能你一辈子也碰不上几回。"说着，他深深地吸了口气，继续道，"面对这种嫌疑人，不该好好了解一下吗？"

林美纶也叹了口气，心里有点失望，她原以为李伟会说出什么大道理呢，谁承想就是这么个原因。她有点不知道该说什么好了。虽然她并不赞同李伟的话，但还是十分钦佩甚至是仰慕他的为人，所以也不再反驳："好吧，我明天和牛智飞商量一下。"

"嗯，我开始也不想管这个案子，真不想管。现在既然让我下来，我正好歇歇，你自己抓点紧，有什么不明白的可以来问我。"李伟说着话抬起头，望着窗外开始漫天飞舞的雪花，突然问林美纶怎么来的，在得到林美纶的回答后，他轻声说了句不好："明天怕是高速要封了。"

"不行给杨队打个电话，我去对面的快捷酒店住一晚。"林美纶无所谓地说道。谁知李伟立即否定了她的提议："案情随时都可能出现变化，我不建议你住塞北。要是雪大了，怕你明天走不了了。"说着他急匆匆地站起身，抓起身边的外衣就往外走，"我送你回怀志，趁现在高速还没封。"

虽然有些意外，可李伟这说风就是雨的性格，这几天林美纶也没少领教，知道说什么也没用，只好拿上挎包跟他往外走去。

(3)

雪越来越大，绵绵密密地铺满了整个怀志县城，还没有一点停歇的意思，下得又急又密。牛智飞徘徊在县局院里，对着女警宿舍方向瞅了两眼，又停住了脚步。

这一夜，他已经踟蹰数次，始终未得到林美纶的丁点儿消息，心下焦躁得紧。手机一遍一遍地拨着林美纶的电话，得到的始终是暂时无法接通的冰冷提示，就如同他的心情一样沉到了谷底。

眼看已至深夜，牛智飞却无丝毫睡意。平时大家工作忙，再加上性格原因，他和林美纶其实也没单独说过几句话，有时候能和她在一个办公室工作，牛智飞都异常高兴。这次两人分到同一个专案组，本来是件让他非常兴奋的事情，谁承想林美纶搭档了李伟，他只能郁郁寡欢地成了董立的司机，没日没夜地在两处案发现场来回跑。

下午从监狱回来，牛智飞就觉得林美纶有点不对劲，食堂的饭没吃完就走了，搞得他有些茫然，各种猜想纷至沓来。他问遍了警队也没人知道林美纶到底去了哪里，问到汪红那儿时还有些奇怪："她不是和你去塞北了吗，没回来？"

牛智飞顾不上和她解释，转身就离开了宿舍，走到院子里的时候正开始下雪，他就这么在雪地里抽烟，傻站了几个小时。

迷蒙昏暗的雪夜，整个怀志县都已沉沉睡去，只有牛智飞那若隐若现的烟头和他微微喘出的两道气息显出点活人生机，把他和雪地的某个雪人区分开。直到远处汽车大灯光芒照亮了整个院落，牛智飞已经冰冷的心才逐渐融化。

随着刺耳的刹车声，汽车在牛智飞面前停了下来。李伟和林美纶依次跳下汽车的时候，正看到冰雪覆盖下的牛智飞同样向他们射来疑问的目光。李伟先是爽朗地笑了两声，才道："我以为是个雪人呢，怎么是你啊？小牛，还没睡？"

"哦，睡不着，就出来看看雪。"牛智飞抬起头望着挣绵扯絮般的雪花，叹了口气，"这几年咱们塞北冬天下雪越来越少了，像这种大雪真是非常难得。"

"真看不出你还有这份闲心，好不容易不加班，还不赶快去睡。"林美纶没有理会牛智飞的感慨，而是对他的行为相当不解。李伟看了林美纶一眼，微微地点了点头："我也睡不着，就让小林给我说了说你们下午去监狱的收获，你要是有兴趣咱们再聊聊，商量商量下一步你们怎么办。"

"哦，这样啊，我没什么意见，不过小林今天有点累了吧？"牛智飞犹豫道。他的话还没说完，林美纶就提出质疑："我不累，咱们去哪儿聊，李哥？"

"办公室这段时间都有人，我现在这个情况去不太方便……"李伟斟酌着左右打量了一阵，"要不然就门口的杨老二家吧，我估计这家伙准没睡呢。"李伟说的杨老二是指分局门口的老杨饺子馆老板，和大家都很熟悉。他的两个孩子在外地上大学，他和媳妇就开了这么个小饭馆，两口子在里间屋住。不管几点，只要有需要，他都会把饭送到分局。

"行啊，那就去呗。"牛智飞说着抖落身上的雪，大步带着他们来到杨老二家门前。果然如李伟所料，虽然门从里上了锁，可杨老二屋里还是透出闪烁的电视光芒。

"老杨，开门。"牛智飞重重地砸开了门。虽然有些突然，可这种场面杨老二也没少见，问都不问就麻利地端上了花生米、松花蛋、酱肘花和拌蜇头四样凉菜，还给他们拿了老白干和饮料，顺便问几个人吃什么馅的饺子。

"饺子再说吧，我们也不太饿。"李伟刚说完，牛智飞就提出他要吃饺子，而且要茴香馅。等老杨回屋准备，林美纶才给李伟和牛智飞倒了酒，给自己倒了杯鲜橙多。

"李哥，你说我们下一步该怎么办，给我们讲讲呗？"林美纶认真地问道。李伟望着面前两张真挚的面孔，心下有些惭愧。说实话，对此他毫无准备。适才见到牛智飞的时候，他分明感到一种扑面而来的质疑和困惑，这种单纯个人感情基础上的情绪如不适度引导，恐会变成某种敌对的意识也说不定。李伟当机立断，决定像个有经验的水利专家一样做好疏导工作，以便这道迷路的涓流可以顺归大海。

如今人是坐下了，该谈些什么呢？对于案情，李伟只有一个粗浅的想法，无论如何也谈不上可以指导这两个年轻人如何工作。事实上，李伟并不愿接这个案子，如果不是宋局长亲自打来电话，也许他只会像其他同事一样在茶余饭后表示关注而已。多年的刑警生涯已经将李伟的性格打磨得无比圆润，再无任何锋刃与激情，与面前的林美纶、牛智飞形成了鲜明对比。

如今的李伟对待工作的态度非常平淡，只觉得刑警是份普通的工作，远没有传说中的神秘和高尚。就像和林美纶在家里说的那样，人过中年的他已经因为工作落下一身毛病，再不愿像影视作品中的警察那样，为了案子放弃自己的一切。李伟自认没有什么惊世骇俗的故事和无比崇高的责任心，纵然有也是很多年前的事了，现在的他只想做个普通人，认认真真地去完成自己的教学工作。

他是一只侏红小蜻，栖息地只要一片沼泽就足够了。办案子的时候他还是风风火火，但比起以前，这似乎是残存的最后一点本性了。

高荣华临终时的嘱托的确让李伟小小地激动过一阵儿，甚至考虑过有机会要帮他完成愿望，将马硕、曹芳失踪案彻底搞清楚。可那仅仅是片刻的热血沸腾，待冷静下来，李伟优先选择的仍然是循规蹈矩。亦如宋建鹏局长的邀约之后，他对案件的态度也仅仅是如何能够交差，如何能够让宋局长满意而已。

讲什么呢？难得两个年轻人信任他，希望能从他这里学到东西。尤其是林美纶，两天的接触让李伟明显感到她对自己态度的微妙变化。李伟是过来人，他能察觉到林美纶对自己的态度像开水壶里的水一样不断升腾，由惊奇到钦佩再到如今的崇拜，不消说这里面少不了对破案的憧憬。可自己能给予他们什么呢？李伟心里没底。

"时间紧迫，这么大的案子发生，领导们的压力很大。还是听董队的话，先摸清曹麟的底，他的嫌疑很大。"沉吟良久，李伟才不咸不淡地说道。他的话显然让林美纶有些失望，这与刚才他们在李伟家定下的方略似乎有了偏差，这一路李伟又想起了什么吗？

她侧着脸像不认识李伟一样上下打量着他，半天才喃喃地说道："'二四灭门案'的关注度太高了，压力这么大。照现在的情况，如果嫌疑人落实，肯定会尽快破案。我担心到那时候，马硕、曹芳失踪案会被放到什么位置还不好说呢。"

"没关系，如果两个案子真有联系，那马硕、曹芳失踪案一定会弄明白。"李伟悠悠地说道。其实他也不知道这话是在安慰林美纶，还是在暗中给自己打气。好在林美纶受到鼓励，果然睁大了双眼："那到底该怎么做？"

"分清主次，还是从曹麟开始吧，否则你们的工作很难有效开展，也不会得到队里的支持。"李伟道。

林美纶摇了摇头，悠悠地说道："李哥是怕我们办不好吗？我听说，当年你破获'小白楼'案成名的时候也不过二十多岁。"

李伟苦笑了两声，对于林美纶的话他无力反驳，其实他很矛盾，对于案子的方向到底应该如何决策实在说不清楚，又不好打击她的积极性，只好问道："那你说该怎么办呢？"

"继续查下去，'二四灭门案'和马硕、曹芳失踪案一定有联系，找到他们的交叉点，把二十年前没有弄明白的地方搞清楚，还有马志友的事，他到底有没有嫌疑。"林美纶信心满满地说道。李伟望着她美艳的面孔，一时间有些无语。他不知道林美纶这想法是怎么来的，无疑一定契合了宋局的意思。

"可以，不过你们打算怎么展开？别忘了，当务之急是'二四灭门案'。"

"所以才来听听你的意思啊。"林美纶兜了一圈，又把皮球踢回给李伟。他叹了口气，将目光转向一直没有说话的牛智飞。

"小牛，你怎么看？"

"我听你们的，让我怎么干就怎么干。"牛智飞夹了一个热气腾腾的饺子，边吃边说。李伟冷哼了一声，说道："那你该听听董队的意见，他一向事无巨细。"

"我听你的。"牛智飞言简意赅，语气坚决。李伟看推托不了，只好无奈地点了点头："好吧，只不过要注意平衡这里面的关系。除了曹麟以外，我建议你们多了解马志友和文辉，摸一下他们目前的情况。"

"文辉好办，我有个同学在苇楠集团的总裁办工作，明天先找她聊聊。"林美纶说。李伟想了想，觉得可行，也就点头同意了。此时，他完全没有想到，这个决定不仅差点毁掉面前两个年轻人的前途，而且自己也由此开始面对新的威胁。

第五章　诡谲的新命案

(1)

三人离开饺子馆时已近子夜，送牛智飞和林美纶回了局里，李伟信步在清寂的怀志县大街上，往事一件件回荡在脑海中。

二十年前，李伟还未从警校毕业，在怀志县公安局刑侦一中队实习，他们局的大队长就是如今的市局局长宋建鹏。由于马硕和曹芳失踪案影响大，再加上临近澳门回归，全社会对这种案件相当敏感，所以局里上上下下都非常重视。

案件发生后，整个大队忙得四脚朝天，与这次"二四灭门案"的动静不相上下。有天晚上开会到深夜，宋建鹏和高荣华对现场的情况产生了一些争执，于是他们连夜开车前往济梦湖案发现场调查。

那天晚上，济梦湖冰天雪地，前后左右都是雪，将湖岸与结冰的湖水连接到一起，难以分清界限。李伟和另外一个同志跟在宋建鹏与高荣华身后，听他们不停地争论案情。

忽然听到"咔嚓"一声巨响，走在李伟面前的大队长宋建鹏整个人突然消失在众人眼前。接着冰面发出连续不断的撕裂声，好像一头猛兽在发出攻击前的狰狞吼叫。与此同时，脚下一个刚刚裂开的冰窟窿里闪现出一个人的两条手臂，正在奋力挣扎。

须臾之间，李伟顾不得多想，纵身跳进湖水当中。一瞬间整个人被冰水铺天盖地地包裹起来，只觉得像无数钢针透过衣服和皮肉直接扎进了骨头里，使他的身体几乎动弹不得。与此同时，另外一个同志也跳进了水里，和李伟一同豁出命去向宋建鹏的方向会合。

在精神作用下，脑子里一片空白的李伟奋力抓住了宋建鹏的一条手臂，机械般地紧紧抱住，艰难地将宋建鹏托出湖面，在高荣华的帮助下把人拉了上去。

三人上岸后都是脸色苍白，嘴唇青紫，人抖成一团。就是从那天起，宋建鹏记住了李伟，常和别人开玩笑说李伟是他的救命恩人。之后李伟才知道，高荣华和这位大队长也是师徒关系。小十岁的宋建鹏是高荣华第一个手把手带出现场的徒弟。

"这个案子绝不是普通的失踪案，我还是觉得现场太复杂了。"高荣华对案发三天后的暴雪耿耿于怀，总觉得是这场雪破坏了现场，影响了他的判断。李伟知道师傅的脾气，他不想带着遗憾退休。

二十年过去了，李伟从一名斗志昂扬的新人警察变成了现在这副模样。虽然年年在内部评优秀，隔三岔五还能从市里拿个奖，可李伟知道自己已经没有了当年的劲头。他仍然按时上下班；对每一个案件认真负责，在同事看来还是那个急性子李伟；他和局里每位同事的关系都非常融洽；遇到案子，李伟还是会身先士卒，冲到第一线……

可李伟还是变了，变得比以前胆小。两年前，他申请了警察学院的内部考试，调离了刑侦岗位，之后除了几次较重要的案子调他去帮忙，真成了个教书先生，再不用天天往外跑、风餐露宿地整夜蹲守了。

同事们说起来都为李伟可惜，似乎将来刑侦大队长的位置非他莫属。其实李伟知道，自己是年纪越大胆子越小。让他下定决心离开刑侦队的是一次抓捕毒犯的行动，他第一个冲进毒犯房间的时候，看到一把黑洞洞的手枪的枪口正对准他的脑袋。

那次行动有惊无险，毒犯没敢开枪。可李伟还是出了一身冷汗，这成了压垮他的最后一根稻草。那时妻子怀孕四个月，他们还偷偷照四维彩超看了宝宝的性别。后来他每每从梦中惊醒时，总担心自己看不到儿子长大。

以前怎么没有想过这个问题呢？李伟坐在书房里望着满墙的昆虫标本时由衷地感慨，最终得出的结论还是自己年纪大了，胆子变小了。

沼泽正在消失，他应该考虑怎么上岸。

宋局长清晨的电话让李伟再一次走进了怀志县公安局，可他自己在办案的时候表现得怎么样呢？扪心自问，对这个案子，他思考如何应付宋局长比查案所用的精力更多。

一阵冷风吹来，李伟结结实实地打了个冷战。他想到了林美纶，觉得有些辜负了她的期望。

"好好干吧，把我们当年欠的功课补上，我全力支持你。"大年初一早上，宋局长离开前，在赵保胜家门口满怀期待地拍了拍李伟的肩膀。

"这么大的案子，我怕不行。"李伟再一次躲避。

"我了解你，没有问题。除了你，我想不出更好的人选了。"宋局长信心满满地说，"这个灭门案如果真和当年的案子有关，也只有你能行。"宋局长叹了口气，"我也是凭感觉，找证据要靠你来了。如果高师傅还活着，你们能再联手多好啊。当年我们的精力和资源都很有限，甚至连一九七九年的往事都没有搞明白就结了案，你这次可不能这样。"

宋局长是个君子，不仅受人点滴会报以涌泉，还继承了高荣华追求完美的办案风格，纵然后者已不在人世，他仍然言出必践。

李伟的脚步停在一家快捷酒店门前，抬头看了看闪烁的霓虹灯，抬腿走了进去。他不愿回宿舍，只有先找地方休息了。可他无论如何都静不下心来，困意消弭得干干净净，又坐起来看了会儿手机，不知什么时候竟睡着了。

刺耳的铃声将李伟从睡梦中惊醒，他迷迷糊糊地拿起手机看了一眼，发现是杨坤的电话，再看时间时已是早上九点钟了。电话里，杨坤开门见山地告诉他，局里对他的内部调查暂时结束，他今天就可以恢复工作。

通话结束之前，李伟真想告诉杨坤自己不愿再回专案组，案子由董立带着年轻人办就好了。可每每想到宋局长充满殷切希望的目光、林美纶那发自内心的钦佩，他又说不出口。

"好吧，我知道了。"李伟草草应了一声。

"你去见见董立，听他安排下一步的工作计划。昨天晚上汇报案情的时候，我们已经议过了，把追捕曹麟作为当前的首要任务。"

果然是这样。

李伟暗自叹了口气，看来曹麟第一嫌疑人的身份已经坐实，下面的调查恐怕会是 A 组为主、B 组为辅。这样一来，想弄清楚马硕失踪案详情的难度要大得多。别人不说，董立这一关就不好过，他一准儿要以"二四灭门案"为主，历史恩怨只是背景，要先迅速破案。

李伟的猜测非常准确，一个小时以后，他在董立的办公室里果然听到了类似的意思。董立先是拍着李伟的肩头说了几句安慰他的话，话锋一转道："你查到的这个曹麟非常可疑，下面我们还是重点把他的情况摸透吧。我明白你的意思，但我们现在的时间很有限，还是要把精力放到眼前的案件上来。早已定性的东西再翻出来未必是什么好事。"

李伟很反感董立这一套，动不动就摆老资格，好像就他有资格教训人。虽然李伟承认董立的做法也许可以破案，但很多案件中他采取的和稀泥、掺沙子等办法，往往掩盖了很多本应该暴露的事实，埋下了巨大的隐患。

类似的事情，我们吃亏还少吗？就李伟个人的经验来看，那些历史上的冤假错案是怎么产生的，难道不值得深思吗？

这时候，李伟不愿意和董立起争执，反正他是负责人，让自己怎么干就怎么干呗。至于宋局长那头，他也好交差。我们一直在查，两个年轻人不辞劳苦地前往苇楠集团给当年的当事人做了笔录，还动用了自己的私人关系。结果反而不如过程重要，只要他们做了就好。能干多少就干多少吧，实在破不了也没办法，只能愧对高师傅了。

董立见李伟没有说话，以为自己说服了他，轻轻地叹了口气，继续道："曹麟的养母贺东婷现在塞北，你今天就辛苦一趟，看在她那儿能摸到什么情况不。本来打算让小林他们去的，可这丫头说要带着牛智飞找个苇楠集团的熟人打听文辉的事。年轻人有工作热情还是好的，我也不能太武断不是。"

看样子董立并不知道林美纶他们去苇楠集团其实是出于李伟的授意。李伟无奈地点了点头，从桌上拿起车钥匙就走："我和谁去，不能自己问吧？"

"我一会儿和老杜打个招呼，你带B组的汪红去吧。昨天晚上马局长已经说过了，由我来协调专案组的全部资源，争取本周能找到曹麟。"董立信心满满地说道。看样子，他在局长那儿下了军令状，要赌一把大的了。

汪红是和林美纶同一批来怀志县实习的女警。与林美纶出众的外形和爽朗的性格不同，汪红是典型的沉默寡言型。看上去很单薄的她戴着一副大眼镜，肤色泛黄，使人怀疑是不是有些营养不良，神色忧郁。似乎这种类型的女性很难和警察这个职业联系起来，偏偏她还是个刑警。

昨天刚下过雪，高速还没有开。李伟和汪红来到高铁站，买了张怀志到塞北的高铁票，到达塞北东站的时候竟比平时开车还快了十多分钟。他们打了车，汪红找出贺东婷的地址交给司机时，李伟才注意原来目的地竟是个养老院。

资料上显示：贺东婷，一九五四年生人，今年六十五岁，可她本人明显苍老得多，头发几乎全白了。好在精神不错，非常健谈，声音甚是洪亮，相对标准的普通话中偶尔夹杂着几句方言，提到儿子曹麟便滔滔不绝起来。

在养老院的多功能厅里，贺东婷听李伟说完立即把头摇得像个拨浪鼓："曹麟去年底来过一次，给我留了四万块钱，就再也没信了，过年也没来。"

"他以前过年都来看你吗？"李伟问道。

"前几年都接我回家过年，这两年没有，以前都是初六才回来。"贺东婷似乎无限留恋之前的生活，神色中透露着深深的遗憾。李伟点了点头，示意汪红记录，然后问道："你们还是回怀志吗？"

"不是，是他在塞北的家。我们家房子早卖了，二〇〇五年我住院得病要用钱，曹麟又坐牢，我就找人帮忙卖了房子。后来一直租房住。曹麟出来以后去泉州跑船，一走就是半年，就托人把我送到这儿了。他自己在塞北租了房子。"

贺东婷声音不高，可在李伟听来这是极重要的一条线索。之前他们并没有掌握曹麟在塞北市的这个住址，也可能是二婷没有完全说实话，这可是找到曹麟的重要线索。想到这些，李伟心里一翻个儿，感觉宋局长的愿望怕要落空了。

其实能尽快破案是好事，就是他心里多少会有点遗憾吧。李伟想着站起身往外走去，他得和养老院的院长聊聊，让他们同意贺东婷带自己去一趟曹麟的这个新家看看。

没准儿自己很快就解脱了呢？

(2)

"我这个儿子，有和没有一样，自打出狱就消失了，一年也见不着两回面。问他忙什么就说出海了，可钱呢，我怎么一分没见着？"可能是终于有了倾诉对象，贺东婷的话匣子像开了闸门的水龙头。

"当年抱孩子的时候我就说过，这男孩子没良心，要抱就抱女孩。福利院的几十个孩子里，曹芳最漂亮，我们最后就看中了那丫头，可她非说要和弟弟在一块儿。老曹和我说，抱上一对龙凤胎也能凑个好字。谁知道如今是这样的结局。要说曹芳的确是个好孩子，可她的命不好啊。"贺东婷平时在养老院可能也没什么朋友，说起来没完没了。

"要说这打鱼可不少挣啊，肯定都让那狐狸精骗走了。"

"您这是说谁啊？"汪红奇怪地问道。

"就那个叫二婷的女人呗。"

"她和曹麟是怎么认识的？"李伟问。贺东婷回身瞅了李伟一眼，下意识地沉默了几秒，似乎对这个不苟言笑的警察有些发怵："他们是在饭馆认识的，我听老马说我们曹麟出狱后经常和他去家门口的一个饺子馆喝酒，就是这个叫二婷的家里人开的饭馆。"

"现在还开着吗？"

"早黄了，这是曹麟刚出狱的事，多少年了？他们好上以后，曹麟就去了泉州，对我这儿爱搭不理。要不是老马帮着张罗找个养老院，我看我非饿死不可。"

"哪个老马？"听到这个名字，李伟蓦然警觉起来。贺东婷似乎没有注意到李伟的情绪变化："就是马硕他爸爸马志友，两口子也都是苦命人。"

"马志友和你们关系很好吗？"李伟示意汪红这段要着重记录。

听李伟这么问，贺东婷脸上浮现出一抹淡淡的忧伤，双眸中的神采突然也消逝了八成："我和老曹，就是曹红军，一九七二年来塞北插队认识，后来在这儿成家结婚。他考上了县中学当老师，我们就没回老家。我先天不孕，但抱的两个孩子都很争气，尤其是姑娘，长得漂亮成绩又好，谁知道他们小学刚毕业老曹就死了。我一个人把他们拉扯大，还没上完高中就遇到了那件事。你说我一个女人怎么出头？好多事还是马志友帮着张罗，一来二去就熟识了。"

贺东婷说到这儿，有意停顿了一阵儿，又继续说道："曹麟脾气不好，当年听说他姐姐出事还打伤了文辉的儿子，也是马志友找战友帮着和文家说情，又赔了钱，要不然文辉能饶了他？听说马志友有个战友是县武装部的部长，和县驻军的某个首长关系好，首长出面打了招呼，文家才不敢追究。后来马志友经常替我去看曹麟。你们不知道，我有老寒腿，反而不如他去的次数多。"

几个人说着话已陪着贺东婷办妥了手续，坐上警车去曹麟的出租屋。一路上贺东婷絮絮叨叨个不停，仍然对曹麟只给自己四万块钱这事耿耿于怀，直到李伟有些不耐烦了，随口问道："你怎么知道曹麟挣得多？"

"他给我看过合同，远洋船员，一年八个月就挣十几万，还有提成，怎么就给这么点？我在老人院一个月一千六，一年就小两万块钱，你说他给留的四万不才是两年的房费？"

"合同，他拿给你看的吗？"李伟警惕地问道。

"是啊，我逼着他拿出来，我可信不过那个女人。"贺东婷说话间拿出钥匙打开门，一股淡淡的霉味扑面而来。李伟和汪红没敢贸然进去，打电话知会了专案组，才陪着贺东婷在客厅沙发上坐下。贺东婷车轱辘话没完没了，直到董立带着技术人员过来，还在絮叨曹麟如何对自己不好，老马为人不错，云云。

房间异常整洁，明显被人特意清理过，卧室除了枕头上几根残留的头发，并没什么发现，甚至连有效的指纹都没有。倒是在马桶的水箱里，技术人员发现了一把用塑料袋包裹的单刃切割刀。

"马上送回去检查，还有那根头发也要对比一下。"董立声音里带着掩饰不住的兴奋。事情明摆着，要是能确认这把刀就是"二四灭门案"案发现场的第二把凶器，曹麟的嫌疑就非常大了，这对案件侦破来说可是巨大进展。

不知不觉已是午后两点，李伟看贺东婷面露倦色，便商量着把她送回养老院。董立正和技术人员小声商量什么，下意识地摆了摆手，李伟便让汪红陪着贺东婷上了董立的车。要说汪红的脾气可真好，听了老太太一路的牢骚却什么也没说，只是轻声细语地安慰。李伟边听她们说话边摇头，心想，要是这事让林美纶遇到了，恐怕做不到汪红这么耐心，至多是默不作声吧？

说曹操曹操到，就在他们从养老院返回曹麟租房现场的时候，林美纶的电话急促地响了起来。李伟接起电话，听筒里立即传来林美纶带着哭腔的声音："李哥，你快来一趟，牛智飞出事了。"

见鬼，真是一点儿都不让人省心。本来李伟打算回去就把现场的事情推给董立，他带着汪红回县局写报告。话是这么说，小心思还是想早点下班，看这意思让汪红把今天的情况整理出来没什么问题，有什么事明天再说。可计划赶不上变化，林美纶的一个电话全都给打乱了。

当然他不会责怪林美纶，只是无奈地叹口气。

"什么事？"李伟糊里糊涂地问。

"牛智飞杀人了。"

"什么——"

"不，不是。"电话里林美纶是王八吃花椒——麻爪了，"不是他杀人，是有人被杀了。"

"谁被杀了？"

"就我和你说的那个同学，我们今天一直在一起。"

"那怎么还出了这么大的事？"

"我也说不清楚，你先来吧，在红旗路米兰咖啡厅。杨队让老杜带着侯培杰他们过来了，正给牛智飞做笔录。"林美纶越说越急促，就差哭出来了，"我在车里给你打电话，该怎么办啊？"

李伟安慰了林美纶几句，开车把汪红送回现场，正准备离开时被董立拦住了。

"你干什么去，贺东婷呢？"

"送回去了。"

"送回去怎么不和我说一声，你过来我们碰一下。"董立不耐烦地说道。

李伟没理他，发动了汽车："我得回去一趟，牛智飞出事了。"

"那和你有什么关系，你把车给我留下……"

李伟不想和董立多解释，牛智飞和林美纶今天的行动其实是自己授意的，于公于私他都得去，否则说不过去。这边反正有董立和专案组，自己的任务已经完成。想到这儿，他回了句"那边可能还有线索"就跑了，留下一脸蒙的董立望着李伟离去的地方生闷气。

怀志县米兰咖啡厅门口，李伟见到了林美纶。

"李哥——"林美纶跳下汽车，满脸委屈地等着他。李伟拉着她上了自己的车。

"怎么回事？"

林美纶见到李伟就像是受气的新娘看到了娘家人，一肚子委屈终于有了倾泻渠道，竹筒倒豆子一样讲起经过来。

今天早上，林美纶和牛智飞找她在苇楠集团总裁办工作的同学蓝韵了解文辉的情况。蓝韵和林美纶是小学同学，但都不是怀志县人，只是她男朋友在怀志联通工作，家在这里，她就跟着过来了。小时候她们关系不错，毕业后各奔东西。去年同学聚会的时候两人再见，才重新恢复联系。今天看到林美纶来，蓝韵挺惊讶。

当林美纶旁敲侧击地说出来意，并提到"二四灭门案"时，蓝韵的神色明显有些异常。林美纶敏锐地感觉到了蓝韵的变化，加强了问询的力度。

"赵总被杀以后，文总连着开了几天的会，也在讨论这个事。"蓝韵说。当林美纶问她都有谁参加的时候，她很快说出了几个名字。

"一般都是文董和儿子文延杰、儿媳宋艳和财务总监耿总，其中有几场会议还有两个大股东。"

"就这些吗？"

蓝韵有些犹豫，林美纶又问了一句，才道："有一次深夜的会议，只有文董、文总和那两个大股东。"

"那两个大股东叫什么名字？"

"不知道，他们经常来，但不怎么管事。好像有一个人姓班，另一个姓胡。"

"他们都说了什么。"

"这个我不清楚。"话虽这样说，可林美纶他俩都看出蓝韵有所保留，只听她继续道，"其他就没什么了。"

看她不愿意说，林美纶没多问，话题被引到了文辉的公司业务和生活上面。蓝韵回答得很慢，但大都是有什么说什么，没再保留。这里面能引起林美纶注意的内容很少，只有最近两年赵保胜和文辉关系的确不太好，以及文延杰今年成为苇楠集团实际负责人这两条信息似乎还有深挖的价值。

"你听说过'老佛爷'吗？"林美纶问。蓝韵茫然地摇了摇头，对此似乎很陌生。

离开苇楠集团，林美纶和牛智飞商量着晚上有没有必要再去蓝韵家里找她一趟，他俩都觉得她说话欲言又止，不知道是不是和在公司说话不方便有关。正说到这里，蓝韵打来电话，约他们下午两点在米兰咖啡厅见面，说有重要的事情告诉他们。

"后来呢？"李伟急切地问道。

"我们一直在咖啡厅等到三点钟也没见蓝韵，电话也不接。我和牛智飞就商量着先回专案组。"林美纶深深地吸了口气说，"我们正准备出去的时候，蓝韵自己走了进来，脸上的神色很怪。"

"然后呢？"

"她好像不太舒服，走路跟跟跄跄，也不说话。牛智飞过去扶了她一把，谁知道她一下子就倒在牛智飞怀里了。我吓了一跳，等反应过来去查看时，人已经死了。"

(3)

林美纶脸色苍白，显然吓得不轻。李伟以为她说完了，正想安慰几句，她又开口了，这次更是语出惊人："蓝韵走路跟跟跄跄，神色特别古怪，而且她只穿了一件过膝的羽绒服，里面围了条浴巾，光着腿，趿拉着一次性拖鞋，然后就什么衣服都没有穿了，很狼狈，一点也不像平时的她。"

塞北市冬天滴水成冰，虽然已是立春时分，可白天的最高温度也在零下。这时候谁敢只穿件羽绒服出来？再说，穿一次性拖鞋和没穿鞋又有什么区别。林美纶虽未明说，可李伟感觉她似乎暗指蓝韵有不为人知的事情败露，仓皇出逃。

"现在人在哪里？"李伟问。

"屋里，老孟、陆宇和市技侦的人都在。"

"队里谁来了？"

"老杜、侯培杰。"

李伟点了点头，虽然只寥寥几句，可他还是本能地感觉到这案子不简单，自己最好别沾这牛皮糖，省得甩不脱。心里虽然这么想，可林美纶毕竟是关系不错的同事，还是女性，所以他又安慰了几句，想着去看看现场，和牛智飞、老杜他们聊一聊，把面上的工作做到位，过几天她缓过劲儿来也就没事了。

恰好这时候，老杜和侯培杰出来抽烟，李伟径直走过去，打过招呼，老杜开门见山道："人死得很蹊跷，除了羽绒服只围了条浴巾，别的什么都没穿。"老杜面无表情，冷冰冰的，像台录音机。老杜和李伟性格相似，遇到案子的时候向来一丝不苟，两人在一起除了讨论案情，很少说闲话。

"她死前在洗澡？"李伟问道。

"有可能，但是不是他杀还不好说，现在初步判断死因是药物中毒。"老杜说完得意地瞥了一眼目瞪口呆的李伟，"新鲜吧，更新鲜的事情还在后面，你过来看。"他捻灭香烟，带着李伟和侯培杰走进咖啡厅，穿过忙忙碌碌的几个技术人员，在吧台前停住了脚步。

牛智飞坐在吧台里，正目不转睛地盯着面前的监控录像。老杜指着屏幕说道："死者进来以后突然扑到小牛身上，几分钟后就停止了呼吸。因为初步判断是药物过量中毒，所以小牛应该可以排除嫌疑，完整的检测报告估计需要一段时间。这个丫头从酒店跑出来的这一路的表现很让人费解。"

"什么意思？"老杜的话让李伟十分困惑，不由得问道。老杜让牛智飞调出咖啡厅门前的监控，说道："你们看这一段，从死者在监控画面里出现开始，她似乎一直在做一套很奇怪的动作，一边走一边把两只手平伸，像分开面前站的两个人一样用力往两侧推开，然后她又略停顿，把脖子伸直将头往前探，两只手拼命往后划。"

随着老杜的声音，李伟果然发现蓝韵边做着这套动作边慢慢地推开门走了进去。接着，室内画面中的蓝韵虽然算正常了一点，仍然像喝醉酒一样走得跟跟跄跄。

"奇怪吧，要不是喝多了，这人的精神八成有问题。"老杜斟酌着说道。李伟没有接他的话，又把录像看了两遍，心想，蓝韵人长得很漂亮，身材高挑，神情妩媚，算得上美艳动人，单论颜值绝不输林美纶，怎么看这么好的女生也不像是个精神病。再说她是苇楠集团总裁办的主任，如此重要的岗位，相信文辉不会找个精神有问题的人来负责。所以自己之前的预感应该没错，这姑娘死得很蹊跷。

老杜听李伟没有说话，以为他同意自己的观点，继续说道："这边让他们先弄，我打算去马路对面看看，听说死者是从那儿跑过来的。"他指了指咖啡厅不远处的一家商务酒店，李伟抬头瞅了一眼就发现，商务酒店与苇楠集团竟然只一墙之隔，距离咖啡厅也只有几百米。

虽然脑子里充满了疑问，李伟马上就要跟着老杜推门而出的时候，他再一次被自己的惰性打败了。李伟突然意识到，这个案子和自己并没什么联系，他来这里的全部意义就是安抚受惊的林美纶而已。之所以要这样做，其实也因为后者今天的遭遇从某种角度讲和自己有点关系，仅此而已。

他有怀孕的妻子需要照顾，还有未出世的孩子等着他，怎么可能再次让自己陷入任何形式的忙碌与危险中？对于刑警来说，事情永远做不完，想到后期还有数不清的材料要整理、证据需要敲定、资料审批过检还不能超期，李伟就头痛得要命，自己一向不擅长做这些工作。他停住脚步，望着老杜带着侯培杰走出了咖啡厅。

还是让牛智飞、侯培杰这样有激情的年轻人去干吧，自己需要做的也许仅仅是在身后推他们一把。想通这点，李伟顿感轻松许多，迤迤然走出正门，正遇到林美纶从车上下来。

"李哥，宋局长要过来了。"

"宋局长，在哪儿？"李伟脑子嗡的一声响，暗道不好。现在这个阶段见到他没什么说的，主要是工作还没完成。就听林美纶道："我刚给他打电话，他说一会儿过来看看。"

"他怎么想起来这儿了。"李伟无奈地抬起头，一时间不知道自己该借故离开还是在这儿等着。林美纶继续道："宋局说现在专案组那边基本已经锁定曹麟的嫌疑人身份了，估计要下通缉令。你在这儿等着他吧，好像有话和你说。"

"好吧。"李伟说完抬头，发现林美纶一副欲言又止的样子，"你怎么了？"

"没什么，我想让你帮忙把蓝韵的事情弄清楚，她一定不是自杀。"林美纶楚楚可怜地说道。李伟眉头紧蹙，问谁说蓝韵是自杀。林美纶这才犹犹豫豫地说，刚才听老杜和侯培杰走过去时，两人对话里提到过。

李伟哼了一声，无奈地叹了口气："现在还是猜测，不要瞎想，我先送你回去，这里还是交给老杜他们好一点，我会关注案情的。"话是这么说，可安慰的意味尤为明显。

林美纶没有再说什么，低着头上了车。一路上两人没有说话，好像空气都凝固了。下车的时候，林美纶低着头，泪水模糊了眼眶。她感到一种从未有过的失落和委屈。

送走林美纶，考虑到宋局要过来，李伟又折回咖啡厅，正看到宋局的汽车停在门口。司机老郭见他过来打了个招呼，示意他宋局在里面。李伟没有进去，默默地装了支烟弹等着。

宋局长出来的时候，身后跟着介绍案情的老杜和侯培杰，几个人又聊了几句，等他们离开，宋局长才示意李伟和他走走。他们顺着人行道边走边聊，老郭开着车不紧不慢地跟在后面。

"这个案子你怎么看？"宋局长一向直率，往往开门见山，很少铺垫，尤其是和李伟这么熟了。李伟沉默了片刻，微微叹了口气："恐怕不好办。"

"不好办就不办了？"宋局长提高了声音，多少有些不满，不等李伟回答，他就问道，"你觉得蓝韵的死和最近的事有没有联系？"

"您是指赵保胜的案子？"

"对。"

"我说不好，需要时间判断。"

"你要给我做出这个判断。"宋局长停住脚步，凌厉地盯着李伟。

李伟愣了一下，没想到宋局长竟然如此严肃，就听宋局长说："林美纶给我打电话，推荐你负责蓝韵这个案子。"

"她真因为这个案子给您打电话？"李伟不解，林美纶怎么能直接联系上宋局长。只听宋局长解释道："不光是这件事，最近的案情进展我也要掌握嘛。"他怕李伟没听明白，继续说道，"林美纶是我看着长大的，他们家和我是老街坊，八十年代初我们都住在塞北老城区。那时候我还是个普通的刑警，经常去她家吃饭。她和她哥林经纬后来都当了警察，不能不说是受到了我的影响。"

"原来是这样，您在我们这儿还有'特情'啊。"李伟笑道。宋局长哼了一声，又道："杨坤也和我说过，锁定曹麟你首功一件，小牛他们都说你很能干。之前我给你的任务你要完成，蓝韵这个案子我也想交给你，有没有问题？"

"真是惭愧啊。"李伟自嘲地笑笑，他不知道自己怎么会给林美纶这样的好印象，如此信任自己。看宋局长这个意思早打定了主意，说出的话就是板上钉钉，自己干不干似乎都得干了。

"小李啊，难得这么多同志信任你，干吧。"宋局长慈爱地望着李伟，目光中似乎对他能干好这件事充满了比他还要强的信心。李伟想到刚才林美纶离去时的神色和自己最近的态度，心下一阵内疚。

"行，我干。可到底能不能让您满意，我可说不好。"

"我只要前半句话就行了，后半句你收回去。要干就别留后路，这也不是你李伟的风格。"说着，宋局长和李伟都乐了。

"好，没问题。"

"行，有什么条件？"

李伟想了想，知道自己这次再推诿就对不起宋局长了，说道：

"既然您说到这儿了，那我想说说我的看法。首先，既然已经锁定了嫌疑人，下面的工作相对会顺畅许多。我想借这个机会把以前的事情弄明白。就像我们之前所说，一定要搞清一九九九年马硕、曹芳失踪的来龙去脉，到底和赵保胜、文辉有没有关系，没有的话，也好还他们一个清白。"

宋局长点了点头："这个也是高师傅想办的事情，你可是已经给我立了军令状哦。"

"第二，我还不太清楚蓝韵案的具体情况，但此事绝不简单。所以我希望由我来主导调查，正好利用这个机会摸清文辉和苇楠集团的底。同时专案组那边我也要安排人按我的思路整一条线，完全独立办案。"

"可以，有人选没有？"

"小林、牛智飞和汪红交给我，老杜、小侯和小班都跟董立。"

宋局长想了想，同意了李伟的提议："这样，我让老杜他们撤出这个案子，和董立一道把精力放到曹麟那边。但专案组里，你还要向董立汇报。蓝韵的案子可以考虑由你独立进行，直接向杨坤负责，不要放弃和赵保胜案的关系，看看是不是有并案的可能。"

"是。"李伟迎着宋局长信任的目光，感觉如芒在背。难得领导和同事都如此看重自己，如果再像之前一样，当一天和尚撞一天钟，实在说不过去。

宋局长确实知人善任，又了解李伟的为人。像之前他硬着头皮接受了任务，什么条件也没提，自然就会敷衍了事。如今能开诚布公地和他这个局长谈条件，看来真有了破釜沉舟的劲头。就冲这个，宋局长看好李伟能把这两个案子搞清楚，也相信这两个案子虽然难却压不垮李伟。

李伟自己这时候也没想到，等待自己的竟是怀志县有史以来最具挑战性、最离奇、最诡谲的案件和最狡猾的对手。就在他们聊天的时候，这个对手就站在马路对面的暗处，静静地打量着他和宋局长。

第六章　蓝韵的秘密

(1)

　　苇楠大厦是苇楠集团总部，位于怀志县解放路的正中心，是整个县城的标志建筑。在新区建好之前，怀志县的县城由三纵三横九条主干道组成，苇楠大厦和对面的文化广场曾经是县城最热闹的黄金地段。如今虽然县政府南迁，又是寒风刺骨的早春时分，可临近傍晚时，遛弯的人仍陆陆续续，偌大的广场显得似乎不很宽敞。

　　文延杰右手拄着拐杖，站在文化广场临近马路的一侧，静静地望着对面的两个人。他认识宋建鹏局长，只是不太熟悉。站在宋建鹏身边的中年警察看上去挺干练，虽然不清楚名字，但前几天听老佛爷说是从塞北专门为赵保胜案调过来协查的刑侦专家，如今出现在这里，是不是意味着蓝韵的案子也归他负责？一种不祥的感觉掠上心头，文延杰有些头痛。

　　身后的文化广场上，司机马四还在和写字的马志友闲扯。文延杰很不耐烦地把他叫了过来："和他有什么说的，警告几句就完了。"

　　"我再嘱咐两句，备不住这老家伙和警察瞎嘀咕什么。"马四毫不在乎地说道。文延杰冷哼一声，心想，自从他儿子死后，这个老头在文化广场写了二十多年的字，也没见做出什么惊世骇俗的事情来。要不是老佛爷谨慎，他才不会费这个事，巴巴的大冷天跑到这儿来喝风。

不过凡事有利也有弊，这次倒没白来，正遇到宋建鹏和那个刑侦专家出现在蓝韵死亡的现场，这让文延杰有些吃惊。他想了想，吩咐道："你回去吧，我去办点别的事。"

"哦，文哥你不回去啊？"马四懵懂地问道。文延杰摇了摇头："我还有事，你回去吧。"

打发走了马四，文延杰招手拦了辆出租车去锦城商务酒店。其实酒店就在苇楠集团西边一点，离这儿很近，只不过文延杰身有残疾走不远，还是坐车方便。怀志的出租车司机很少有不认识他的，所以也没要钱，下车的时候甚至跑过去，拉开门搀着他进了酒店大门。

"文总，您来了。"大堂经理姓李，是个机灵的自己人，这让文延杰感到很放心。他问警察是不是来过，李经理点了点头，小声说道："刚才来了两个人，这会儿正在监控室看录像呢。"

"怎么样？"

"挺好，按您电话里的吩咐，正给他们看呢。"李经理神秘地说道。文延杰点了点头，知道老佛爷比自己经验丰富得多，他这么说就一定没问题，也不再多问，一瘸一拐地走进电梯，上了顶楼的办公室。

关好门，文延杰先从保险柜里慢慢取了四十万块钱，拿提包装好，然后从电话本里翻出于亮的电话，让他到锦城酒店七楼办公室来一趟。他相信这家伙肯定不愿意来，但又不敢不来。

文延杰的判断很准确，不到半个小时，于亮就出现在办公室门外。他先在门口喘了一阵儿，才鼓起勇气敲响了门。随着文延杰"请进"的声音落下，于亮战战兢兢地探头进门，正对上文延杰犀利的目光。

于亮低下头，很小心地说句"文总"。文延杰示意他坐，问他想喝什么。于亮往前探了探身体，随口说自己不渴，不劳文总麻烦。文延杰点了点头，还是打电话让秘书给他泡了杯茶。

"我刚从北京回来，一下飞机就听说蓝韵的事，就想问问你怎么回事。"文延杰平静地说道。于亮愣了一下，叹了口气道："具体情况我也不知道。刚听警察说她是从这儿跑出去的，可能去了对面的咖啡厅，其他的他们还没说，也没找我谈。"

文延杰点了点头，露出一副悲痛的表情："我们部门在酒店有两间长包房，用来商务接待，平时就是蓝韵她们办公室打理。不知道她到这儿有别的事没有，既然警察已经介入，应该很快就能水落石出，你也别太伤心。"

"嗯，我知道，谢谢文总。"于亮对文延杰的关心回答得非常谨慎，似乎有种受宠若惊的感觉。两人又沉默片刻，文延杰从座椅下面取出个黑色的旅行提包，放到桌上。

"你把这个拿上。"文延杰平静地说。于亮愣了一下，有些不知所措，迟疑了足有二十秒才躬身过去取过提包，顺着没有完全拉上的拉锁缝隙往里瞅了一眼。

瞬间，于亮像是被孙行者施了定身法的妖怪，怔怔地望着对面的文延杰，屋子里的空气仿佛突然凝固了。文延杰对他的表现并不意外，许久才冷冷地哼了一声："这是公司给蓝韵的，你收下吧。"

"还……还是给她家人吧。"于亮嗫嚅道。文延杰不愿多解释，语气不容置疑："这是你那一份，她的家人我会安排，你拿回去吧。"

"这——"于亮有些犹豫，对于文延杰的命令，他没有反驳的资本。就听文延杰又道："警察肯定要找你，好好配合他们，争取早日弄明白蓝韵的死因。"

"我明白，我明白。"于亮说着话站了起来，像个受老师训话的小学生。文延杰没再说什么，想了想，从桌上拿出盒香烟来："抽根烟吧。"

"哦，我不会抽烟。"于亮说着，回身拿起提包向文延杰告辞，

"我得先走了，家里还有事呢。"

"行，那你回吧。对了，你在联通公司上班是吧，我这儿需要再多装一条专线宽带，你给我安排一下。"文延杰说道。

"好的。"

"慢点，我腿脚不好，就不远送了。"文延杰皮笑肉不笑地说道。于亮点了点头，再次和文延杰打过招呼，倒退着出了他的办公室。这时候，他才感觉到自己的背心都已被汗水打透了。

下楼的时候，于亮的电话响了，是自己办公室的号。打电话的人是部门主任石辉，说有三个警察来单位了解他的情况，问他能不能到单位来一趟。于亮望着文延杰刚给自己的提包，左手拿着电话竟在电梯里站了七八分钟，直到电梯再次启动才恢复意识。

于亮不知道自己是怎么把车开到单位的，他浑浑噩噩地跨出汽车，被傍晚的寒风一吹，结结实实地打了几个冷战。回身望着那个黑色的提包，好像装着一枚随时会炸的定时炸弹。

站在会议室门外，于亮本想听听警察和石主任在说什么，意外地发现石辉不在房间。一男一女两个警察正站在外屋门口聊天。

"这事我得和你道歉，你知道我媳妇怀孕了，这几天一直也没陪在她身边。想着曹麟的事有个眉目好去陪她，所以就没理解你的意思。刚才宋局和我说过了，我既然答应了他，这次就一定要办好这案子。"一个男警察说道。

"看你说哪儿去了，李哥，我就是想让你帮蓝韵讨个公道。你这么一说，我反而不好意思了。"一个年轻的女警察声音回道。

"那好，我们长话短说，就按刚才商量的分工办，你去和小牛挖曹麟那条线，重点还是之前的既定方针，争取把历史问题搞清楚查明白，主要是马志友有没有嫌疑，有没有不在现场的证据，都要搞明白，有问题我们再碰。"男警察又道。

于亮担心警察误会自己偷听他们谈话，忙咳嗽一声走进会议室，果然两个警察都向他投来好奇的目光。男的高大魁梧，一双眼睛瞪得溜圆，目光犀利；女警察相当漂亮，身材匀称高挑，比起蓝韵这个苇楠集团公认的美女来竟还强上三分。

"你是于亮吧？"男警察掏出警官证在他面前晃了一下，"我是市刑警队的李伟。"他刚说了这么一句，那个漂亮的女警察就见缝插针地和他打了招呼离开，外屋只剩下他们两个人。

"里面谈吧。"李伟带着于亮进屋，他这才发现屋子里还坐着另外一个女警察，人很瘦小，正拿着记录本等着他们。李伟摆了摆手让于亮坐下，对他说道："你认识蓝韵吧？"

"认识，她是我女朋友。"于亮连声说道。李伟点了点头，从旁边拿出自己的记录本，翻看了几眼："她死了，你知道吗？"

"我听说了。"

"你听谁说的？"

"蓝韵出事的地方离锦城商务酒店很近，她人也是从那儿出去的。那家酒店其实是苇楠集团的下属企业，她经常在那儿开会办公见人什么的，所以我们和那儿的人不陌生。她出事后没多长时间，酒店的前台就打电话告诉我了。"于亮解释道。

李伟点了点头，没有接他的话，而是问了另外一个问题："蓝韵今天到酒店干什么去了？"

"我不知道，她经常过去，不过今天她没和我说。"

"她死时的具体情况你知道吗？"

"不清楚，酒店的人就说她突然从酒店房间里跑出去，很奇怪。"

"你看看这个。"李伟说着，拿出一张照片递给于亮。

照片里蓝韵脸色苍白，外面套着羽绒服，里面只裹了条浴巾。他接过才瞥了一眼就感到浑身发冷，刚才文延杰阴鸷的神情和送他四十万块钱的意义开始在脑子里清晰起来。

"怎么了？"

"没什么。"

"你最后一次见她是什么时候?"

"大年初一她去我们家吃饭,中午就被公司打电话叫走了。后来电话里她才告诉我,说他们公司赵总死了。其实赵保胜的事已经传开,我听说了。"于亮长叹一声,说道。

"你们过年也没休息?"

"我初三值班,其他时间如果有故障报修才过来。"说到这儿,于亮可能担心李伟他们没听懂,遂解释道,"我们工程部门负责自建基站的故障处理,这是我的分内工作。"

"蓝韵最近有什么异常吗?"李伟问。

于亮此时心乱如麻,巴不得快点结束问话,有些不耐烦地摇了摇头:"自从赵总家出事以后,我们就没见过面,也没听她说过别的异常情况。"

"我是指这一段时间。"

"没有。"

"她身体怎么样?"

"什么意思?"于亮警惕地抬起头,不知道这个警察所指何事,正遇上对方犀利的眼光,连忙又低下脑袋,"挺好啊,没什么事。"

"精神状态呢,最近一段时间。"

"我不知道。"于亮不太自信起来,微微能感到自己的脸有些发烫。李伟似乎没有注意到他的变化,只是淡淡地点了点头,示意身边正在记录的女警,问话已经结束了。

"你一会儿还有别的事吗?"

于亮没想到警察会问这么个问题,满脑子都是如果对方问到文延杰和苇楠集团自己该怎么应对,一时间有些手足无措,随口回道:"没事啊,本来晚上约蓝韵吃饭。"

"那跟我去一个地方吧。"李伟不容置疑地说道。

(2)

送走文延杰和他的司机，马志友又蘸着小半桶特制的墨水，在文化广场的地上写了会儿字，眼瞅着天黑下来，行人渐少。他慢慢地边收拾东西边等地上的字迹完全干透，准备回家。

就在此刻，一辆汽车驶近停下，车上下来一男一女两个年轻的警察。马志友之所以知道他们是警察并非他们穿了警服，事实上这两个人都着便装，只是那辆汽车的牌照他很熟悉，经常在县公安局院里见到而已。

看到停下的汽车，马志友的神色变得有些复杂。他微微侧过头，向远处黑暗中那个强壮的身影瞥了一眼，提起笔在地上写了"慎独"两个大字。

"您是马志友马叔吧？"待马志友写完，那个漂亮的女警察才和蔼地问道。马志友疑惑地抬起头，警惕地望着对方，并未说话。女警察对他的反应似乎有些不知所措，和身边的男警察对视了一眼道，"我是咱们县公安局刑警队的，我叫林美纶，这是我的同事牛智飞。"说着话，她拿出警官证给马志友看。

"你们是来告诉我儿子的消息的吗？"这么多年来，但凡有警察上门，马志友开口的第一句话从来没有变过。林美纶愣了一下，随即摇了摇头："不是，我是想和您聊聊别的事。"她说完这句话停顿一下，补充道，"可能和您儿子的事也有点关系。"

"哦。"马志友没有继续问下去，木讷地等待着警察问话。林美纶对他的状态有点迟疑，往地上瞅了两眼："您在写诗啊？"

"啊。"一听不是说儿子的事，马志友又低下了头。林美纶见他无话，也不知道从哪儿开始才好，踌躇片刻，歪着头读起了马志友写在地上的诗："离恨如旨酒，古今饮皆醉。只恐长江水，尽是儿女泪。

伊余非此辈，送人空把臂。他日再相逢，清风动天地。"读完诗，她站直示意牛智飞记录一下，才重新把目光对准盘坐在地上的马志友。

"这是隶书吧，写得真好。"

"瞎写着解闷吧。"马志友说完，仰起头问林美纶，"你们找我什么事啊？"林美纶没有立即回答，而是挨着马志友在路边台阶上坐下，望着地上的字迹逐渐消失。本来她打算问问马志友对赵保胜、文辉了解多少，从这个角度也好切入当年的案子，按李伟的意思还可以排查一下他的嫌疑。事实上，在林美纶看来，面前这位饱经沧桑的老人怎么也不可能和"二四灭门案"扯上关系。

"道也者，不可须臾离也；可离，非道也。是故君子戒慎乎其所不睹，恐惧乎其所不闻。莫见乎隐，莫显乎微，故君子慎其独也。"马志友没有理会身边的两个警察，抑扬顿挫地背起了古文，声音挺大，搞得好几个路人往这边看。林美纶和牛智飞一头雾水，但仍安静地听着。

待他背完，林美纶也有了主意，想着问起马志友儿子的事似乎更能引起老人的兴趣，说多了也许真能问出点什么线索，便道："我想听您说说马硕的事，他是怎么失踪的，您对曹芳又知道多少。"

果然，一听林美纶问起儿子的事，马志友浑浊的目光中流露出些许兴奋，他挺直身体说道："马硕是我儿子，让文辉、赵保胜害死了，我这几年一直都在往上反映，可就是因为证据不足不能抓人。这回既然出了这么档子事，正好借这个机会把文辉抓起来，给我儿子报仇。"

在儿子的事上，马志友思路清晰，也明白林美纶和牛智飞此行的目的。虽然他不知道这次赵保胜被杀是否能让儿子的案子有所转机，可该说的他还是要说，不愿意放弃一丁点儿希望。

"曹芳和我儿子是因为选美大赛认识的。那时候他刚分到交警队上班，在一次聚会上认识了曹芳，后来他们就处了朋友。曹芳是个特别单纯的姑娘，人长得好看，又聪明，难得的是她还不是那种物质女孩。当时她选美大赛得了冠军，有不少有钱人请她代言产品做广告吃饭什么的，都被她拒绝了。就因为这个，她还换了呼机号，就是一心一意想和我儿子处。他们正月十五那天出去玩，就再也没回来。后来文辉和赵保胜被人发现在卖马硕的车，可这两人怎么都不承认自己杀了人。"

"那您怎么能确定就是他俩干的呢？"林美纶插言道。

"肯定是他们，我知道。这个文辉是报复我当年抢走段彩霞的事，对我心存不满；我弟弟又打过他。文辉这种人睚眦必报，怎么可能不记仇。"说起以前的事，马志友像变了个人，记忆力尤其惊人。牛智飞从车上取了几瓶水过来，顺手递给马志友一瓶。

"段彩霞是谁？"牛智飞问。

"段彩霞是我第一个媳妇。她爹段国富和我爹马永碌交好，就想把小女儿段彩霞嫁给我。我家三代单传，那时候我马上要去当兵，可我爹不知从哪儿听说以后有政策只能生一个孩子，怕我要不上儿子，就逼着我提前把婚事办了，谁知道就因为这个事出了岔子。"马志友拧开水瓶喝了口水，深深地叹了口气。

"出什么事了？"

"段国富早年刚来怀志县的时候，和武装部的干事文良关系很好，他们经常在一处喝酒。段国富这人平时没啥坏毛病，在公社干活也是一把好手，就是好喝酒，还是那种每喝必醉的人。这人酒后吹牛，嘴上从来没把门的。就因为这个，他和文良定了娃娃亲，把女儿许配给了文良的儿子。可这事除了文良谁也不知道，偏偏人家当了真。"

"这个文良和文辉是什么关系啊？"牛智飞惊愕地问道。林美纶闻言忙拽了他一把："肯定是他爸呗。"

"没错，文良的儿子就是文辉。段彩霞长得漂亮，在怀志县城可出名了，你们说文辉怎么能不惦记？他就把子虚乌有的事情当了真，非要去段家讨个说法。当然这事我们不知道，段家自己把事压下去了，我和段彩霞结婚一个星期以后就当兵走了。"

"然后呢？"

"那时候我和文辉都是不到二十岁的毛头小伙，文辉显然比我精明得多。他等我走了以后，找机会欺辱了段彩霞，没几天她就上了吊。"说到这儿的时候马志友异常平静，似乎没有因为仇恨而多么激动，林美纶却轻轻地"啊"了一声。

"段彩霞死了以后，文辉就和我们两家结了仇。我弟弟马志亮酒后曾经和文辉打过一架。但文辉欺辱段彩霞这事始终没有啥证据，就是段彩霞死前和她妈哭着说过一回。可人一死这证据就都没了，文辉又不承认，所以这事也不了了之。后来两家又有过冲突，文辉把马志亮打成重伤，因此被判劳改两年。他在劳教期间，他爹文良也死了。"

"原来这仇是这么结下来的，这是什么时候的事？"林美纶悠悠地问道。

"我是一九七九年秋天当兵走的，当年冬天段彩霞上吊，文辉一九八〇年五月劳教。这期间我什么都不知道，直到两年后回来探亲，才知道媳妇没了。当时我爹怕影响我在部队进步，只说段彩霞失踪，所以直到探亲后的第二年，我转业回到怀志县才得知这件事的详细始末。那时候段彩霞都死好几年了。"

"就因为这个，您认为文辉是想报复您而杀了马硕？"林美纶仍然觉得猜测的成分太多。可马志友不这么看："是啊，文良是心脏病突发去世的，那天家里只有他和他媳妇两个人，去医院已经晚了。当时没有出租车，谁家有事都是找人借平板车，可时间耽误不起啊。后来就有人说，如果文辉在也许能救过来，他的后事文辉都没参加。"

"他之后没再找过你们？"

"没有，但我能感觉到他一直记恨着我。我转业以后在胜利机械装备厂铸造车间工作，后来去了公安处，和县公安局的同志们也都熟悉，身边还有不少战友都在县里各局机关任领导职务，所以他就算惦记我也没什么机会下手。倒是我儿子年轻，安全意识不够，让他钻了空子。"

说到这儿，马志友突然抓住了林美纶的手："林警官，你一定得给我儿子一个交代，我求你了。"他扑通一声跪了下来，鼻涕、眼泪说来就来，搞得林美纶一个大红脸，又慌得想着去拉他，险些摔了一跤。好在牛智飞眼疾手快，抢上前一把掰开了马志友的手。

"马叔，这件事你跟谁说过吗？"林美纶问。

"之前我和高警官说，他也答应我一定办利索。谁知道真是好人不长命啊，自高警官一死，我儿子的事就不了了之了。"马志友说到动情处，还低头掉了几滴眼泪。事实上，他已经记不清自己多少次和警察说这番话、做这样的表态了。从高荣华到如今的林美纶，又有谁能真正地帮助他呢？

"那你觉得是谁杀了赵保胜？"牛智飞突然问。说完这句话他有些后悔，怕林美纶怪自己多嘴。好在这时候，林美纶一直在温言安抚马志友，并没有说话。

马志友叹了口气，哆哆嗦嗦地喝了几口水："我看八成是曹麟干的。曹麟、曹芳是龙凤胎，两人从小就一块儿上学放学，感情好得很。曹芳出事的时候，他还在读书，宁可不上学也要报复文辉，还打残了文延杰。"

"我听说他在监狱中不止一次说过要杀了文辉？"林美纶听马志友主动提起曹麟，心里一直悬着的石头也落了地。在她看来，既然马志友能开诚布公地和他们说曹麟，那他应该不会是嫌疑人吧？

"我看他的时候，他也和我说过，不过我觉得他只是说说而已。文辉的势力越来越大，甚至已经没必要和曹麟争执这些小事了。如今文辉是著名企业家、县总商会的成员，地位也不一样，咋也不能和曹麟一般见识。但曹麟对他的仇，我不敢说他能忘干净。"

"我还是觉得有些奇怪，这文延杰和曹麟的社会地位完全不相当，怎么可能让曹麟打伤呢？"牛智飞心直口快，有什么想法就立即说了出来，心里藏不住什么事。马志友喝了几口水，抬头看了他两眼，不屑地哼一声："你现在看文延杰混得人五人六的，当年别说他，就是他爸也不过是个混混儿，哪有什么势力？"说完这句话，老头站起来收拾东西，把桶里的水倒掉，将笔和带来的布袋装到一块儿。

"文延杰就是让曹麟打断双腿后才猖狂起来的。"马志友冷不防说道，"曹芳死的时候曹麟十七岁，文延杰只有十五岁，还没成年。曹麟酒后去怀志一中闹事，把下晚自习的文延杰打了一顿，导致文延杰左腿两处粉碎性骨折，没能参加当年中考，也就没上高中。之后文辉托人把他安排到县工商局当临时工，两年后调到县综合执法局工作。文延杰在综合执法局工作期间，文辉和现在的妻子赵苇楠结婚，和文延杰的亲生母亲张秀萍离婚。"

林美纶和牛智飞听了马志友的话很吃惊，完全没想到这个看上去有些浑浑噩噩的老头竟对文家如此熟悉，说起文辉、文延杰的事就跟自己家的事一样张嘴就来。

"文辉发家也是在跟赵苇楠结婚以后，第一桶金就是在赵苇楠帮助下挣到的，这一点整个怀志县都知道。文延杰因祸得福，在综合执法局里认识了一帮人，借着文辉的名声拉起了自己的队伍。不过我听说他和亲生母亲张秀萍的关系更好，很少去文辉那儿。虽然他的工作其实是文辉托人安排的。"

"这个张秀萍现在在哪儿？"林美纶问。

"死了，二〇一三年就病死了。"马志友说着站起身看了眼天上稀疏的星光，"你们愿不愿和我回趟家，我那儿有文延杰的犯罪材料，还有文辉、赵保胜杀我儿子的充分证据。"说这话的时候，马志友的眼中闪烁着特异的光芒。是该拿出那些东西的时候了。

(3)

于亮忐忑不安地跟着李伟出了县联通公司，本来以为要去公安局之类的地方，谁知道李伟竟带着他和寡言少语的女警察走进了马路对面的烧烤摊。

"老板，把菜单拿过来。"李伟热情招呼两人坐下，"都没吃饭吧，我们就在这儿对付点。"说着话，他把菜单递给汪红，"来，女士优先。"

"谢谢李哥，这地方没发票吧，你是不是得和杨队打个招呼？"汪红拿过菜单不解地问道。李伟哂然一笑，大大方方地摆了摆手："和我出来你们不用考虑这个问题，我请，也不给领导添这麻烦。"说着话，他把目光投向于亮，"想吃什么就点啊，不用客气。"

"好。"于亮疑惑地接过菜单，"到我这儿了怎么能让你们花钱，今天我请客好了。"又道，"这家店的羊肉串非常好吃，你们可以多要一点。"

"还是我来吧，让你请我们就犯错误了。你喝白酒啤酒？"李伟声音不高，面带笑容，可在于亮听来，这语气不容置疑，遂不敢再说什么，只得犹豫道："我喝啤酒好了。"

话虽这么说，其实于亮心乱如麻。要不是面前有两个警察，他早就走了，哪有心思吃饭。自从下午接到锦城商务酒店朋友打来的电话，于亮就立即前往米兰咖啡厅窥伺究竟，谁知道警方比他的动作还快，那会儿已经封锁了案发现场。他在米兰咖啡厅外面徘徊了好一会儿，正要离开又被文延杰叫回了锦城商务酒店。

由于琢磨着文延杰在酒店，所以于亮走时没有和朋友打招呼，现在想起来这绝对是个非常正确的选择。只是这会儿不清楚蓝韵的家人知不知道她出事，是不是正在赶过来呢？自己又该以什么身份见他们？揣测间，于亮又想到蓝韵最后给自己发的那条微信，一时间竟有些愣神。

"想什么呢，别光喝酒，吃点东西。"随着李伟的声音，于亮茫然地从臆测中惊醒过来，赫然发现自己竟已经喝光一杯啤酒。他不好意思地拿起一串羊肉串放到嘴里，食不知味，脑子里回想起年前自己和蓝韵来这里吃饭的情景。

那天她加班到八点多，于亮就提议来这儿吃点东西。吃完饭，蓝韵说今天锦城商务酒店的包房没人，他们就去那儿住了一夜，两人还开玩笑说省下的钱可以用来买房。思忖下来不过十余天，却与蓝韵阴阳相隔，再不能相见。

于亮一声长叹，不知不觉眼泪竟不争气地从眼眶里滑了出来，直掉落到手背上时，他才幡然惊觉。面前的两个警察都没说话，安静地望着他慌忙取纸巾擦拭眼睛。

"来，走一个。"李伟没事人般端起杯子一饮而尽。于亮见他如此爽快也不推托，倒满了酒喝干。两人推杯换盏，不多时就已经喝掉了十多瓶啤酒。

"我告诉……告诉你李哥……"于亮拍着李伟的手背，脸涨得通红，"我们小韵……真是好……女孩。那个……姓文的……那么骚扰……她，都被他搞……搞成抑郁症了……还对我……那么好。我要知道……知道她会自杀……我肯定不……不让她干了……"

"别着急，你先抽根烟。"李伟说着点了支烟给于亮，本来平时于亮并不抽烟，此时却豪气冲天，只怕是海洛因来了也敢吸上几口："李哥……小韵什么……都……和我说，我……也帮……不上……"

"你刚才说她是自杀？"李伟不咸不淡地追问了一句。于亮正说到兴头上，点了点头随口道："肯定……肯定是自杀……她抑郁很久了。"话虽然说得不利索，可于亮还是相信自己的头脑一直保持着清醒，该不说绝不乱说。

"她有抑郁症？那个骚扰他的人姓文吗？"

"我不……不知道姓……什么。"

"你刚才可说姓文啊。"李伟淡淡地笑道。

"是吗……我记得……没有说姓……文，就说姓什么……的确有个人……骚扰小韵，她……她……她没告诉我……是谁。"于亮不记得自己说过骚扰蓝韵的人姓文，这时候当然不敢把文延杰招出去。

"来，吃点东西吧。"李伟没有顺着这个话题继续下去，开始劝他吃饭。于亮起身找卫生间，来到门口的时候，忽然看到一辆汽车停在路边，车牌号似乎在哪儿见到过。

这是辆黑色的奥迪轿车，车牌号是"察A·83101"。本来现在这种纯数字的车牌就很少见，偏偏这辆车还是辆新款的奥迪，顶多不会超过两年，所以给于亮的印象非常深刻。

从卫生间回来，于亮蓦然想起这辆车应该是苇楠集团的车，脑袋"嗡"的一声，酒立刻清醒了大半。他又悄悄踅至路边，盯着停在树边背阴处的汽车瞅了一会儿，不敢确定这辆车是不是来监视他的。

"瞅什么呢？"李伟从屋里踱步出来好奇地问道。于亮脸一红，随口说了句"没什么"就回了房间。这下他再也不能坦然饮酒了，满脑子都是文延杰和门口那辆车。可能是李伟看出他有心事，问了几句，见于亮有些词不达意，便提议将他送回家去。

"不用了，我自己想溜达一下。"想着还要回单位开车，于亮谢绝了李伟的好意，又和他碰了杯酒，才惶然离开。走到门口的时候，于亮刻意绕过去远远地瞥了两眼，却没看清车里有没有人。

"没准儿也是来吃饭的吧？"于亮忐忑不安地边走边回头，回到单位也没有见有人跟踪，多少放了点心。他用最快的速度回到车上，看见后座完好无损的提包时才松了口气。回家的路上，他还专门去了趟米兰咖啡厅，发现已经是大门紧闭，里面隐隐露出些微弱的亮光。

天已经完全黑了下来，清冷的街道上几无人迹。于亮放慢车速，一直开到小区门口也没见刚才那辆奥迪跟上来，正暗自庆幸时，忽然发现有一辆陌生的 SUV 汽车跟着自己进了小区。要知道于亮家住的是邮电局的家属楼，只有两栋楼的老小区里每天晚上停几辆车，大家都心里有数，很少有陌生的车进来。

正因为是老小区，所以邮电局家属楼没有物业，也没有门禁、监控等设施，甚至连路灯都坏了一多半。这楼还是于亮的父亲结婚时分的，住到现在也快四十年了。于亮故意将车停下，果然看到那辆 SUV 也在马路对面停了下来。

由于担心对方怀疑，于亮还把车窗摇下来打了个电话，然后又坐了一会儿才把车开到楼门前，下车的时候看到那辆 SUV 汽车跟进了小区，似乎有意停靠在背阴处的垃圾桶边上。

想到刚才烧烤摊门前的奥迪，再加上此时的 SUV 汽车，于亮怎么都不能把他们和文延杰撇清关系。如果他今天没有给自己这一提包钱，也许于亮还半信半疑，此时已经相信蓝韵和文延杰是真有其事。问题是：那些捕风捉影的传闻到底有多少是真的，又有多少是假的呢？

拎着钱上楼，于亮还从窗口看到了那辆 SUV 汽车的影子，好像沉睡一般静静地隐藏在黑暗中。他关上门，将钱扔到茶几上，人也像瘫了一样深深地陷进沙发里。

想了一会儿，于亮再次拿出手机翻出蓝韵最后给自己发的信息，脑子里浮现出一连串问号，一时不得要领。就在这时，门外突然传来轻微的脚步声，接着又在家门前莫名其妙地消失了。

于亮紧张地站起身，往后退了两步，左顾右盼中，从厨房拿出根擀面杖，全身每一块肌肉都绷紧到极致。过了很久，那个声音再也没有出现，就像凭空消失了一样。

于亮很想出去看个究竟，可脚像生了根一样无论如何都不能动弹。他感到口干舌燥，嗓子眼儿像冒火一样要生出烟来。饶是如此，他仍不敢挪动半步去倒杯水。

他觉得自己快受不住了，这样下去非疯了不可。就在这个时候，他开始理解蓝韵，开始明白一个人的神经如果长年处于这种临战状态中会是什么后果。

思忖良久，于亮终于拨通了李伟的电话。他虽然不敢得罪文延杰，可更不想要这来历不明的四十万块钱。在他眼里，这分明就是四十万颗随时都可能将他炸得粉身碎骨的炸弹。天知道文延杰是不是想借此稳住自己，后面又有什么阴谋诡计。

"是李警官吗？我是于亮。"于亮蜷缩在沙发深处，用极小的声音说出了自己的担忧，"我有点事想和你们说说，能再来一趟吗？"

"好啊，把地址用短信发给我。"电话里李伟没有多问，似乎觉得于亮的来电理所当然。于亮停顿了一下，踌躇道："我家门口有人盯梢，你们小心一点。"事已至此，他知道自己能做到的只有这么多。好在电话里的李伟相当警觉，麻利地打消了他的顾虑。

"我知道了。"话不多，可李伟的声音让他很放心。丢下电话，于亮从冰箱拿了一听饮料，当冰凉的液体穿过喉咙，他似乎又有些后悔给李伟打电话了。

要是搞错了或走漏了消息，自己在怀志县可真待不下去了。可能还得跑路。一想到跑路这个词，于亮感觉有些好笑，这不是电影里古惑仔的专有名词吗？自己什么时候混到这个地步了。他沉沉地把自己丢到沙发上，再次看到那袋钱的时候又觉得自己做出了正确的选择。无论如何不能和文延杰上一艘船，再跟着他沉下去吧？

这么想，于亮紧张的心情平复了一点，一直到敲门声再次响起来，他的心才重新提了起来。好在这次门外传来的是李伟的声音："表弟，在家吗？"

"在，来了来了。"于亮打开门，赫然看到把连帽衫的帽子压得很低的李伟，身边那位瘦小的女警轻轻地挽着他的臂弯，颇像一对访亲的夫妻。

"表哥，你怎么来了？"于亮边大声喊边把李伟他们让进室内。门才关上，李伟的表情就发生了变化："什么事，说吧？"他开门见山地问道。

就在这电光石火的瞬间，于亮一咬牙终于下了决心："蓝韵出事以后，文延杰今天下午叫我去他在锦城商务酒店的办公室，给了我这个东西。"说着，他将目光投向茶几上的提包。

"这是什么？"李伟疑惑地走过去，小心翼翼地把拉链拉开一点，然后猛然抬起头："这是多少钱？"

"四十万。"

"他为什么给你钱？"

"我不知道。"于亮低着头，不敢正视李伟咄咄逼人的目光。他想了想，担心李伟怀疑自己，便解释道，"苇楠集团里都流传蓝韵和文延杰的事，我不知道真假，她从来没和我说过。今天下午，文延杰就给了我这些钱。"

"那你刚才为什么不说？"

"我，我老怀疑外面有辆车是文延杰派来的。"于亮小声说。

"行了，你跟我走一趟吧。"李伟说道。

"去哪儿啊？"

"你不是怕文延杰找你麻烦吗，还不和我走？"

"还有一件事。"于亮说着把手机打开，"你看这些数字，'96、7468、54、54、968'，是蓝韵出事前发给我的。"

李伟拿过手机看了一会儿，放下手机又想了一阵儿，忽然把手机塞到自己的口袋里："马上跟我走，看来你真有生命危险了。"

第七章　日记里的线索

(1)

马志友家离文化广场不算太近，三个人足足走了半个小时。林美纶边走边和牛智飞撇嘴，心想，要知道是这样就开车了。这倒好，一会儿回来还得走一遍。可马志友似乎习以为常，别看拿着大毛笔和水桶、抹布等一干杂物，走起路来却虎虎生风，一点都不像六十多岁的老人，看上去似乎比身边两个年轻人还硬朗一些。

他们穿过高楼林立的解放路，从无比豪华的银座购物广场拐进去，立时就像来到了另一座城市。只见一排排火柴盒样式的四层旧楼丫丫叉叉的像多米诺骨牌般由近及远铺开，一眼望不到头。楼宇间反射着红砖本色，被岁月打磨得光洁顺滑，好像有一只大手每天摩挲着这片住宅，将每栋楼都盘弄出包浆般的圆润。

林美纶怔怔地望着这些老房子，觉得他们与面前的老人一样沧桑，好像随时都会倒下再也起不来。马志友堪堪停下脚步，回头瞅了林美纶和牛智飞一眼，闪身走进黢黑无比的楼道，微微可见墙上贴满了通下水、换防盗门乃至各色保健品的小广告。林美纶紧跟着他的脚步，爬上逼仄陈旧、弥漫着阵阵说不出味道的楼梯，这才来到马志友家门外。

当马志友推开房门的一瞬间，林美纶和牛智飞都被眼见的景象惊呆了。只见马志友把不知从哪儿捡来的各色瓷砖将地板铺了一遍，有白、粉、灰，还有淡淡的绿色，五彩斑斓。原本白色的墙壁已经看不出本来的颜色，整面墙上都贴着报纸、各种超市海报、卖房的广告和泡沫塑料板，再配合一盏不知道是六瓦还是八瓦的普通小灯泡，整个屋子呈现出一种诡异的气氛，林美纶一度以为到了垃圾收购站。

屋里飘着一股淡淡的来苏水味道，马志友似乎喜欢给房间消毒。他让两人随便坐，然后颤颤巍巍地从书架上取出一本厚厚的红塑料皮日记本放到林美纶面前。"这个是我老伴留下来的，她身体不好，一直到去世也没有写完。这里面有些内容也许对你们有些参考价值。"说着马志友打开日记本，翻出几页指给林美纶。

二〇〇一年九月十六日　周日，雨

上午赋闲在家，梳理跳跳儿时书本，计两皮箱，已整束完毕，让老马放地下室保存。下午与季宏斌见面，谈及前日酒桌涉及文辉所言，初否，后复然已记不清爽。再问，以利害诱之，粗略回答"或许有，只酒桌上话做不得真"。

思昨日季宏斌之言实非儿戏，其时与他同饮酒之辈只文辉和孔自强二人。而吾市自一九九八年济梦湖防洪之事紧迫，再未举行选美，迄今只庆祝香港回归当年由工商联主办一届而已。故酒后所言文辉干过选美冠军，非曹芳复又何人？此事可做佐证，只设法拿到季宏斌口供最好。

二〇〇一年十月二日　周二，阴

季宏斌愚钝，孔自强胆怯，文辉却着实狡猾。

自上次酒后失言，文辉似有怀疑，闻其近日旁敲侧击打听我与老马是否找过季宏斌。定心里有鬼不敢明言，想来实是谋害我儿之真凶。

另：赵保胜深居简出，与文辉大异，极少抛头露面，不知何故。

近来季宏斌也少往来，纵是小杜的话亦不太管用，需再寻良策才好。明日可约小杜和他畅饮一回，此人酒后好多言，此不失一法，可试。

下午老马推车闲游，多见儿女有伴，只可怜我夫妇此生未做亏心事却得此下场，悲怆难抑。思念之心则切，不知吾儿择居丰都可好？母无一日不思之念之。

儿之事，定要寻出真相，讨回公道。

二〇〇二年二月十一日　周一，除夕无雪

地也，你不分好歹何为地！天也，你错勘贤愚枉做天！

二〇〇二年二月十二日　周二，晴

儿去三载夜不寐，凶徒街衢酒对歌；望帝鹃啼双亲泪，待捧阴状诉天河。

二〇〇二年五月九日　周四，晴

自年后，再不见季宏斌、孔自强二人踪迹，问之概无人知晓。老马托小杜寻其属眷，竟不成，着实费解。

二〇〇二年五月十二日　周日，中雨

坊间传闻，季宏斌、孔自强早于年前赴内蒙古某旗务工，均搬离塞北。此事未得证实，后又传说务工单位系怀志二建公司下属某企业。老马找政府部门战友征询，得知此企业承包人赵秉礼系赵苇楠之父，文辉新任岳父其是。

若此事为真，缘何安排季宏斌、孔自强前往？疑点甚多。另：自曹麟入狱始，文延杰即有意托付文辉帮其寻仇。昨日老马战友武装部刘部长来访，谈及此事，问我夫妇是否有意替曹麟开脱。若否，麟恐不死亦残。老马与我均和曹家同病相怜，今关系非薄，焉有不管之理。当即请刘部长务必帮忙，刘已应允，明日即去请表哥、军分区徐政委从中周旋以免麟之祸。

二〇〇二年五月二十五日　周六，大雨转中雨

今日小杜来吃酒，席间谈及前日听闻孔自强办理迁户手续，已移居南方。另季宏斌早在年后已死，原因不明。

思之大骇，极恐。

看到这儿，马志友突然合住日记本，指着旁边的屋子，拉了林美纶一把："我儿子就住在那儿！"

"哦，是吗，那是他的房间啊。"林美纶疑惑地望着马志友，并没有跟着他站起来，"马叔，刚才那本日记可以让我带回去看看吗？"

马志友停住脚步，用非常疑惑的目光望着林美纶："你要看吗？"

"是啊，我想拿回去读一下，也许能帮助你找到什么新的线索。"

"好啊，不过我要问问她本人的意见，过几天再给你送过去吧。"马志友平静地说道，"你看这日记本都快散架了，我顺便再帮你粘一下。"

林美纶没料到马志友会用这样的理由拒绝自己，有些茫然地望了眼身后的牛智飞。牛智飞会错了意，见林美纶和马志友的对话一直很客气，以为她同意了，便接着道："那也好，过几天我开车来拿，省得路上吹丢了两页不太好找。"

牛智飞此话一出口，林美纶心知再拿日记无望，狠狠地瞪了牛智飞一眼，心念一动，忙道："那我把刚才这几页拍个照片吧，要不然我们今天做了什么工作也不好和领导交代，您知道警察都讲证据。"

马志友没有阻拦，将日记本平摊到桌子上，一页页翻给林美纶，

看着她拍了照片。然后又指了指儿子的房间，想带他们进去看看。林美纶刻意从书架前经过，看到满满当当的书丛中堆满了各色小说，匆匆一瞥可见的书名有《火车》《米的缺失》《鬼影街道》……

这是一个时间凝固了的房间，所有的一切都停留在一九九九年春节的某个早晨。屋子里挂着谢霆锋年轻时的大幅海报，下面清晰地写着"谢谢你的爱1999"几个字。房间正中的写字台上略微凌乱地摆放着《第一次亲密接触》《电脑报合订本》《电脑爱好者》等几本书和杂志，旁边则是一台"实达"牌台式电脑。两张《泰坦尼克号》和《星愿》的VCD影碟随意地丢在桌子上，好像主人是去上班，一会儿就能回来。

写字台对面是个书柜，马志友拉开柜门，露出一幅巨大的黑白遗像来，上面的人是个略带稚气的帅小伙，不用问也知道是马硕了。与林美纶想象的不同，照片下面没有放香炉，却堆满了小山一样的流行歌曲磁带，从成龙、张雨生、齐秦、张宇到孟庭苇、范晓萱、徐怀钰、苏慧伦，一瞬间把林美纶带回了小学时代。

"他可喜欢听歌了，上警校时不好好吃饭，钱都干这个了。"说着，马志友摩挲着从下层书柜找出的一个像是电脑键盘类的设备，像宝贝一样放到了怀里。林美纶茫然地望着马志友，想不起这个看上去有些熟悉的东西叫什么。直到身后的牛智飞提醒，林美纶才想起，自己很小的时候曾经在别人家看到过大孩子玩，好像是一种叫学习机的古老电子设备。

"这是我给他买的小霸王学习机，我们用它一块儿练打字。"马志友的话解开了林美纶的疑窦，这东西果然是学习机，只听他继续平静地说道，"我们单位那时候也让学电脑，我们这些老同志就是不行，还得儿子教。我们都练五笔，他打字可快啦。"

说着话，老头竟然背起了五笔的字根："王旁青头兼五一，土士二干十寸雨。"他停顿了一下，接着背诵道，"你拍一，我拍一，小霸王出了学习机；你拍二，我拍二，学习娱乐在一块儿；你拍三，我拍三，学习起来很简单；你拍四，我拍四，包你三天会打字……"

除了马志友苍老的声音，屋子里安静极了，三人的呼吸似乎也随着时间逐渐凝固起来。马志友面无表情地盯着林美纶，时而转过头望一眼牛智飞，又缓慢地进入自己的回忆当中："……你拍八我拍八，学习娱乐顶呱呱；你拍九我拍九，二十一世纪在招手。"他舔了舔嘴唇，似乎有些意犹未尽。

"要是我儿子还活着，我孙子恐怕比你们小不了几岁。"马志友长长地叹了口气，语气似有无尽悲伤，表情却还算恬然，"可惜他让文辉、赵保胜害死了。"

"您怎么能确定就是文辉和赵保胜干的呢？"林美纶终于问出了心中深藏已久的疑惑。马志友怔怔地望着她，似乎不知道该说什么，迟疑了很久他才重新开口，声音有些嘶哑："去……年我老伴临死的时候，把这本日记交给我，那时候我才知道这件事的全部经过。"

原来李玉英这人天性少言寡语，偏偏心思重、想得多，有什么事宁愿自己拿主意，也不愿和人商量。自儿子死后，本就不爱说话的她更是不怎么开口，有时候几天都不和老马说一句话。老马做了饭，她也不怎么吃，至多喝一点水，整天都在写日记，却是写了撕，撕了再写，不让任何人看自己写了什么。

有天马志友一个战友来家聊天，说起和季宏斌熟悉，后者当时与文辉、赵保胜以及孔自强被合称为"怀志四害"。于是李玉英托人把季宏斌找来喝酒，又送了他不少烟酒。

几番下来，季宏斌放松了警惕，有次酒后失言，提起文辉。他说，曾经听文辉说自己干过上百个女人，其中还有县里的选美冠军。说者无心、听者有意，李玉英立即想到了这个选美冠军就是曹芳，便约来那个当警察的战友找季宏斌对质，谁知道这家伙第二天就改了口，怎么都不肯承认。

本来大家都以为这事就过去了，谁知道过了一阵子，跟着文辉干工程的季宏斌和孔自强都被调到了内蒙古的工地上，接着就听到季宏斌已死、孔自强失踪的传闻。

说到这儿，马志友把日记本托起来，轻轻地拍了拍封皮儿："林警官、牛警官，你们说这世界上的事情有这么巧的吗？季宏斌、孔自强本来都和文辉是发小儿，却在季宏斌失口传出文辉的事引起我们注意以后，没几天一个死、一个失踪，这不能不引起我们的怀疑啊。"

林美纶点了点头，没有立即回答马志友，其实她心里也觉得这事比较蹊跷。这几年苇楠集团做慈善事业很成功，文辉也获得了很多荣誉和头衔，但他的过去并没有因为他的大力清洗而完全消失，最起码在公安局有两个案子一直把他列为重大嫌疑人，其中之一便是马硕、曹芳的失踪案。

"林警官、牛警官，求求你们帮帮我儿子吧。从这个季宏斌查起，一定能把文辉杀人的证据找出来。"马志友再一次跪在了林美纶面前，"帮帮我吧，林警官，我知道孔自强藏在那里，他一定知道事情的真相。"

(2)

早上，李伟坐在专案组办公桌前一杯接一杯地喝茶，面前的烟灰缸里堆满了小山一样的烟头，脚底下扔着几个空烟盒。来来往往的干警都忙忙碌碌地从他身边经过，对此都视而不见。

李伟时而忧郁地打量着面前的每个人，时而低下头大口喝酽茶，他身后不远，汪红正和内勤李妍妍低声交流着什么。

李伟歪过头，冲身后喊了一嗓子："小汪，帮我把蓝韵的材料取过来。"汪红愣了一下，随即答应着跑到房间角落，从另外一张桌子上将早已经装订好的资料拿起来，正要过去时，董立从办公室里走了出来。

董立从汪红手里接过材料，示意她离开，径直走到李伟面前，将资料丢到桌子上，很不满地说："我说你小子今天怎么啦，有完没完？还抽上纸烟了，你的电子烟呢？"

"三点钟烟弹就抽完了，这条烟还是从侯培杰宿舍顺过来的呢。"李伟说着又取出一根烟，自顾自地点着抽了两口。董立无奈地望着他："我不是不让你去，问题是你得看看什么情况。"说着他拿起桌上的一份打印文稿，在李伟面前晃了晃，"你看看蓝韵的化验结果，这几种药都是什么？喹硫平、拉莫三嗪、文拉法辛、安非他酮、右旋苯丙胺，尤其是后三种药，剂量都超出了医嘱用药标准，典型的自杀嘛。"

"这药名太难记了，我听不懂。"李伟干脆利落地回复道。

"听不懂可以查，外网查不到可以先在内网上学学。你看看这结果，还不能说明问题？"

"蓝韵的案子我主要负责，就算她是自杀，也得把所有的疑点搞清楚。"李伟很不客气地站起身，"蓝韵死前的动作很奇怪，况且她发给于亮的那组数字，如果用九宫格输入法打出来正好是'我手机里有'这几个字。"

董立哼了一声，将手中的资料丢到桌子上："既然已经证实蓝韵有抑郁症，那她做出这些动作就不奇怪。再说那串数字也不能完全说就是这几个字，只是你们的猜测嘛。"

"所以才要查清楚。据于亮说，蓝韵应该还有一部手机，而蓝韵在死前很有可能将什么线索留在了那部手机上。"说到这里，李伟停顿了一下，"这事既然领导交给我了，那我就必须干到底。"

"行吧，蓝韵的案子我不干涉。请你现在把注意力转移到曹麟身上来，我们现在需要更多的线索。"董立冷冷地说道。

"小林呢，线索找她要，她不是去查马志友了吗。"李伟诧异地问道。董立白了他一眼，拿起打火机低头点烟，并未回答。李伟就这样望着他，足足抽了两口烟才悠然转过头，脸色着实不善："和牛智飞去嘉信了。"

"嘉信？"李伟一时还没反应过来，片刻才问道，"泽中省的那个嘉信市吗？"他之所以这么问，是因为泽中省在长江以南，距离塞北市有两千多公里，无论如何他都想不出什么理由能让林美纶千里迢迢地连夜跑那边去。

董立转身离去，神色冷峻。李伟讨了个没趣，心下有些懊恼，不知是由于林美纶没和自己打招呼就跑去嘉信，还是董立那冰冷的态度，反正心里不太舒服，多少有点后悔这么仓促地就答应宋局长接这两件案子，此时竟有些骑虎难下。

好在论起心理素质，李伟还是挺有自信的。也就喝杯热茶的工夫，他已经将心态调整过来了。想着自己昨天晚上查案卷、看录像、分别和专案组的同事讨论案情，又安排于亮找地方躲起来，忙得不亦乐乎，林美纶兴许是没好意思打扰自己。他如今是上了弦的箭，不飞也得飞了。与其这样，还不如就横下心来把案子弄个水落石出，也好不给后半生留下什么遗憾。

念及此处，李伟信心油然而生，一夜的疲惫消失得无影无踪。他拿起马克杯冲了杯速溶咖啡，趁热喝下，拿起手机边看边往外走，想着去找认识蓝韵的人聊聊。

打开微信，李伟才注意到林美纶半夜的留言："李哥，我和牛智飞去嘉信了。这边有个紧急情况，和马志友有关，回来细谈，我觉得应该去一趟。已和董组长请示过，他不太乐意，也没反对。我们一会儿四点半的飞机，明天上午就能到，事情办妥当天可回，有事留言。"

我就说嘛，小林怎么可能不给自己打招呼。李伟心下沉郁顿消，精神俱佳，穿戴齐整跨上摩托车，隐隐又觉得有些不对："这个丫头主意这么正，也不说和我商量一下就自己决定去嘉信。看样子董立也未必清楚，只是他能同意也真是件奇事。"

琢磨了一路，李伟始终还是对林美纶的态度难以释怀，可这事又拿不到台面上，只好暗暗憋气，想回来再和她谈谈。想着这事，李伟又回到了锦城商务酒店门前。

于亮提供的联系人叫孟文博，是酒店客房部的负责人。李伟找到他的时候，他正在办公室里做报表，似乎对李伟的到来并不感到奇怪。相比他三十左右的年龄，这人做事的方式和方法似乎更老练一些。

孟文博起身给李伟倒了一杯茶，顺手将自己办公室的门锁上才回身说道："锦城商务酒店以前的老板姓包，是个东北人，我跟着他干了七八年，从大学毕业就一直待在这儿。前年包总在海南买了房，把北方所有的产业都盘了出去，让我和他去海南另起炉灶，我没答应。我塞北市有老婆孩子，父母还在怀志，怎么可能跟他去海南呢？后来接手购置这家酒店的公司就是光辉娱乐，也是苇楠集团旗下三大产业之一。"

"好像听说苇楠公司还有其他产业，具体的还真不清楚。"李伟顺手在本子上记了光辉娱乐几个字，没有细想。就听孟文博继续说道："苇楠集团的法人是赵苇楠，就是文辉的老婆，但她并不怎么管公司的事。文辉其实是苇楠集团的董事长，现在有一半的工作交给了文延杰。前几天在家被杀，闹得沸沸扬扬的那个赵保胜是苇楠地产的老大。除此之外，苇楠集团还有光辉娱乐和登陆科技两家子公司。光辉娱乐的负责人就是文延杰。"

"老佛爷是谁？"李伟问。林美纶说听蓝韵说起过这个人，但公司里似乎鲜有人知。果然，孟文博被问蒙了，表示从来没听说过这个名字。

"你和于亮是怎么认识的？"李伟又道。

"早些年，联通公司在我们后院建了个基站，每年都定时来给我们交占地费和电费，联系人就是于亮。"孟文博回答。

"就这些吗？"

"对啊，我们之间没别的关系，一块儿吃过几顿饭，彼此间还算谈得来。"孟文博解释说。可李伟那犀利的目光还是让他有些不太适应，沉默了片刻，好像意识到了今天所发生事情的重要性，他又补充了几句，"占地费每年两万多块钱，财务是入账的。不过电费这东西没啥准数，都是我说了算。而且我们院这个基站是个中心站，他们叫宏站，带着周围七八个拉远站，用电量很大。"

"为什么？"

"什么为什么？就是我们院里放设备比较安全啊，放野外那些电池啥的不丢吗？所以……"说到这儿，一直精明干练的孟文博有些犹豫，嗫嚅道，"所以就那么回事，我少报点电费，您懂我的意思吧。"

"每年多少电费？"

"十来万吧。"

"你报给酒店多少？"

"三四万吧。"

李伟点了点头，笑道："这酒店用电没数？于亮因为这个才让你帮忙监视他女朋友啊？"

"这是按五星级标准建的酒店，用这点电其实根本不算什么。况且我这也不是监视，就是有什么事告诉他一下呗。除了今天被文延杰叫过来，他很少在不交费的时候来酒店。"

"那你都告诉他什么了？"

"其实也没什么，就是蓝韵和文延杰那点事呗。蓝韵隔一段时间就来开个房，然后不一会儿文延杰的车就到了。他们虽然从不一块儿来一块儿走，可谁都知道是怎么回事。再说蓝韵一个二十多岁的女孩，凭什么开着宝马当总裁办的主任啊？"

"那这事于亮什么态度？"

说到于亮，孟文博一脸唾弃的表情，好像在说一个恨铁不成钢的孩子："傻老爷们儿，让人忽悠得一愣一愣的。开始不信，后来又说蓝韵答应和他结婚了，等一结婚就辞职。反正我是仁至义尽了。"

"昨天蓝韵有什么异常吗？"

"昨天啊——"孟文博回忆着在屋里踱步，"来的时候脸苍白，好像不太舒服。后来约莫有四十分钟吧，突然跑出去了，穿了一件外套，出去的时候身上还滴着水，好像洗着澡就跑了。我赶紧给于亮打了个电话。"

"有人找过她吗？"

"我不知道。"孟文博说道，"这酒店在苇楠集团接手以后重新装修过，我们都没参与。地下室有直通楼上的一部专用电梯，听说每次文延杰就是从那儿上去的，所以我们很少见他，那部电梯一般人用不了。正因为这个，文延杰和蓝韵的事都是传闻，于亮才不相信。"

"有监控吗？"

"应该有吧，不过监控都是李邵那边管。他是酒店的实际负责人，是文延杰接手酒店以后才过来的管理人员。之前这些工作都是我负责，后来陆续才换成他们的人。"孟文博说到这些明显有些愤愤不平，"原来的老人都走得差不多了，我这个楼面经理也是有名无实，已经落到负责后勤工作的境地了。"

李伟合上笔记本，觉得这边问得差不多了，只是对蓝韵的死因调查帮助不大。楼上的房间，技术那边已经给了详细的报告，他没有再去的必要，站起身本想再客气几句就离开，遂问道："我知道了，还有什么补充的吗？"

孟文博看李伟要走，忽然有些紧张起来，犹豫片刻说道："昨天你们的人来看过监控了，不过之前，李邵带人在监控室待了很长一段时间。"

李伟本来要走了，听他这话又停住了脚步："你这是什么意思？"

"我只是阐述事实。"孟文博此时镇定了一些，继续道，"我平时在大堂的时候多，蓝韵出去的时候，我和李邵都在现场。我马上给于亮打电话，李邵不知道去了哪里。我估计他上楼了，应该是通过那部专用电梯去了监控室。为此我还专门下楼瞅了一眼，不过监控室和地下机房都在地下室，我进不去。"

"机房你也进不去？"李伟奇怪地问道。

"问题就在这儿。"孟文博小心翼翼地说道，"除了那部专用电梯，地下室还有监控室和一间挺大的地下机房，都不让我们去，平时都锁着门。可酒店的机房其实设在十一楼，就是楼顶，天知道地下室那间大机房是干什么用的。"

"他们没告诉过你们？"

"只说那是光辉娱乐和登陆科技的专用机房，和酒店的业务无关。"

"李邵大约在监控室待了多久？平时谁负责监控？"

"都是他们的人，我不认识，那帮人天天在监控室待着，很少和我们来往。他再次出来的时候是二十分钟以后。"孟文博回答，"后来就来了两个警察，一个上了岁数、一个年轻点，去看监控了。"

想到昨天的事，李伟知道孟文博说的是老杜和侯培杰，今天早上听他们说酒店当天监控室断电，出了故障，任何有价值的证据都没有找到。可孟文博的答复完全出乎意料，他说昨天酒店没有停电，也没听说监控出任何问题。

(3)

与冰天雪地的塞北相比，嘉信早已是春暖花开时分。林美纶和牛智飞走出飞机场，迎着扑面而来的暖风，顿感神清气爽。他们打了个车，按照马志友提供的地址，在嘉信市江淮区一个偏僻的小街找到了孔自强的修车场。

牛智飞走到近前，和几个正在修车的师傅打听孔自强，其中一个上了岁数的老师傅站起来，狐疑地打量着他们说道："我们这儿没有叫孔自强的人，你们去其他地方问下好啦。"

"哦，他现可能叫——"林美纶翻出手机上的记录瞅了一眼，"徐宝安，不是你们的老板吗？"话虽然这样说，可心里毕竟没有什么把握，有点提心吊胆，生怕对方再一口回绝了自己。好在老师傅似乎没有注意到这件事的严重性，微微愣了一下："徐经理啊，他就在后面办公室呢。"

顺着他们手指的方向，林美纶带着牛智飞七拐八弯地穿过堆满了汽车的维修区，在一个灰暗的办公室里找到了现在叫徐宝安的孔自强。

这是个已过六旬的老人，看上去颇为强壮，只是神色中充满了对林美纶二人的猜疑。林美纶亮出警官证，亦难打消对方的顾虑。"你们找错人了，我叫徐宝安，不认识什么孔自强。"他端坐在旧沙发上，仰着头，用鼻孔对着面前的两个警察。

牛智飞皱紧眉头，对孔自强的态度相当不满意："我告诉你，孔自强，我们既然能找到你，就已经掌握了你的情况。你如果现在不说，将来换个地方说可就没这么自在了。"

孔自强冷哼一声，对牛智飞的话不屑一顾："请自便吧，有证据就抓我回去。在嘉信这么多年，都知道我徐宝安是个本分的生意人，不知道你们说的孔自强是谁。"

来之前，林美纶就对此有所准备，所以从手机里找出准备好的照片在孔自强眼前晃了晃："你可能还不知道吧，初一早上赵保胜死了，全家被灭门。出这么大的事，你以为自己能在这儿躲过去？这案子还牵扯到另外两宗命案，其中一个受害人也和二十年前马硕、曹芳失踪案有联系。"

孔自强没有说话，明显能看出林美纶的话对他有所触动，神色中闪过一丝淡淡的惊惧，可很快这丝异样就消失了："我再说一遍，我不认识你们要找的人，你们真的找错人了。"

半个多小时下来，无论林美纶和牛智飞如何引诱威逼，孔自强就是不开口。无奈之下，二人只好离开办公室，又回到前面的修车厂。几个工人还聚在一块儿聊天，好像也没什么事做。林美纶让牛智飞在稍远的地方等她，自己走到这些人面前。

"师傅，你们过年也不休息啊。"林美纶笑眯眯地问道。几个年轻工人对她都挺警惕，并没搭话。只有那个上了年纪的老师傅点了点头："有不少活没干完呢，我们每年都不休。"说完这句话，他反问林美纶，"听口音，你们不是本地人吧？"

"对，我们是从徐经理老家过来的，找他有点事。"林美纶随口道。

"老家，他老家早没人了吧？"

"你知道他老家在哪儿？"林美纶警惕地问道。

"听他以前闲聊的时候说过，不是察哈尔吗？"老师傅说道，"事说完了？"

"说完了，他这会儿挺忙，我们先回家等他。"林美纶说着往外瞅了一眼，"他住哪儿来着？"

老师傅没说话，看样子他对林美纶也有所顾忌。林美纶想了想，给他使了个眼色，让他和自己到偏僻处聊了几句，然后得意地招呼牛智飞离开。牛智飞看了眼兀自站在原地发呆的老师傅，问道："你和他说什么了？"

"没说什么，我就把警官证给他看了一眼，问他孔自强在哪儿住。"

"你要去他家？"牛智飞问道。

"对啊，要不然我们来这儿干什么？他不是全家过来的吗，没准儿他家人会说呢。"林美纶笑道,"再说,我好不容易说服董组长让咱们来嘉信,难道就这么回去?"

牛智飞没说话,反正他打定主意听林美纶安排,所以默默地跟着她上了出租车。孔自强家住得很近,只有五六分钟的车程就到了。

这是个还算不错的商住小区,孔家就在其中一栋高层。当林美纶敲开门时,一个三十岁左右的年轻女人用疑惑的目光打量着他们。林美纶表明来意,只说是要找徐宝安。

"他在修车厂呢,离这儿不算太远。"女人说话间,屋里有人问话,似乎是个老年女人的声音,林美纶顺口道:"是孔夫人吧,我们和她说几句话。"说着也不等女人同意就往里冲,牛智飞愣了一下,只好跟在后面闯进了屋。

房间里除了这个年轻的女人,还有一个上了岁数的女人和一个熟睡中的婴儿,两个女人对林美纶和牛智飞的到来都甚感诧异。林美纶也没客气,单刀直入:"我们从塞北来,怀志县公安局的,我叫林美纶。"说着把警官证递了过去,"您是孔夫人吧?"

"我……你们真是从怀志来的吗?"孔夫人捧着警官证的手竟有些微微发抖。林美纶点了点头:"前几天,怀志县苇楠地产公司的总经理赵保胜全家都被杀了,我们想找孔自强了解一些情况。"

"什么,你说赵……"孔夫人脸色瞬间变得惨白,显然吓得不轻。林美纶见状忙趁热打铁,说道:"我知道你们来嘉信已经很多年了,但不能说这事和你们一点关系都没有。不抓到凶手,你们就不安全,所以希望孔夫人能配合我们。"

"这……"孔夫人看了眼身边目瞪口呆的年轻女人,迟疑了片刻道,"给你公公打个电话,让他回来。"说完这些,她似乎缓过来一点,相对不那么紧张了,"你们等一下,还是让老孔和你们说吧。赵保胜真死了?"

"对,灭门案,上面非常重视。"林美纶松了一口气,感觉攻心术还是对女人好用，琢磨着再加把火，便挑拣着能说的把案件简单地介绍了一遍。说完这些，孔夫人都听呆了："我们这么多年没和赵保胜他们联系，真不知道什么情况。"

正谈着，屋外橐橐脚步声响，孔自强大摇大摆地从外面走了进来，一眼看到林美纶和牛智飞，脸瞬间涨得通红，显然有些懊恼。林美纶自知这时候说话必要触霉头，索性把目光投向了孔夫人。这个老太太还算机灵，把话立即接了过去："老孔，这是塞北市的两位警察，刚才也和我说去找过你。我看你还是有啥说啥吧，早和你说过，躲得了初一躲不了十五，那个文辉和赵保胜迟早要出事。"

孔自强被媳妇说得哑口无言，当场伫立了足足有三分钟，才重重地长叹一声："真是妇人之见，难道警察还能保护你一辈子？"

"孔师傅，和我们合作你就放心吧。"林美纶冰雪聪明，一句话就听出了孔自强的顾虑，"我们这次来是秘密行动，最起码文辉他们不会知道。再说，出了这么大的事，就算我们不找你，难道文辉就能放过你？实话告诉你，你的信息是别人提供给我的，并非来自警方。你说，这个人能找到你，难道文辉不能找到你吗？"

"对啊。"牛智飞接过林美纶的话道，"现在你和我们合作，彻底打掉威胁你的犯罪分子，不仅把二十年的旧账清理干净，连你以后的顾虑也没有了。"

孔自强终于不说话了，他端起桌上的杯子灌了一大杯水，将身体沉沉地摔到沙发上："唉，真没想到躲到这里还能被人找到，给你们提供信息的是马志友两口子吧？"

林美纶被孔自强问得一愣，感觉到孔自强话里有话："你为什么这么说？"

"我躲到这儿，除了怕文辉以外，就是不想和马志友两口子打交道。你们既然提到马硕、曹芳的案子，那肯定也清楚他们一直对马硕的死耿耿于怀，肯定把我和文辉、赵苇楠一块儿拉上了黑名单，要出事也是迟早的事。"他说着摆了摆手，让儿媳妇带着老伴去了里屋，客厅里只剩下他们三人。

"能具体谈谈吗，怎么把马志友也当成了你的敌人？"林美纶松了口气，终于觉得这趟嘉信之行没有白来。孔自强低着头，脸上的表情很凝重："马志友两口子放不下他们独生子的死，这事一天不解决，他们就不会放过我。"

"李玉英已经死了好几年，马志友的身体现在也不好。他求我们找你是想了解当年的情况，让我们想办法查清马硕的案子。"林美纶回答道。

"这么说，马志友是真想利用赵保胜的案子，让警察帮他把马硕失踪案弄清。"孔自强的思路异常清晰，与传闻中无赖的身份很不相符，"他自己没能力给儿子报仇，就让你们警察来做这件事。"

"你躲到这儿，和当年季宏斌的死有关吗？"林美纶问道。

"有啊，我就是闹不清季宏斌到底是怎么死的才跑的啊。你们可能不知道，他私底下帮马志友找到马硕尸体，又在说出文辉的事不久就出了车祸，你说我能不害怕吗？只不过我搞不清楚这黑手是谁下的，不仅文辉有嫌疑，马志友也不是没有可能。"

孔自强声音不高，可在林美纶听来不啻晴天霹雳，她没想到他会说马志友找到了马硕的尸体。这与案卷中的记载完全不一样。面对她的疑问，孔自强苦笑着说出了自己知道的经过，林美纶直听得瞠目结舌，好像看到了二十年前极为血腥恐怖的真实场景。

第八章 杀手

(1)

蓝韵出事的第二天，钱晓娟就请了假。本来打算五一结婚时让蓝韵给自己当伴娘，谁知道出了这档子事，钱晓娟的心情一下子跌到了谷底。

地产公司的赵总大年初一被杀，搞得钱晓娟直到初六都没有休息，跟着蓝韵没日没夜地瞎忙活，陪着文董一帮人连夜开会。直到蓝韵自杀的消息突然传出，像一下子抽干了钱晓娟的精气神，她有些不知所措。就在这时，她才意识到自己该休息一下了。

今天是大年初八，按理说早该上班了，可钱晓娟就是打不起精神，连睡觉时都噩梦连连。中午饭她没出去吃，一口回绝了男友的邀请，猫在家看韩剧，可怎么也安静不下来，心里有种说不清的焦躁。

本来下午想开车去济梦湖走走，谁知道中午刚过，家里就来了两个不速之客，钱晓娟的计划被迫取消。来找钱晓娟的是两个警察，男的姓李，将近四十岁，颜值还在线，老帅哥一枚，棱角分明的面孔不怒自威。他身边的女警察瘦瘦小小，其貌不扬，沉默不语，像是个极有心机的人。

李警官先是说了几句客气话，打扰她休息之类。其实钱晓娟知道他们是冲什么来的，谁让她是蓝韵最好的朋友呢？可她没有把话说破，就这样不咸不淡地扯了几句闲话，李警官终于话锋一转，把话题引到了蓝韵身上。

"我听说你是蓝韵出事当天请的假？"这位警官说话的时候不像影视剧中的警察那样咄咄逼人，话说得慢条斯理，还半眯着眼，好像在和人聊天一样，让钱晓娟感觉很舒服，多少有些好感。她拿着水壶给两位警官的茶杯里续满了水，轻轻地叹了口气："是啊，一听蓝韵出事，我腿都软了，什么工作也不想干，就想回家躺着。"

李警官端起茶来呷了一口，抬头看看钱晓娟，就在这电光石火的瞬间，钱晓娟发现这个中年警官一直微闭的双眸中射出来的目光锐利而敏捷，表现出一种极强的自信，通常这种人都具有超出寻常的观察力。只听他问道："听说你和蓝韵关系不错？"

虽然李警官的声音不高，可钱晓娟仍然感觉到一股强大的无形压力从四面八方向自己奔涌过来。她不敢隐瞒，如实回道："我们是高中同学，一直关系很好。她大学毕业以后和男朋友在塞北市桥南区开了家饭店，在那儿认识了文延杰，后来和男朋友分手，就来苇楠集团工作了，说起来也有两三年了吧。"

"她和现在的男朋友于亮是来怀志县之后才认识的吗？"

"对，他们去年才在一起。"

"那蓝韵和文延杰是怎么一回事？"李警官说话的时候，那个女警官一直在低头做记录，当听到他问这句，也抬起头把目光对准了钱晓娟。钱晓娟知道这事瞒不住，说道："其实他们就是那种关系，说恋爱也不算。文延杰家里很有钱，在怀志县又有势力，再说还是已婚。所以家里不可能让他和蓝韵这种普通人家的女孩来往，反正我听说文董对蓝韵不太满意。蓝韵也知道他们没什么结果，所以才找的于亮，奔结婚去的。"

"于亮知道蓝韵和文延杰的事情吗？"

"我觉得应该知道吧，反正苇楠集团没人不知道。但他怎么想的我就说不清楚了，听蓝韵有时候说起来，于亮人挺老实，她也挺满意这个对象，不过话里话外的意思，好像文延杰不同意他们来往，也不是有什么条件。"

"蓝韵家还有什么人？"

"她和母亲长大，单亲家庭，父亲很早就和她妈离婚了。她好像还有一个哥哥，都住在塞北。蓝韵自己在怀志有一套房子，但她很少过去。"

"那她在哪儿住？"

"多数时候都住宿舍，只有和文延杰一起的时候才去那边。"

"蓝韵最近和你说过什么没有，比如她和文延杰或苇楠集团的什么事？"

钱晓娟知道李警官是想搞清楚蓝韵的死因，其实她也想知道，遂主动提到了蓝韵的身体状况。她觉得这些也许对警察办案有所帮助："没怎么说过，就有一次和我说现在被捆到苇楠集团这艘大船上了，要沉船也不能和他们一块儿沉，还说必须想办法脱身。其实她的精神状态一直不好，我知道她在吃抗抑郁症的药，但我觉得没多严重。"

"平时有表现吗？"这次问话的是那个女警察，这是她进屋以来的第一句话。钱晓娟想了想，给了肯定的答复："有，她经常一个人发呆，老说头痛。有时候我也旁敲侧击地劝劝她，但她很少正面回答我，就说要是有一天她出事了，就让我去报案，说肯定是文家对她不满意下的手。"

"你说的文家是指文辉？"李伟提高声音问。

"应该是吧。文辉是董事长，文延杰是集团公司的总经理，一个是文董，一个是文总。"

"赵保胜死了以后，这几天有什么异常吗？"

"没有。大年初一我们被临时叫去上班，总裁办就是平时整理会议纪要、发文件之类的事情。但这次他们一直开会，就让我们待着，不能下班，也没什么事做。除了蓝韵能进出会议室，我们都是待命状态。"

"开会的人都有谁？"

"文董、赵副董，就是文辉的媳妇赵苇楠，还有文延杰和他媳妇宋艳，在集团管行政；登陆科技的老总武斌和财务总监耿总，好像还有两三个股东。"钱晓娟想了想，补充道，"蓝韵去世的前一天，其他人都走了，开会的好像只有文董他们家三个人和股东代表，赵副董、武斌和耿总都没参加。"

"有你不认识的人吗？"

"没有，都经常见。"

"会议内容知道吗？"

"不清楚，但那天蓝韵很紧张，中午我回家吃饭，下午刚到公司就听说了她自杀的事。其实我也感觉挺困惑，请了假想清静一下，直到今天也没去上班。"

李警官没说话，拿起女警的记录本往前翻了翻，问钱晓娟知不知道蓝韵有几部手机。钱晓娟不明白，随口说了句就一部。李警官显然不太满意，让她再好好想想，似乎很重视这个问题。

钱晓娟茫然地抬起头，将最近一段时间蓝韵的事捋了一遍，终于回忆起自己好像有两次见过蓝韵看另外一部手机。虽然两部手机的型号和外壳都相同，可从新旧程度还是明显能看出区别。蓝韵没提，钱晓娟也没说破，她知道虽然是好朋友，但前者有很多秘密不会和自己分享，她不能多问。

李警官满意地点了点头，好像这才是他要的答案。又聊了一阵儿，他忽然提出让钱晓娟带他们去办公室找找这部手机。钱晓娟很奇怪地望着这位自信的警官，不禁问道："你们怎么知道那部手机在办公室？"

"因为她身上和宿舍都没有。"这位警官办事极为干脆，起身时已经收拾好桌上的东西，就等钱晓娟穿外套和他们动身了。钱晓娟知道这时候躲不过去，只好和家人打过招呼下楼出门，登上警察的车。

"你怎么评价蓝韵？"李警官边开边问道。钱晓娟苦笑了一声，不知道该怎么回答，许久才道："其实小韵是个好人，从小就帮她妈干活，上学的时候，每个暑假都勤工俭学。她人长得漂亮，身材又好，去美院当模特的收入挺高，足够自己一学期的生活费。"

说到这里，钱晓娟停住了，想到素日里蓝韵那美艳的面孔，她的眼圈有些湿润："可能就是从小不富裕的原因，她一直特看重钱和物质，赚钱的渴望比普通人强烈。正因为这个，她才开影楼、开饭店，老想赚大钱，可每次都赔得一塌糊涂。"

"和人相处怎么样？"

"挺好的，所有人都说她平易近人，虽然和文延杰相好，可自己从来不提，能多低调就多低调。而且她这个人特别心细，可以说心细如发，往往能想到很多别人意想不到的细节。文董虽然不喜欢她和文延杰来往，可在工作上很倚重她。"

闲谈间，他们已经驱车来到了苇楠集团门外，远远地一辆消防车停在楼门前，挺显眼，周围站满看热闹的人。钱晓娟心念一动，知道八成出事了。

跳下汽车，钱晓娟三人挤过人群，看见公司保安已拉了警戒线。她左右瞅了瞅，并未见异状，向一个保安打听出了什么事。

"今天早上总裁办着火了，上面救火呢。"一个保安认识钱晓娟，过来给她介绍情况。他话音还没落地，那边姓李的警官急切地打断了他们："火势大吗？"

"挺大的，总裁办都烧光了，连周围第三会议室和总经理办公室也烧得啥也不剩了。"保安说道。

"我们上去吗？"钱晓娟无奈地叹了口气，心道，这几天也该苇楠集团走背字，屋漏偏逢连夜雨，难道公司和人一样也有自己的命运？

可她走了两步又察觉不对，原来那个姓李的警官站在原地没动。

"李警官，你怎么了？"钱晓娟好奇地问道。李警官没有回答他，扭过头问保安火是几点着起来的。保安挠着后脑勺想了想，说监控室发现并报警的时候是早上五点多，他那会儿还没接班，所以不是很清楚。李警官点了点头，看了眼消防车和身边的女警说道："让他们先查吧，估计这事暂时不用咱们管。"

"专案组也抽不出人手处理啊。"女警察说了之后，也问李警官要不要上去。他摇了摇头，转过脸问钱晓娟："蓝韵那套房子，就是你刚说很少有人知道的房子里有家具吗？"

"家具？"钱晓娟对警官的脑回路非常费解，她不知道在这个时候他为什么要问这个问题，"有啊，都是实木家具。"

"有没有需要两只手拉开的那种柜子？"

"这——"钱晓娟被李伟问蒙了，踌躇道："好像有吧，怎么了？"这时李警官身边的那个女警好像想到了什么："李哥，你的意思是？"

"小汪，你还记得蓝韵死前的奇怪动作吗？后来解释是说她患有OCD，就是强迫症，做出旁人无法理解的动作。根据小钱所说和我们对蓝韵的了解，她虽然有轻度抑郁症，却并非强迫症，这一点一定要搞清楚。"

"区别很大吗？"姓汪的女警问道。

"抑郁症是一种极端的坏情绪，伴随着各种各样的身体反应，比如失眠、厌食、身体僵硬等。强迫症则是一种情感认知障碍，也是一种情绪认知紊乱，特征是对正常思维产生强烈的情绪失控，所以这两个要区别对待。"

说到这里，他苦笑了一下："昨天晚上我专门查了多半宿的资料才弄明白，简单点说，就是轻度抑郁症的病人一般都神志清醒，知道自己在做什么；而强迫症在某些时候做出的行为，自己可能都无法理解。"

"这么说，蓝韵死前的行为……"汪警官有点恍然大悟的感觉。

"对，我怀疑她是有意为之，就像这场大火。"李警官抬起头往楼上瞅了两眼，"走吧，这里肯定没有什么了。"说着几个人上了车，这位李警官挺犹豫，"回去申请一下搜查令，看看能不能去蓝韵的那套房子看看，要是晚了恐怕又被清理干净了。"

"走流程怎么也得两天时间吧。"姓汪的女警察回复。钱晓娟这时候才明白他们想干什么，虽然她平时对警察谈不上什么成见，但也没怎么打过交道，算是无感。此时，她从姓李的这位警察身上感觉到了一种办案的专注，对他印象不错，挺愿意帮忙。

想到这儿，钱晓娟觉得应该和警察说实话，最起码说出自己知道的东西，也省得以后人家查出来自己反而被动，于是说道："我有蓝韵家的钥匙。"

钱晓娟话音刚落，汽车就突然来了急刹车，把她和汪警官都吓了一跳。只见李伟很凝重地盯着钱晓娟，一字一顿地问："钥匙在哪儿？"

"在家呢。"钱晓娟怕李警官不信，又补充了一句，"我家的钥匙蓝韵那儿也有一把，我们互换了一下，想着万一哪天谁需要呢。"

"那……方便带我们去看看吗？"李警官突然有些惆怅，钱晓娟一愣，还没来得及回答，就听汪警官轻声问了一句："用不用和董队说一声？"

"走吧，没事。"李警官重新发动汽车，他们先回钱晓娟家让她取了钥匙，然后直奔蓝韵济梦湖畔的胜景小区。

李警官做事非常干脆，估计是担心再出意外，车开得很快，只用了十多分钟就到了目的地。

钱晓娟带着他们从小区南门进去，穿过大半个小区才找到蓝韵的房子。这是一套位于高层的大户型复式建筑，一梯只有一户。钱晓娟仔细确认无误后，掏出钥匙打开了房门。

"平时她好像不怎么来，就是和文延杰在一起过夜的时候才过来。白天他们一般去酒店。"钱晓娟用很低的声音说道。

"这是文延杰给她买的房子吧？"李警官边四处转边问。钱晓娟点了点头，什么也没说，只是陪着李伟四下看。她睹物思人，又念起蓝韵和她的昔日友情，多少有些伤感。

此时是中午一点，房间里除了钱晓娟他们三人，在李警官身后仅仅两米的五门柜里，其实还藏着一个手中握有弹簧刀的人。

这是个身材魁梧的中年男子，他蒙着脸，很有耐心地等待着机会，准备将手中的刀第一时间插入那个男警察的身体。他知道，只有这样才能完成任务，否则他估计自己和主人都有可能落入万劫不复的境地。

十五分钟后，机会来了。就在那屋传出惊喜的叫喊声时，男子心存的最后一丝侥幸在钱晓娟的惊呼中化为乌有。他知道，他一直在寻找的东西已经落到了警察手里，看来自己必须得动手了。

他蹑足潜踪地来到书房，稍停了几秒，看准了位置后突然提刀，一个箭步冲出，向男警察扎了过去。只要解决了这家伙，剩下的两个女人好对付，这是他最后的机会。

(2)

在孔自强的记忆中，一九九九年的怀志县有两件事让他印象特别深。除了澳门回归，另外一件事不仅间接导致了好友季宏斌的死，还让他心惊胆战，至今想起来仍不寒而栗。

那时候文辉和赵苇楠认识不久，还处于瞒着媳妇眉来眼去的阶段，与赵保胜、季宏斌再加上孔自强被称为"怀志四害"。他们时分时聚，也不常在一起，为什么人们就把自己和另外三个扯在一块儿呢？对于这个问题，孔自强至今也没想明白。

过了正月十五，怀志县的街道上就显得冷冷清清，拎着大包小包过年的打工仔不是北上就是南下，留下的老弱病残无力支撑起新建步行街的繁华，整个怀志像是被降维打击了一次。那几天，游荡在街衢的混混儿占比绝对是一年中最高的时候。

下午，孔自强和季宏斌从录像厅出来，无所事事地站在街头嗑瓜子，眼睛不停地从每个行人身上掠过。季宏斌一条腿搭在人行横道的栏杆上，脸上充满了这个年龄少有的骄横。

"过个年欠一屁股债，得想办法搞点钱花。"丢掉手中的瓜子皮，季宏斌掏出干瘪的烟盒，丢给孔自强一根烟，"过几天孩子开学，媳妇又唠叨没钱，我他妈听得真烦。"

与季宏斌相比，孔自强的老爷子老太太都还有不错的退休金，即使他一时找不到合适的工作也不愁生活，最起码没有季宏斌那层忧虑。只不过他对季宏斌过年这几天的表现尤其不满："他妈的没钱你麻将还打那么大，陪着你输了个底朝天，兜比脸都干净。"

"我瞅那个黑头不像能赢钱的样儿，谁知道这小子运气真好，竟然一卷三。不行，咱们不能吃这个亏，得想办法把钱捞回来。"季宏斌愤愤不平地说。孔自强白了他一眼："咋捞，去金沙滩洗浴做个局？"

"和人家不熟，不一定来。"季宏斌说，"我的意思是叫上文哥、老赵他们，直接去麻将馆堵他。那家伙每天都半夜回家，咱们也不多弄，把本金利息都搞回来就行。"他说的文哥就是文辉。

"行吗？"孔自强其实挺反感季宏斌这一套，这小子没少在这上面吃亏，连派出所、刑警队的警察都成了熟人，还不知道收敛。再说现在他们年龄也不小了，做这种事不比年轻人，能少干还是尽量少干。

"听我的，没事。"季宏斌来了精神，从口袋里摸出零钱去打电话，他给传呼台留言，让文辉到录像厅门口找他们。谁知道十分钟后没等来文辉，却被小卖铺的老太太叫了回去。

"你们的电话。"老太太很不情愿地过来喊了一嗓子，然后马上掉头，没多说第二句话。孔自强和季宏斌面面相觑，不知道谁会把电话打到这儿来，难道是文辉？果然，他们猜得没错，电话里的人是文辉派来的赵保胜。

"文哥让你们到济梦湖一趟，就是来济梦湖这条路上，快到湖边的时候有条小路往西拐。"电话里，赵保胜神秘兮兮地说道。

"啥事啊？"季宏斌很不情愿地问。赵保胜却不再多说，只是一个劲地催他们快点过来："别问了，反正是好事。"

听说是好事，季宏斌一下子来了精神，撂下电话就打了辆夏利直奔济梦湖，路上还和孔自强猜测文辉是不是在河边捡到啥宝贝了。等他们到了赵保胜所说的地方时，没有见到文辉他们的身影，只有一辆黑色桑塔纳汽车远远地停在路边。

"这地方这么偏僻，他俩来干啥了？"孔自强正疑惑着，忽然听见汽车喇叭响，顺着声音望去，赵保胜正拉开车门和他们招手。两个人三步并作两步，飞快地钻进了汽车。

汽车里只有文辉和赵保胜，只是与往常相比，赵保胜的脸色有些苍白，心神不宁的。当然这是孔自强事后回忆起来的样子，那会儿他和季宏斌一样，能引起他们兴趣的只有身下的这辆汽车。

"文哥，这是谁的车？"季宏斌兴奋地问道。文辉没有回答，慢吞吞地从烟盒里抽出香烟分给两人："我一会儿带你们俩去个地方，你们下去看看。那儿有两个人，你们告诉我他俩在干什么，观察一会儿，不要让他们发现，最好能听到他们说什么。"说话的时候，文辉一直小心翼翼，声音很低，完全不像平时的他。

孔自强很敏感地察觉到这辆车的来历不简单，就把嘴边的问话咽回了肚子里。季宏斌仍然很兴奋，一个劲地问道："谁呀，这车是他的吗？"

"让你干啥就干啥，该说的我一定会告诉你。"文辉拉下脸，季宏斌马上就不敢再说什么了。别看都是混社会，他们几个人里文辉最有主意，手腕多，脑子活，平时大伙都唯他马首是瞻。

文辉一发脾气，车里的人都不敢说话了。平日里赵保胜和季宏斌处得不错，相比孔自强，他和文辉自小长大，更亲近一些，所以把话接过去替季宏斌解了围："宏斌也是问问，怕弄不清楚下车再说错话。"

"和谁都别说话，你们俩也分分工，一个放哨、一个进去，谁进去一会儿我把准确的地点告诉他。"虽然没说去哪儿干什么，但他这郑重其事的态度搞得孔自强也紧张起来。就这样汽车往回，也就是往济梦湖的方向开了一段，文辉指着远处的一片松柏林说："到了，你们谁进去？"

这个地方以前孔自强来过，知道穿过松柏林就是济梦湖西北岸，有一大片沙石地，靠了座小山包，相当偏僻，越往里越难走，人迹罕至，白天也少有人来。一时间车里沉默了一阵儿，季宏斌嘿嘿笑道："都不说话，到底是什么人，我非得去瞅清楚不可。"

"那行，宏斌进去吧，让老赵告诉你地方。"文辉说着转过头看了看孔自强，"小孔下去，在树林那儿给看着点人，这边就这一条路，好看。"

"好嘞。"孔自强答应着跳下车，见赵保胜带着季宏斌在前面低声交代了几句，然后眼瞅着季宏斌进了树林。他走到树林边上，只听赵保胜说："你在这儿待一个小时，完事我们来接你，绝对不能瞎跑啊，千万记住。"说着，上了汽车和文辉扬长而去。

湖边冷风袭人，眼瞅着日头往西去。孔自强找了棵背风的大树，蹲在后面，忐忑不安地往两边瞅。此前也有过类似的事情，文辉和赵保胜去工厂偷电池，让他们放哨，也是事先什么都不知道，事后两人分了点钱。今天，虽然有满肚子疑问他也不敢问，当然文辉也不会说。

　　不知道过了多久，反正孔自强觉得早待够一个小时了，树林里有脚步声，接着季宏斌跑了出来："风大得很，鬼影都没有。"

　　"你去哪儿了？"孔自强好奇地问道。季宏斌抽着烟，用下巴往里虚点一下："挺远的，都他妈上山了。"两人正说着，文辉开着汽车回来了，赵保胜跳下汽车问他们那两人在干什么，听季宏斌说没人还挺奇怪。

　　"里面往出走就这么一条路啊，他们能游出济梦湖？"他说着话扭头看文辉，显然文辉也没啥主意："八成刚才咱们出去接宏斌他们的时候走了。"他迟疑了几秒钟，说道，"咱们去那边看看，是不是回去了。"

　　说着，他带着孔自强又沿着湖堤开了四十分钟，来到环湖路最靠北面的一片开阔地，指着远处湖边的一块大石头说："去后面看看有人没。"

　　文辉没下车，赵保胜这次带着孔自强和季宏斌来到石头后面，依旧没见到人。孔自强注意到，这里的草丛树枝都被压得乱七八糟，石头上面和地上隐隐可见不少尚未干透的点点血迹。既然文辉他们不提，他也不敢问。

　　这回文辉什么也没问，开着车离开了济梦湖。他们在快进城的地方下了车，文辉指挥着赵保胜把车停在郊外的一家化工厂后面，带着他们走了十来分钟，到路边坐长途车回城。

　　之后的几天风平浪静，孔自强琢磨这车八成是文辉他们偷来的，所以这么谨慎，想着过几天风头过去卖了车还能分点钱。谁知道很快就听说了马硕、曹芳的失踪案，接着就是文辉和赵保胜被警察传唤的消息。

　　这下孔自强有点蒙了，他没想到事情闹得这么大，开始怀疑失踪的两人是不是和文辉有关，直到确认那辆车就是马硕的车时，他才有点害怕。忐忑不安地又等了几天，他才听说文辉和赵保胜都被判了一年半的有期徒刑。

孔自强再见到文辉是他出狱一个月以后了。这期间，他和季宏斌偶有见面，却心照不宣地避谈此事。文辉出来后不久就和妻子离了婚，与小他不少的赵苇楠结婚成家，把儿子文延杰弄到了综合执法局。随着时间流逝，孔自强认为与他们做过的其他不光彩的事情一样，这件事会隐藏在记忆中，不承想在一个风雨交加的晚上被季宏斌给抖搂了出来。

那天季宏斌喝了点酒，他们谈论起文辉给他们安排的新工程，聊着聊着不知怎么就扯到了那天在济梦湖发生的事。季宏斌小心翼翼地告诉孔自强，这份工作其实是文辉封他们俩的口，因为当年那个案子就是文辉干的，很可能他们把马硕、曹芳弄死以后扔进了济梦湖，地点就是第一次去的地方。

"那第二次去的地方，有血的那块石头后面是怎么回事？"孔自强疑惑地问。

"那是他们杀人的地方，第二次是抛尸的地方。让咱们去就是想看看有没有人发现，留没留什么痕迹。他告诉咱们有两人，让咱们听他们说什么，我告诉你这些都是障眼法，为了让你安心。"季宏斌信誓旦旦地说道。他又喝了口酒，告诉孔自强他见过马硕的尸体，估计是被捅死后扔下了湖。

"不可能吧，我可听说马硕和曹芳都失踪了。"孔自强现在都记得自己当年听到这消息时好像被雷劈了一样，但季宏斌言之凿凿："曹芳被人强奸了，马硕和老赵他们打了一架，让老赵捅死了；曹芳跟着他们开车去加油，我估计是文哥怕人看出不是他的车。之后他们回到咱们第一次去的地方，把俩人都扔湖里了。"

季宏斌就像亲眼得见一样说着经过："我听老赵话里话外的意思是文哥强奸了曹芳，他好像没上。不过这哥们儿胆太小，老怕那两个死鬼找他的麻烦，还专门去寺庙求心安，听说每年都上香许愿，请人给他们超度。"

"你这是猜的，还是听老赵说的？"

"老赵没明说，就这意思呗。"

"你可别瞎说，让文哥知道非弄死你不可。"

"我知道，马志友找我帮他找他儿子的尸体，我都没敢告诉他。"

"他为什么找你去？"

"我他妈嘴欠，卖给小杜点消息的时候说漏了嘴。后来他问得急了，才说马硕、曹芳出事当天，我去过现场，是被文辉叫过去的。不过我可没提你，就说过去看看有没有人来。"

"真是成事不足败事有余。"孔自强真心觉得季宏斌这张破嘴一点都不值钱，"那他找到儿子没？"

"找到了，不知道从哪儿请了几个蛙人，带着自制的潜水服找了一个多星期，在湖底找着他儿子了。不过他和谁也没说，好像偷偷埋了。"季宏斌说这话的时候难得地认真，孔自强听得脊背一阵阵发凉，似乎看到一个佝偻的身躯拿着铁锹在野外挖坑，将儿子那具沉甸甸的尸体放进去的场景。

(3)

蓝韵的家装修得很豪华，满堂的实木家具配着一水的进口家电，俨然是一副暴发户的做派，贵虽贵却稍失品味。最起码在汪红看来，自己要是有这么套房子，绝不会弄得如此俗套。

李伟显然没有注意家里的装修，进门后先是简单地四下转了一圈，然后把目光放到了卧室的衣柜上面。这是个左右对开门的实木衣柜，拉开后正对着一面镜子，里面挂满了衣服。李伟试着用手推了推柜壁，并没有发现什么异常。

"蓝韵临死前做的动作是左右拉开，可这屋子里除了这个柜子，也没有什么能拉开的东西了啊？"他边说边在屋里来回踱着步子。汪红跟着他的视线瞅了一圈，也有些奇怪："难道像谍战片里演的那样，有秘密储藏室？"

两人正说着，进屋后一直沉默不语的钱晓娟忽然"啊"了一声，道："我想起来了，蓝韵的办公室里有这么一个柜子，需要很大的力气才能打开，就是两边拉开那种。"她想了想又道，"好像她那部不常用的手机就放在柜子里。"

李伟叹了口气，很无奈地望着汪红："白来一趟，我们走吧。"刚要转身离开，他忽然又想到了什么，"蓝韵用的是什么手机？"

"iPhone，怎么了？"钱晓娟显然没有跟上李伟的思路，汪红立即明白了他的意思，马上在屋子里寻找起来。李伟看了她一眼，笑道："小汪的脑子转得很快嘛，孺子可教也。"

他们走进书房，在一个抽屉里发现了一部 iPad 平板电脑。整个书房很乱，好像走的时候非常仓促，没有来得及整理一样。钱晓娟还嘀咕着蓝韵怎么把屋子搞得这么乱，李伟已经让她解了 iPad 的密码。

"你们还真是好朋友啊，连平板的密码都知道。"

"她一直用自己的生日当密码，其实不难猜。"钱晓娟说道。

汪红探过头去，看到李伟已经打开了平板电脑的照片文件夹，里面发现了大量没有图像的视频。他轻轻点开一个，里面传来窸窸窣窣的说话声，好像是一男一女的对话。

"这是蓝韵和文延杰！"钱晓娟惊呼道。汪红心念一动，也情不自禁地叫出了声："就是这些，蓝韵死前发给于亮的短信说'我手机里有'的内容肯定是这些视频，里面有录音。没想到手机被毁掉，但云端上还有备份。"

"文辉他们怀疑蓝韵手里有证据，但又不知道是什么，干脆一把火将总裁办烧掉了，这样也算销毁了证据。然后再到这里搜索一番，如果我们来迟，没准儿这里也会重蹈总裁办的覆辙。"李伟关了平板却没有合上，对身边的汪红笑道。汪红也松了口气，心想，跟着李伟这几天没白忙活，正要说点什么，猛然发现房间里不知什么时候多了一个人。

这是一个黑衣黑裤的蒙面大汉，手里握着明晃晃的一把尖刀，就在汪红刚刚看到他的时候，对方的刀和整个身体已向李伟扑了过去。李伟此时背对着黑衣人，眼瞅着刀尖就向他后心扎了过去。

钱晓娟这时也发现了黑衣人，尖叫声几乎与汪红同频喊出。好在李伟的反应更快一点，就在刀未及身的瞬间躲了一下，将致命部位甩开的他却将左臂碰到了刀尖上，瞬间鲜血如注，黑衣人也被他的力量带偏，往旁打了个趔趄。

汪红不知道哪儿来的力气，想都没想就向黑衣人扑了过去，将他撞倒在地。只是她与男人的力量差距太大，对方略一使劲已经将她甩开。李伟此时也转过身，向黑衣人奔来。

黑衣人一刀没中，已失了先机，再加上贼人胆怯，见汪红和李伟这不要命的架势先自衰了，抢身就往外跑。他这时顾不上走电梯，拉开防火门想从楼梯往下跑。李伟晚了一步，眼瞅着他下了楼梯，便在汪红和钱晓娟两人眼皮底下纵身越过楼梯栏杆，跳了下去。

李伟这一跃相当冒险，无论碰不碰到人，自己都面临着摔伤的风险。好在黑衣人这时候正到楼梯拐弯处，被李伟从天而降地重重压在身下。

汪红只听得砰的一声巨响，接着是一声惨叫，眼前已没了李伟和黑衣人。她跑出楼道，李伟正从下面楼梯上挣扎着爬起，身下的黑衣人已然一动不动。

"打电话，叫救护车。"李伟用右手捂着左臂，显得异常痛苦。汪红这才反应过来，拿出手机打电话。钱晓娟也从屋里出来，不知从哪儿拿了一卷纱布："先缠上这个，我来报警。"

"你不用管，屋里等着。"李伟可能是怕钱晓娟添乱，把她打发回去以后，自己草草包了两下，弯下腰将男人脸上的面纱揭了下来。只见受伤的男人有四十多岁，身材魁梧。要不是被李伟当场砸昏，恐怕还真不好对付。

"这个人叫张志虎，我们都叫他张哥，是文总的亲信，具体干什么不清楚。"钱晓娟瞅着黑衣人说。李伟慢慢起身，脸上的表情相当兴奋："今天的收获不错，如果能证明蓝韵的死和文延杰有关系，也许真有可能和'二四灭门案'并案处理。"听了李伟的话，汪红心下稍感安慰，也觉得这段时间没日没夜地工作不白忙活。只是她平时不愿将情绪挂在脸上，所以跟着李伟忙来忙去，并未表现出来。

不多时，杨坤带着董立、老杜、侯培杰等专案组成员悉数赶到，大家七手八脚地将张志虎抬上车，由侯培杰和老杜跟着去医院。杨坤则带着李伟去包扎伤口，董立和汪红、钱晓娟回专案组录口供，一直忙了半夜。

送走钱晓娟时已是夜里一点，汪红疲惫地坐到办公室椅子上，感觉浑身都快要散架了。董立走来告诉汪红，张志虎被李伟砸成重伤，全身多处粉碎性骨折，目前仍昏迷，还在 ICU 抢救当中，他带着责备的口吻说道："这个李伟，做事真没轻没重，把嫌疑人砸成这样不耽误事吗？"

汪红没理他，心下颇不以为然，当时的情况万分危急，他们失了先手不说，对方手里还有凶器，李伟能奋不顾身地追上去制伏他已经很了不起了，这时候说这话分明就是马后炮。可是她从没有直言顶撞上司的习惯，只低头不语。

正说着，李伟从外面走了进来。他左臂上包了厚厚的纱布，脑袋上肿了老大的包，看上去真像个伤兵。好在说起话来还算条理分明，与没受伤的时候区别不大："董组长，平板电脑里的录音我们都听过了，应该是蓝韵偷偷录下的，是她和文延杰的对话。有些内容涉及文延杰放高利贷、私下限制他人的人身自由等，可以作为他违法乱纪的旁证。另外有一部分照片是文延杰带人聚众斗殴、私藏枪支、敲诈勒索的证据，可以用。看不出这姑娘还真给自己留了一手，悄悄攒下这么多东西。"

"文延杰犯罪团伙带有黑社会性质，打掉他你是首功一件。"董立话虽然说得漂亮，可是语气中没有一丝兴奋。汪红开始有些不解，转念一想就已明白：虽然这次成果颇丰，张志虎还可能涉及纵火、杀人等多项罪名，甚至打掉一个犯罪团伙，可对专案组的工作帮助不大，曹麟仍然在逃，也没有证据显示蓝韵的死与"二四灭门案"有什么联系，并案更无从谈起，他自然不会开心。

李伟也意识到了董立的情绪，又道："不过还有一个发现，可能你会感兴趣，我觉得应该重视一下。"

第九章 箱中男孩

(1)

当孔自强说到这儿的时候，林美纶不由得打了个冷战。不得不说，视觉冲击感太强了，虽然没有身临其境，但她还是能想象到那个恐怖场景。只听身边的牛智飞哼了一声，说道："继续说，后来呢？"

孔自强似乎也沉浸在自己的回忆中，有些不能自拔，沉默了片刻才道："有年春天，文辉在哲盟右旗，就是哲达木盟右明安旗揽了点土方活，安排我和季宏斌去看工地。开始我也没多想，可是到那儿以后待了大半年，眼看就入冬了，文辉还不让我们回塞北，说什么可能还有活，让过了年再说。季宏斌就有了点想法。"

林美纶知道季宏斌就是在这个时候出的车祸，所以听得格外认真，同时还用右胳膊肘推了牛智飞一下，示意他把记录做好。后者"嗯"了一声，也没多说什么。

"季宏斌有次喝酒，和我说肯定是文辉担心我俩知道他和赵保胜强奸杀人的事，想把咱们支到这个鸟不拉屎的地方干掉，让我也小心一点。我以为他说牢骚话，这家伙说话一向云山雾罩、大大咧咧，所以根本没当回事。"

"等下。"林美纶打断了孔自强问道，"季宏斌和你说话的时候，就直接说文辉强奸杀人？"孔自强愣了一下，随即点了点头："对，只有我们俩的时候，他经常这么说，开始还是猜测，后来就说得煞有其事，其实他也知道我们都没当回事，就是一种调侃和宣泄吧。要是有别人在场，我印象里有一次和文辉说起女人，季宏斌说过'你小子这辈子没白活，还整个选美冠军玩'这类的话，但他是不是和别人说过我就不知道了。"

看林美纶无话，孔自强循着自己的思路继续说道："说完这话的第三天晚上，季宏斌吃完饭骑摩托车去城里打麻将。我们项目部驻地偏僻，离城里挺远，骑车得二十来分钟。晚上没事时，季宏斌经常骑摩托去打麻将。谁知道这一去就没了音信，当天晚上也没回来。第二天我们才发现摩托车摔到沟里，人脸朝下死在一个小水泡里，尸体都硬了。"

"死因是什么？"林美纶问。

"给的结果说是溺亡。可这人骑着摩托车栽倒在脸盆大小的水坑里，怎么说死就死了呢？我一直想不通，回去咋琢磨咋害怕，想起他死前说的话，我就有点担心，琢磨回家一趟和家人商量商量。"他点了支烟，抽了两口，"我到家才知道，季宏斌死的头两天，文辉到我家来过，说是路过，还给拿了点别人给他的外地特产。我媳妇一听也吓得够呛，觉得文辉这是黄鼠狼给鸡拜年啊。和季宏斌媳妇一打听，也去他家了，我媳妇就吓得不行了，撺掇着我马上离开塞北。"

"你们就来这儿了？"

"我们开始没想跑这么远。本来我大兄哥在郑州做生意，我们在那儿待了一年多。后来有一次，我媳妇上街遇到了一个塞北市的熟人。回来后，她觉得不保险，和大兄哥一商量，他正巧有个朋友在这儿混得不错，我们全家就都搬来了。当时我就寻思这次就来个隐姓埋名，就趁着当地拆迁的时候花大钱改了名字，也在这里落了户。"

说到这里，孔自强知道的情况也说得差不多了，再往下又介绍了他创办汽修厂的经过，和林美纶他们需要了解的内容联系也不大。

又聊了一会儿，林美纶想着还要尽快赶回去和董组长交差，便起身告辞。

"林警官、牛警官，我知道的都告诉你们了。文辉、马志友的事，你们一定要弄清楚啊。季宏斌虽然有不少毛病，可他罪不至死，还请你们还他一个公道。"临行前，孔自强诚恳地说道。林美纶望着他古铜色的面孔，魁梧的身躯似乎也变得单薄起来。

到底是什么让一个曾经叱咤怀志的人变得如此胆小慎微？林美纶说不清楚，她甚至不知道下一步该怎么办。林美纶的脑海中始终萦绕着这样一个场景：残月如钩的暗夜，郊区荒凉到一望无际的蒿草丛里，一个佝偻着身躯的老人正卖力地挖着脚下的泥土。他身边地下，放着一具因浸水多日而严重变形的尸体……

为什么马志友始终没有提过自己找到了儿子的尸体呢？不仅他没有提过，警方掌握的资料和李玉英的日记中同样没有说过。要不是找到了孔自强，他们也许永远不会知道这个秘密。马志友当年把儿子的尸体藏到什么地方了呢？

带着一系列疑问，林美纶和牛智飞用最快的速度返回了怀志，向董立和杨坤汇报了这次的发现。这时候他们才知道，昨天队里发生了两件大事：蓝韵案的突破性进展和李伟的负伤。

听完林美纶的叙述，杨坤把目光投向在场的李伟和董立，显然想听听他们的意见。董立还是老样子，仍然是集中力量办大事的思路，不赞成把有限的警力过多投入到和"二四灭门案"无关的事情上，全力破案为第一要务。他甚至不认为文辉和赵保胜与当年的马硕、曹芳失踪案有什么联系，最起码没有证据显示和二人失踪有关联。

"孔自强的话不能全信，最起码，他拿不出任何证据显示当年文辉、赵保胜就是杀害马硕、曹芳的凶手。所有的一切都是听说，甚至是听季宏斌说的。要知道这个人可一向不靠谱，是个喝多了敢说和比尔·盖茨拜过把兄弟的主儿。"董立声音洪亮，在场好几个干警都频频点头，十分认可他的意见。

第二个发言的人是老杜，他告诉大家当年和季宏斌接触的人就是他，就是李玉英日记上称为"小杜"的警察。"我和马志友相交多年，他在部队的时候就是我的营长。这几年他身体不太好，精神尤其差，记忆力也衰退得厉害。但我从来没听说过他找到了儿子的尸体，如果真是这样，我不可能不知道。"

"你的看法呢？"杨坤问。

"季宏斌酒后的话不靠谱，甚至有一半能信就要烧高香了。马志友组织人找过儿子不假，应该是没有找到的可能性比较大。"

"能不能找到当年帮他找人的船老大？"

"很难，过去二十多年了，在济梦湖打鱼的人不知道换过多少茬儿。又没有什么线索，找人都是临时雇用，我估计和大海捞针也差不太多。"老杜回答道。

"这事先放一下，把精力和资源集中一下吧，压力太大了。"杨坤说着把目光投向李伟，"下一步你的任务是找马志友聊聊，把他和儿子的事彻底查清楚，我觉得这样更靠谱。马志友的身体状况也要搞明白，看能不能排除嫌疑。如果不能，嫌疑还很大，那我们再找当年的蛙人也不晚。"

杨坤又把目光投向侯培杰："小侯带人去趟右旗，找当地的交通部门核实一下季宏斌的死因。我们现在不能把面积扩得太大，还是谨慎一点好。"

"张志虎那边怎么办？"董立问道。

"等他醒了看情况。如果不能并案，把蓝韵的案子交了，让别的队接一下。李伟这边如果能排除马志友的嫌疑，那我们全力把曹麟拿下来，争取一个月内破案。"杨坤说得掷地有声，分工也相对明确。林美纶又重新和李伟分到一组，去马志友处核实他们这次得到的线索。

　　谁知散了会，李伟并没有带林美纶去找马志友，而是开上了去塞北的高速公路。面对林美纶的疑问，李伟的解释很简单："我在蓝韵的 iPad 上发现了一点奇怪的线索，需要核实一下。"

　　"不去马志友那儿了吗？"

　　"等回来吧，我觉得不能贸然下结论，马志友的嫌疑很大，我总觉着漏了什么线索。不行就找家医院给他做一次全面体检，看看他到底有没有作案的能力。"放在以前，林美纶会完全认同李伟的话。可从嘉信回来，她对马志友的同情心占了上风，越发觉得这个可怜的老人怎么看都不像和灭门案有什么联系，否则他为什么要等二十年呢？

　　林美纶没有赞同李伟的话，李伟却并未发觉："iPad 上的线索非常重要，如果能证明我的猜测，那孔自强的话很有可能是真的，赵保胜被杀的原因也就能解释清楚了。"李伟并没有告诉林美纶他们要去哪儿，但他看起来似乎胸有成竹。

　　"你先看看我手机上的视频，这是昨天晚上我们去找赵保胜的司机时，汪红做的记录。"李伟说着打开一个视频发给林美纶。只见视频里有个五十岁左右的男子正坐着交代问题，背景好像董立的办公室。

　　"这是赵保胜的司机张晗，'二四灭门案'后找过他，不过当时忽视了一条很重要的线索。"李伟解释道，"我也是在听 iPad 上面的录音时，才意识到这个问题。"

　　视频里张晗正在介绍赵保胜的情况："赵保胜做事很低调，除了公司的事情，很少提以前的经历。这几年文辉比较注意个人声誉，很多慈善活动都会参加，还找人写传记捐款啥的，整个怀志都知道他是个有担当的企业家，算是洗白成功的典型。赵保胜和他比起来，其实没少做善事，但他特别低调，经常去伏云寺进香烧纸，还皈依了，是个在家修行的居士。"

　　张晗声音不高，话说得毫无保留，一点儿也没有因为是苇楠集团的司机就偏袒文辉。在这一点上，他和苇楠集团的其他员工有着明显区别，不像他们那样有所顾虑。看得出，他比较倾向赵保胜，对文辉多少有些意见。

"你经常和文延杰打报告，和赵保胜去伏云寺上香烧纸？"是李伟的声音。

"对，赵保胜在塞北市有套房子，放着上香的东西，我们上香就去那儿拿些纸钱，每年都有这么几回吧。"张晗回答道。

"你有钥匙吗？"

"钥匙就在车里。"张晗说，"除了上香，他哪儿也不去，我也没有进去过，每次都是在门口等他。"

李伟告诉林美纶，他在蓝韵 iPad 的备份资料里听她和文延杰的对话，文延杰话里话外对赵保胜经常去上香意见不小，说文辉老糊涂了，让这么个快把家搞成庙的家伙当地产公司的老大。

"可是赵保胜家也没有什么特殊的发现啊！"林美纶疑惑道。李伟点了点头，对她能提出这个问题表示赞许："问得好，我也觉得这里面有什么原因，所以拿了钥匙和地址要去赵保胜在塞北的那套房子查一查。"

两人边说边聊，找到赵保胜位于塞北市的房子时已经是傍晚了。他们迎着西下的夕阳，打开了那套位于某老旧小区一层的单位房，迎面看到的竟是一个神龛前的灵位。

昏暗的房间里堆满了纸钱冥币，都用白色的布带捆扎得结结实实，像小山般层层叠叠。正中两尊灵位前放着香炉、蜡扦和用来盛放供品的碟子。几张之前没有烧透的纸钱在开门的时候被带进的风刮得四处飞散，发出轻微的毕剥声。

林美纶跟着李伟走到灵位前，看到上面的猩红大字仿佛是用鲜血书就，释放出摄人心魄的气息。灵位上面的大字是"佛力慈悲苦海无涯"，下面则书写着被供奉者的名字：谨供马硕、曹芳之灵位。

阴风怒号，浊浪排空。

瞬息间，整个房间堆叠得如同小山般的纸马、香锞好像都被赋予了生命，伴着舞进屋中的阴风发出的惨淡哀号，好像在不停地诉说着二十年前灵位上两个年轻生命的凋零，入耳间已满是一句又一句的"冤枉……冤枉……冤枉……"

(2)

给队里打完电话，李伟就这样静静地站在马硕、曹芳的灵位前一动不动。他眼前好像出现了那位曾和文辉一起叱咤怀志的风云人物，年过半百以后，经常在这间阴沉沉的房间中祈祷忏悔，心境着实寂寞凄凉。林美纶可能觉得无聊，左右走了一圈，指着捆好的纸钱道："上面写的也是'马硕、曹芳收'。"

李伟没有回答，心里想的却是另外一件事。至此已经可以证明赵保胜、文辉二人与马硕、曹芳失踪案的关系绝非他们自述的那样，仅仅是盗窃一辆汽车那么简单。可季宏斌的话到底有几分可信呢？再经过孔自强的转述，这里又有多少水分呢？

自己曾经答应宋局会把这件事查清，就目前的情况来看，曹麟的嫌疑最大，如果直接抓他定罪也许能宣告"二四灭门案"和安慕白案结案，甚至胡梓涵的案子也很有可能和他们有关系。但二十年前的马硕、曹芳失踪案却越来越复杂了，有一种永远也不会找到真相的感觉。

另外，李伟对马志友的怀疑不仅没有随着案件的进展减少，反而越来越多。只是庞杂纷乱的线索怎么也理不清头绪，梳理不出有价值的线索，让他着实头痛。这么一个精神有问题的老人在里面到底扮演了什么样的角色呢？他又开始后悔自己怎么就答应了这么件棘手的事。

这套房子是典型的两室一厅格局，面积并不是很大。除了这些纸钱和灵位以外，空无一物，好像只是赵保胜用来忏悔和寄托精神的所在一样。李伟带着林美纶走出房间，默默地坐回汽车，相对无言，静静地望着踟蹰天际的残阳发呆。

一个小时以后，董立带着老孟、老杜和侯培杰赶到了；杨坤有工作在身，只是打电话嘱咐了几句。这次董立难得地部分赞同李伟的意见，也认为文辉、赵保胜与马硕、曹芳的联系并非偷车那么简单，但就下一步的调查方向，他与李伟再次产生了分歧。

董立仍然固执地认为曹麟是本案的第一嫌疑人，所以他的归案是最重要的事情，只要他落网，所有的疑问应该就可以解释清楚，不用劳师动众地糜费警力去查文辉。可以把对文辉和赵保胜的调查放到第二个阶段，也就是曹麟归案以后再说，这样也好向上级交代。至于马志友，由于没有直接证据显示他与"二四灭门案"和"安慕白案"有关系，暂时应放弃调查。

李伟不同意董立的意见，他仍然希望从马志友和文辉入手，查清二十年前马硕、曹芳失踪案的真相，既然现在有了这些线索，为什么不弄清楚。难道就为了所谓的破案率和上级的压力？李伟不知道哪里来的那么大火气，没等董立说完便打断了他的话："我不同意，最起码我要对马志友的身体状况进行评估。还有文辉那边我也会查，如果他不说，我有权扣留他到说为止。"

"胡闹。"董立对李伟的态度相当不满，"你知道文辉是什么人吗？没有证据你就抓人，非要把事情搞到不可收拾的地步？"

"董师傅，我一直尊敬您，因为您是我的前辈，经验也比我丰富得多。但今天这件事和这个案子绝非经验可以解决，否则二十前我们就结案了。我答应宋局长查清，就要负责到底。我不管他文辉是什么人，就是天王老子我也照查不误。"

　　警队中，同事之间相处，尤其是李伟这种相对年轻的同事和老一辈纵然意见相左，一般也会采取息事宁人的态度，即使有意见也都藏在心里，绝不外露。这也是中国人几千年来的儒家传统和职场规则。像李伟这样公然和董立针锋相对的，为数不多，在场的人都被他们搞得有些蒙。

　　"李伟，你不用拿宋局长来压我，私下爱怎么查是你的事情。只要你是专案组的一员，就得听我安排，由我来负责专案组也是领导指派，有意见你可以向上反映。另外，马志友的身体检查我可以替你提出申请，但什么时候能批下来我可说不好。"

　　"好，我听从安排。马志友的事也不用董组长费心，我自己出钱替他检查，我倒要看看他得了什么病。"李伟说罢扭头而去，待回到车里心下也有些后悔：今天这是怎么了？答应宋局长是自己的事情，怎么和专案组的工作混为一谈？二十年前的案子复杂和人家没关系，再说董立压力也大，先破案再调查也没什么不对。真该死！

　　好在董立之后找到杨坤说这件事情的时候，杨坤并没有因为破案压力大而偏袒董立，反而支持李伟。"既然这样就让李伟按他的工作思路来吧，二十年前的欠账我们也该还一还了。如果他办不好，我们再商量嘛。"

　　"问题是时间紧啊，曹麟这边还一点线索没有呢。"董立没想到杨坤会倒向李伟那边，心下有些懊恼。杨坤听出他有情绪，笑道："老董啊，案子是要破的，如果我们只为了破案而破案，恐怕还会弄出疑案。就像曹芳、马硕失踪案一样，一放就是二十年。"他稍微停顿一下，调整思路，继续道，"文辉那边既然有疑点，我们就搞清楚。现在人手紧，就让李伟带着小林先干吧，我们要相信他。"

　　董立走出办公室，心里挺不高兴。专案组这种工作他做了几十年，一向成绩斐然，局里上上下下谁不知道他董立的名号？如今出来李伟这么个愣头青，要不是和宋局长有关系，恐怕早让他找借口支走了。杨坤还这么偏袒他，真应该让他赶快回去教书，而不是在这里碍事。董立打定主意不干涉李伟，也尽量不给他提供资源和便利。

李伟这边回去也和杨坤谈了一次，但他们的对话很简单。杨坤同意李伟按自己的思路去办，在不影响专案组工作的前提下，把二十年来复杂的线索梳理清楚，彻底给马硕、曹芳一个交代。临了，他又说道："你要不放心马志友，就带他去医院查查，最好有个理由。费用这块儿，我来想办法。"

"我总觉得马志友在这个案子中的角色并不这么简单。"李伟说道，"他当过兵，反侦察能力很强。虽然上了年纪，但协助曹麟，他无疑是最合适的人选。他们的关系也能说明这个问题。"

"有证据吗？"

"还没有，所以得先从生理上确认他有没有能力参与这个案子。这样吧，我让小林出面找马志友，他们还算谈得来，就说我们这儿有个名额空下，给他做次全面体检，也正好和他聊聊当年的事。费用方面我能解决，你先别管了。"李伟说着，离开杨坤的办公室找林美纶商量，第二天就带着马志友去了塞北市第三人民医院精神科。

王医生的话将沉浸在回忆中的李伟和林美纶拖回现实。李伟接过检查报告，匆匆翻到结果一页，赫然看到"大脑皮层萎缩并中期阿尔茨海默病"几个字。他沉沉地吸了口气，将报告随手扔给林美纶。

"说明不了问题，恐怕还得找实质证据。"李伟面无表情地走到医院门口，点了支烟弹。"现在去哪儿？"林美纶无奈地叹了口气，不明白马志友怎么就成了李伟的眼中钉，就算有医院的报告还如此不依不饶。

她知道李伟肯定有下一步的安排，也不多说话。果然，李伟并没有过多纠结报告的内容："还是把二十年前的事情彻底查清楚吧，文辉和赵保胜在马硕和曹芳失踪案里扮演了什么样的角色。不了解那天的真实情况，就不能给马志友洗脱嫌疑。"

"从哪儿开始？"

"找文辉，他是唯一的当事人。这次由不得他了，我必须让他开口。"李伟斩钉截铁地回答。两人正说到这儿，听到身后好像有动静，原是马志友不知什么时候已经到了他们身后。伴随着一股淡淡的来苏水味，老人正用一支小毛笔蘸着水蹲在地上写字，横七竖八毫无章法，看不出写的是什么。

"马叔，你怎么跑出来了？"林美纶俯身搀起马志友，心里一阵苦楚，为他的命运感到难过。马志友站起身，用木讷的目光盯着林美纶："什么时候帮我找儿子啊？"

"马志友，你当年找人在济梦湖找过儿子吗？"李伟灵机一动，想到孔自强对林美纶说的事，趁机问道。马志友却没有任何表示，只是微微地摇了摇头："我儿子找不到了，你们一定要抓住杀他的凶手啊。"

李伟叹了口气，让林美纶带马志友上车："先送他回去，我们就按刚才说的办。"言讫不再说话，开着车风驰电掣地往怀志赶，想尽快送回马志友，再去苇楠集团找文辉。马志友这时候却有了精神，非要让他送自己到利军养老院。

就在他们身后，一个戴着黑色口罩、穿着黑红条纹冲锋衣的中年人已经拐进了医院大门，站在刚才马志友写字的地方，目不转睛地盯着地上的字迹逐渐消失。接着他转过身，走到门外拿出部功能简单的老人手机。

"您好，是利军养老院吗？我找马志友，我是退役军人事务局的，找他有点事……"

利军养老院的规模很小，位于怀志县老城区的闹市中心，只有几排平房。当他们带着马志友到来的时候，看门的老人警惕地看了李伟的警官证才让他们进去。三人穿过仅够一人通行的小道，在大杂院般的九曲长廊里转了两个圈子，中间还闯入了两个正在看电视的老人病房，这才走进最北边的办公室。李伟这时候才知道原来怀志县还有这样的养老院，每个房间都只有十余平方米，只够放两张床、一张小桌子、两把椅子和墙上挂着的小电视。

老人对两个陌生的来访者很木然，好像他们根本不存在一样。他们从老人的眼前匆匆走过，却没有引起一个老人的注意。最终，他们见到了养老院的负责人武卫军。

武卫军是这家养老院的创办人，同样是个失独老人。他一见马志友就大声喊了起来："老马，退役军人事务局你一个姓贾的战友刚打电话，让你明天找他一趟，说有个战友病了，想约你去看看人家。你说你没个手机多耽误事。"

"知道了。我用不惯那东西。"在这里，马志友好像恢复了活力，神志清醒了一些，与刚才在医院相比好得多了，并极力挽留李伟他们多待一会儿。眼瞅盛情难却，他们只好捧着茶杯和两位老人聊了会儿天儿，才起身告辞。

"马哥老伴走了以后经常过来，也是一个人闷。还麻烦你们跑一趟，要不然他自己怕又走丢了。"武卫军把李伟和林美纶送出养老院门口说道，"他这病就这样，一阵儿糊涂一阵儿清楚。以前人们都说是老人病，最多叫个老年痴呆，以为不需要治疗，现在才知道还有专业名词。"

和武卫军客气了几句，李伟怕耽误时间，此时已是下午五点半，再不抓紧又一天过去了，文辉回家就不好找他了。他急匆匆地和林美纶上车，还没来得及发动就接到了杨坤的电话。

"李伟，你们在哪儿呢？马上回来一趟。"杨坤不容置疑地说道。李伟愣了一下，不知道发生了什么事："怎么了？"

"文辉的孙子失踪了，现场又留下了苇楠集团标识的钥匙扣挂件。"杨坤说道，"这是挑衅，而且这孩子只有五岁，要真出了事，你我都得吃挂落。"杨坤的声音透过手机听筒，仍震得李伟的耳膜嗡嗡作响。

(3)

　　李伟赶回专案组，董立他们已经回来。杨坤牵头开了个碰头会，简单地互相介绍了下情况。文辉的孙子叫文宇昂，是文延杰的独生子，也是文家第三代的独苗，在县第二幼儿园读中班，平时都是文延杰或妻子宋艳接送儿子放学回家。

　　这几天文延杰被警方扣押，宋艳要协助调查，所以就委托关系不错的同学钱浩的家人替他们接一下。两家人住得很近，以前也经常帮对方接孩子，从没出过纰漏。今天正轮到钱浩的父亲钱穆接两个孩子，路上出了点状况，晚了一会儿，等他赶到的时候，两个孩子被人接走了。钱浩的书包醒目地放在幼儿园的滑梯顶上，正中粘了一个苇楠集团标识的钥匙扣挂件。

　　"都什么年代了，还有这样粗心的家长！"会议一结束，李伟没等杨坤发话，就找来幼儿园的张老师问情况。得知接走两个孩子的人自称是文辉的司机，还开了一辆车身上喷着苇楠集团白色标识的帕萨特汽车。

　　"这人长什么样？"李伟警惕地问道。

　　"中等身材，四十多岁，穿着苇楠集团的工作服，烫着头，戴了副眼镜，看上去挺老实的。"张老师回忆道，"他来得很早，和我说文董在开会，要把两个孩子接回苇楠集团去。还拿了零食给孩子们，说文辉给他们买了玩具在车上，哄得两个孩子很高兴。"

　　"这不合规吧？"李伟阴沉着脸问道。他虽然还没有小孩，可自从妻子怀孕就开始关注孩子从出生到上学的一切，知道通常幼儿园都不允许陌生人接孩子。

　　张老师低下头，脸涨得通红："今天这两个孩子有第二课堂的围棋课，我是第二课堂的老师，平时不带班。再说上围棋班的孩子哪个班的都有，我对他们也不是很熟悉。何况这人还穿着苇楠集团的工装，又开着苇楠集团的车，所以——"

"什么所以，这是你工作的失职。"李伟粗暴地打断了张老师，"苇楠集团的汽车都喷着字吗？只有货车才有好吧。你什么时候见过小车喷字，有也是政府公务用车。"他说着又让人把钱穆找来，打听他因为什么在路上耽误了，得知是被人追尾了。

"把司机找出来。"李伟扭头就让侯培杰马上去交警队看监控，看看能不能把司机找出来。林美纶站在杨坤和董立身边，第一次见到李伟如此状态。杨坤似乎也挺费解，歪着头等他忙完了问道："你这是怎么了？"

"失踪的是个孩子，对手是个疯子。"李伟言简意赅。

"快当父亲的人啊，果然不一样。"杨坤感叹道。

林美纶静静地望着焦躁的李伟，心下稍有感慨。她想到了李伟那个守护栖息地的蜻蜓理论，想到了他之前为理想、为守护一方平安所做出的所有牺牲。他是个普通的警察，也是个负责任的警察。如果说之前的凶杀案他只是恪尽职守的话，失踪的文宇昂触碰了李伟内心深处最柔软的部分。

由于事故时间短，又处于闹市区，所以和钱穆发生追尾的司机很快就找到了。让人大跌眼镜的是这家伙原来是个黑车司机，有人给了他三千块钱，约定一个小时内，让他和钱穆的途观汽车追个尾。

"什么人给你钱的，他怎么认识你的？"李伟问道。

黑车司机显然没想到能惹出这么大的麻烦，老老实实地低下头："就是一个坐车的，我不认识他。他和我说和那个开途观的人有过节儿，让我帮帮忙。我琢磨没啥风险，挺老实一人，戴着眼镜，烫着头，还穿着西装，不像坏人。"

"这钱你也敢接？拼个图，看看和接孩子们的是不是一个人。"李伟这会儿俨然成了专案组的组长，分配起工作信手拈来，把董立晾到了一边。好在杨坤坐镇，他不好发作。林美纶带着黑车司机和张老师去拼图，回来一对比果然是同一人，而且与曹麟的照片相当相似。

"就是曹麟，以为戴眼镜、套假发就认不出来他了？"李伟回身和杨坤说道，"杨队，他没走远，我们从车查起。"

"车牌号八成是假的，只能找这辆车了。"杨坤说着组织人去县交警队指挥中心，和侯培杰一块儿调取录像查找这辆车的线索。李伟问那个黑车司机，给他钱打车的人从哪儿上车，到什么地方去。

"从红旗道打车到县二幼。"黑车司机说。

"红旗道？"李伟咂摸着滋味，回过头问杨坤，"杨队，那边有多少酒店？"

"酒店可不少，快捷的、星级的还有啥假日的，七七八八得有五六家吧。"杨坤道。李伟琢磨了一阵儿，说出了自己的想法："我们一直没有找到曹麟，除了有人暗中帮助他以外，我还怀疑他有另外的身份。现在正好是个机会，找人拿着照片排查一下，也许对抓捕有帮助。"

杨坤没有反对，由着李伟把工作布置下去，眼瞅着大家像陀螺一样动了起来，杨坤和李伟才意识到中午饭还没吃，看时间已是华灯初上时分。他们匆匆赶到食堂，才吃了几口就接到老杜的电话，说在离市二幼仅隔两条街的地方发现了嫌疑人的帕萨特汽车，就停在东风路格林豪泰快捷酒店门前。

撂下电话，李伟一推餐盘就往外走，一语未发；杨坤默契地跟了上去，也是不声不响。一瞬间，所有吃饭的同事都感觉到这二位成了对默契的搭档，而非单纯的上下级。

当他们来到东风路格林豪泰快捷酒店时，老杜已经带人把现场情况摸了一遍，有了惊人的发现："杨队，我们找到一个孩子了。"老杜兴奋地说道。

"找到谁了？"李伟急切地问。

"钱浩，在屋里看电视呢。"经过老杜介绍他们才知道，从幼儿园出来，钱浩和文宇昂就跟着接他们的人来到了酒店。之后带他来的叔叔说一会儿他的爸爸妈妈会来接他，留了不少零食和水，让他别乱跑，然后就带着文宇昂出去了。对一个五岁的孩子来说，有吃有喝有动画片看就很好了，不会考虑别的事，最起码几个小时之内不会。

李伟他们走进酒店房间，看到汪红正陪着钱浩聊天，问来问去也没什么新鲜的内容，就是老杜说的那些。酒店的监控显示，来人带着文宇昂上了另外一辆早已准备好的 SUV 汽车，离开了酒店停车场，往济梦湖方向去了。

"济梦湖那边是不是有监控盲区啊？"李伟沉思道。他身后站着老杜，不知道李伟问谁，随口答道："济梦湖林区综合信息化建设早在二〇一五年就启动了。由于湖区面积比较大，又涉及和雁北那边对接，所以一直没能实现全湖区的监控覆盖。"

"曹麟可是有备而来。"李伟来回踱了几步，忽然抬起头问杨坤，"杨队，从济梦湖往北就上了华垣山，只有一条怀云路可以走，难道曹麟要带着文宇昂上山吗？"

想到此节，李伟不由得有些不寒而栗。这怀云路是怀志县通往云州市云台县的市级公路，整条公路沿华垣山蜿蜒而上，双向两车道设计，被誉为塞北市最美的一条公路，也是最险的一条公路。此路横穿察哈尔省最大的阔叶林区，上山后再盘旋而下就是雁北省的云台县辖区，全程相当凶险。自从云塞高速通车后，这条路已经很少有私家车通过，多是上山旅游休闲的驴友和一些送货的车辆。

"你是说他要逃？"杨坤边说边打电话给在交警那边看监控的侯培杰等人，确认曹麟已开车前往济梦湖，最后显示的位置是穿过无监控区上了怀云路，看样子真要上山。好在怀云路上有监控覆盖，很快他们就得知 SUV 汽车沿着陡峭的山路攀上了前往华垣山最高峰、海拔两千两百多米的红莲峰的山路。

"这家伙疯了，要带着孩子跳下去吗？"

正说着，杨坤接到了济梦湖水上警察支队徐队长的电话，说在济梦湖湖滨西路，即前往怀云路的路上发现了一个大纸箱子，里面有一个男孩的尸体。

紧接着徐队长发了张照片过来，虽然照片上的人蜷缩着看不清容貌，可从穿着打扮来看，很像是被曹麟带走的文宇昂。

短暂的沉默过后，忽听得"扑通"一声，李伟失魂落魄地坐到了椅子上沉默不语，林美纶发现他脸色惨白。这么多日的接触，这是她第一次见到李伟如此失落。

"走，我们去济梦湖，今天必须把这个曹麟抓着不可。"杨坤边说边安排警力赶赴济梦湖，同时要求市局与云州方向协调，做好围堵工作。

恍惚中李伟听见有人呼唤自己，又觉得一只滑顺温暖的手伸过来，将一包面巾纸塞到了自己手里。李伟清醒过来，看到林美纶正默默地注视着他，目光很复杂。李伟稳定了一下，问道："小林，怎么了？"

"没事，把汗擦一擦，该走了。"林美纶说着转身离开，追着杨坤等人出了专案组。李伟疑惑地抽了张纸巾在头上抹了一把，这才发现自己竟然满头大汗……

第十章　神秘焦尸

(1)

在车上，林美纶问李伟是不是很担心那个孩子。李伟拿手机专心致志地查地图，冷不防抬起头，用困惑的目光打量林美纶，许久才道："怀云路除了通往华垣山，还连着忘川公墓吧？"

"你说什么？"这次轮到林美纶疑惑了。李伟没有理她，又低头确认了一遍："没错，这是怀志县的高端公墓，直接覆盖塞北、云州和常阳三个城市，建在华垣山脚下。穿过怀云路就是云州云台县，也紧临着常阳市骞县。"

"这和今天的事有关系吗？"林美纶问道。眼睁着刚才还愁云满面的李伟突然面露喜色，不明白他葫芦里到底卖的什么药。李伟把头使劲往后仰了几秒，似乎突然放松了下来："箱中的那个孩子很可能不是文宇昂。"

"为什么啊？"林美纶好奇道。李伟正顾着给前车的杨坤打电话，没有直接回答她："杨队，让文家人赶快确认，我觉得那孩子不像是文宇昂，否则他不用刻意放到怀云路上。前面就是忘川公墓，嫌疑人很有可能要带孩子去公墓。"

林美纶倒吸了口冷气，不明白为什么嫌疑人要带孩子进公墓里面？她马上想到了曹芳，如果曹芳的墓在这里，那嫌疑人极可能就是曹麟？果然，杨坤让他们先等消息，自己去确认。

五分钟后，杨坤的回答肯定了李伟的猜测，他心里的石头终于放了下来。曹芳的墓的确在忘川公墓，而那个箱子里的男孩被证实是一具穿了和文宇昂相近衣服的尸体，死亡时间超过二十四小时，具体的身份还在查。

"把他逼上山吧，公墓里动手不合适。"李伟说道，"山上现在人少，看能不能让云台那边配合一下。"他边和杨坤商量行动方案，边让司机开车往华垣山上走。此时天已近擦黑，西边的天际隐隐露出一抹残红。

经过布防，忘川公墓很快闭园。他们没有在公墓门前停留，而是开足马力沿着怀云路向山上追去。不多时已经超了杨坤的车，隐隐可见一辆国产 SUV 汽车正往山顶方向狂奔。

"是曹麟吗？"林美纶紧张地问道。

"很可能，把安全带系好。"李伟再一次确认后，让司机老杜径直冲了上去。林美纶看到前车像疯了一样正疾驰而上。

驶到半山腰的时候，公路骤然陡峭起来，急转弯一个接着一个，车速不得不放慢。这边虽然慢下来，疑似曹麟的车却没有一点慢的迹象，连拐弯都风驰电掣地毫无减速痕迹。林美纶直吓得心都提到了嗓子眼，眼瞅着对方顺着公路没了踪迹。路边和观景台上的渺渺游人也把好奇的目光投向了两辆一闪而过的汽车和扬起的雪尘。

"快点，追上去。"李伟抻长脖子，目不转睛地盯着前方的路。看样子要不是情况紧急，他早就把老杜换掉自己开车了。

又拐了个弯，前车停了一下，在公路狭窄处有人被放了下来。这人蒙着眼睛，吓得号啕大哭。他们停下车，看到被放下的人正是文宇昂。孩子可能吓坏了，好半天都没说出一句整话，只是一个劲地哭泣。

杨坤停过来和李伟打了个招呼，又追了上去。李伟安慰着文宇昂，把车里的水杯拿过给他喝了几口水，小心翼翼地叫过林美纶：

"吓得够呛，你哄一哄。"说着看了眼老杜，擦了把头上紧张的汗水："这条路是直通红莲峰顶的路，他这是要干吗？"

红莲峰是华垣山主峰，海拔两千两百多米，相当陡峭。这时候天色已经几近全黑，偶有路过的车辆，路边也有走下来的健足者，想是白天上山的游人。

再行一段，已近山顶，拐个长弯就出了怀志县的辖区，开始顺着公路下山了。李伟和杨坤商量安排协调云台警方在路尽头布防。自上山以后怀云路就只有云台县一个出口，不下山是出不去的。

拐过山顶，林美纶赫然看到杨坤的车停在路边观景台上。他们跳下汽车爬上观景台，冲到红莲峰顶的时候正看到杨坤带着董立，像两个行者一样伫足而立，若有所思地往山下看。不远处，一个衣衫褴褛的独眼乞丐正用另外一只眼往他们这边好奇地瞅着，手里提了个破麻布袋，鼓鼓囊囊地塞了半袋子垃圾。

"怎么了？"林美纶隐隐感觉有些异常，往前走了两步才看到，半山腰火光冲天，一辆汽车正在熊熊地燃烧着，隐隐一阵热浪扑面而来。

远处除了乞丐之外，又有几个路人驻步观看，开始往山顶围拢过来。杨坤怕出意外，让侯培杰驱散他们，拉着李伟往山下走了几步，眼瞅着实在没办法靠近才打电话叫支援。林美纶跟着他们拉了警戒线，待技术人员赶到，她才被杨坤叫过来，让她先把文宇昂送回去。

林美纶让牛智飞开车，带着文宇昂下山回家，路上问起过程，孩子被吓得很厉害，说话颠三倒四，只说那个叔叔对他挺好。牛智飞苦笑一声，正想告诉林美纶别再费劲的时候，文宇昂突然来了句石破天惊的话："爷爷和叔叔在很远的地方见面，被我看到了。"

"爷爷，哪个爷爷？"林美纶警惕地问。文宇昂摇了摇头："叔叔带我出来，我在车里等，有个爷爷和他在很远的地方说话。我看到是个爷爷。"牛智飞心念一动，想问文宇昂那个爷爷长什么样或穿什衣服，可孩子再也说不出什么有价值的东西。林美纶又哄了他几句，对牛智飞说道："这个线索很重要，我们先送他回去吧，今天累了。过几天拿拼图给他看。"

文宇昂家在苇楠集团总部附近，相隔两条马路。本来他们想把孩子送回公安局，谁知道汪红在电话里告诉林美纶，文家人跟着去确认那纸箱里不是文宇昂之后，并没回去。

"怎么这么不负责任。"林美纶嘀咕着让牛智飞带文宇昂回家，孩子很聪明，进小区就找到了家。让他没想到的是家里只有保姆徐姨在："文总说他们要开会，让你们带孩子回来以后放家里就行了。"说着话，她给林美纶他们倒水。文宇昂很熟练地换了拖鞋，拿了 iPad 跑到沙发上打游戏。

林美纶皱着眉在屋里转了一圈，若有所思地问徐姨家里人什么时候走的。徐姨愣了一下说道："下午文总本来在家，就自己关屋里。后来接个电话就出去了，说回公司有事，孩子撂家里就行。"

"他走得急吗？"

"有点，开始说是接上孩子晚上出去吃饭，后来都没回来，他自己也走了，还让我准备点饭，说万一谁回来吃呢。"徐姨道。林美纶看了沙发上的文宇昂一眼，忽然说："小昂，姐姐带你去找爷爷好不好，你不是和姐姐说在家里最喜欢爷爷吗？"

文宇昂听林美纶这么说，猛地扔下 iPad 跳了起来："好啊好啊，我们去爷爷的办公室找他。"

牛智飞在一旁莫名其妙，不知道她这是什么意思。今天事那么多，大家都在华垣山汽车坠崖现场忙碌，她怎么还要带孩子去找他爷爷？林美纶这时候显然没有征求他意见的意思，他最多就是想一想，不敢表现出来："那就把孩子送到家人手里吧。"

牛智飞说完，带着林美纶和文宇昂上了车。其实这个小区离苇楠集团总部不远，路上只用了五六分钟。文宇昂就像这里的特殊公民，一路刷着脸就带他们上了三楼总裁办。可这里前天刚刚着了火，都锁了门，楼里也没什么人办公。

"文董在五楼办公室呢。"对面办公室的一个女孩说。林美纶想了想，让牛智飞先带文宇昂上去："我去趟洗手间，你们先上去吧。"牛智飞带着文宇昂进了电梯。林美纶问明方向，刻意绕道向离总裁办最近的洗手间走去。

林美纶并非真想去洗手间，只是想借这个机会近距离观察一下之前被烧毁的总裁办，如果能溜进去看看当然最好。她今天之所以要带文宇昂来苇楠公司，一来的确是想把孩子亲手交到家人手里。这也是林美纶当晚挺揪心的一件事，完全没有料到李伟对孩子的失踪反应那么大，如果当时那个纸箱里真是文宇昂，恐怕这家伙要疯掉。

每个人心中都有最柔软的地方。林美纶虽然不清楚自己的弱点在哪儿，但发现即将为人父的李伟与警队传言中的硬汉刑警形象相去甚远。他工作踏实认真，却多少有些胆小拘谨，只愿意当个守护沼泽的蜻蜓，不想面对美丽的大自然。可当小孩出事，哪怕这个孩子的父亲在怀志如此声名狼藉，他也显现出了对孩子的由衷关切。对比如此之大，林美纶不禁为之动容。也许这才是真实的李伟，而不是传言或经常出现在《察哈尔公安》杂志里那个不食人间烟火、只受香火朝拜的关二爷形象。

除此之外，今天来苇楠集团的第二个目的就是想到被焚毁的两间办公室看看。自从那天听李伟说这地方着火以后，林美纶就看出他对此颇有遗憾。可能当时车里还有外人，他没找到机会进去。说起来李伟办案更喜欢独来独往，要不是规定卡着又有宋局的嘱托，他估计连自己都不想带。

所以今天一有机会，她就想过来看看，万一还有蓝韵留下的什么线索，岂非大功一件？想到这儿，她蹑手蹑脚地推洗手间的门，生怕有什么动静让旁边的人听到。她琢磨着待上几分钟，趁没人注意就去那两间锁门的房间转转，看能不能找机会进去。

就在她准备出去的时候，听到洗手间最里面的蹲位里有人打电话。本来这种事情林美纶没太在意，毕竟是公共场所，对方的声音又小，不仔细听根本听不清楚。可对方偶然传出的一句话，让林美纶脸色微变，不禁打了个冷战。

"怎么会这样？"她惊愕万分，先是迟疑几秒，然后半信半疑地接近打电话的蹲位，在隔壁马桶上悄悄跪下，几乎将耳朵贴到了分隔板上。

"不要有妇人之仁，你不看看现在形势，再不行动就晚了。大不了把那个碍事的警察，他叫李伟吧？找人把他干掉！"打电话的女人恶狠狠地说。林美纶听到这里大吃一惊，不由得"啊"的一声喊了出来……

(2)

牛智飞带着文宇昂上五楼，在临时被当作总裁办的会议室里见到了赵苇楠。除此之外，办公室里空无一人，甚至整层楼也没几个人。

"今天你们没有上班啊？"牛智飞问道。赵苇楠沉沉地在椅子里枯坐，脸色不太好。看到文宇昂才有了点喜色，把孩子接过，很勉强地点了点头："着火以后就放假了。"

"孩子交给您了，有什么问题可以到局里找我们。"牛智飞确认无误后才转身离开，下三楼找了一圈没见林美纶，打电话发现她的手机竟然关机了。他在楼里两个卫生间看了看，都空无一人，只好下楼到大门口打听，一个身材高挑、打扮很妖艳的女人往外面指了指："刚才我见一个女人出去了，长得挺好看。"

"她穿什么衣服？"

　　"蓝色的牛仔服，长头发扎起来，个子挺高。"女人面无表情地回答。牛智飞点了点头，知道林美纶肯定是遇到了什么着急的事："她走得急吗？"

　　"挺着急，你看把手机都落下了。"说着，女人从传达室的桌子上拿出一部白色的手机，交给牛智飞，"这是我在卫生间捡到的，你看看是不是她的手机？"

　　牛智飞接过手机发现已经关机了，确定是林美纶刚才还用来打电话的那部。他心里有些焦躁，不知道她遇到了什么事要如此急切地离开。他心乱如麻，都不知道是怎么把车开回单位的，迎面正遇到李伟的车也刚刚停好。

　　李伟和他打了个招呼，牛智飞匆忙回答几句，有些词不达意。李伟接过他递给自己的手机，又看了看牛智飞："你说什么？林美纶不见了，她去哪儿了？"

　　"我也不知道。"牛智飞把经过讲了一遍，李伟平静地听完，转身打开车门跳了进去："跟我走，苇楠集团有问题。"两人心急火燎地来到苇楠集团，发现大门竟然关了，一个人都没有。

　　"传达室里没人，我们跳进去。"李伟说着让牛智飞和他翻进大门。牛智飞有些犹豫，可当李伟提到林美纶现在恐怕很危险的时候，他立即来了勇气，麻利地和李伟进了院。

　　院子里空荡荡的，夜风将树枝刮得呼呼作响，却见不到半个人影。他们走进办公楼，发现楼门并没有上锁，只是漆黑一片，好像来到了恐怖片里的拍摄现场。两人拾级而上，从一楼直到七楼，没有见到任何工作人员。

　　"真奇怪，就算是放假也不可能没人值班啊？"牛智飞又和李伟来到一楼监控室，只听李伟说道："想办法把门弄开。"牛智飞并不赞成他这么做，可此时事情紧急，也不好反驳。两人在周围转了一圈，还是李伟踹开后勤处的门找了个工具箱，才把监控室的防盗门弄开。

　　找工具的时候，牛智飞一直跟在李伟身后看着他忙活，虽然他也着急，可总觉得李伟这样没有原则地搞破坏似乎和警察的身份不符，也不好和领导交代。当他们打开监控室门的时候，牛智飞不禁感叹李伟的直觉竟如此准确。

　　屋里狼藉一片，服务器、电脑都丢在地上。李伟蹲下身顺着凌乱的各种电线找了一圈，叹了口气："硬盘录像机不见了，小林很危险。"

　　"她……她去哪儿了？"牛智飞惊愕地问道。李伟没有回答他，而是立即给杨坤打电话，让他们协调技术人员勘查现场，他接着对牛智飞说道："你一会儿录个口供，把那个女人的情况和技术说一下，她很可能知道小林的下落。"

　　"李哥，你去哪儿？"牛智飞问道。

　　"你在这儿等他们过来，我去一趟交警队。"李伟知道眼下林美纶的情况无比危险，每多过一分钟她就多一分危险，所以要第一时间查清楚牛智飞离开苇楠集团这段时间车辆出入的情况。好在随着天网和雪亮工程的顺利启用，整个怀志主城区没有监控盲区，他很快就查清在牛智飞驱车离开苇楠集团之后，共有三辆车驶出，前往不同方向。

　　第一辆是黑色的奔驰越野车，是文辉的车，方向是怀志机场；第二辆车是辆宝马轿车，上了常怀高速，似乎是想前往常阳市；第三辆车则是辆面包车，进了家和小区的地下车库。两辆上高速的车相对不容易失去目标，李伟本能地感觉第三辆车最可疑，八成是犯罪分子最先想要换掉的车。

　　果然，在家和小区的地下车库，李伟发现了那辆面包车。对方在这儿换乘了一辆很普通的国产 SUV，换车时监控画面显示从面包车里扛了一个很大的包裹到 SUV 上面。

　　这时杨坤打来电话告诉李伟，奔驰越野车已经跟踪到了怀志机场。根据机场的记录，车上的人下车后立即上了一架飞往越南芽庄金兰机场的国际航班，这也是怀志县唯一的国际班机，每周只有一趟。

"登机人是谁？"

"文辉、赵苇楠和文宇昂。"杨坤说道。

"看来他们预谋已久，甚至连文宇昂的机票都准备好了。"李伟想了想，又问宝马车的下落，就听杨坤说道："宝马车还在前往常阳的路上，我已经安排人联系常阳市公安局，在沿途所有出口布控，下高速马上就能抓捕。"

"想办法把文辉他们也带回来。"李伟说道。

"证据呢？"杨坤问，"人家去旅游，你有什么说的吗？"

"你看着办，偷税漏税什么的都行，还有他儿子那么大的事，现在全家人都走了还不算跑路？"李伟说道。可杨坤仍然很谨慎："不太合适。文辉是三家公司的实际负责人，不像文延杰那样犯法明显，证据链完整。除了地产公司以外，我们还没有了解光辉娱乐和登陆科技两个公司的情况。"

"登陆科技？"李伟猛然想起锦城商务酒店那个叫孟文博的客房部经理曾经和他说过，锦城商务酒店地下有个秘密机房，从来不让外人去，没准儿那地方有什么猫腻也说不定。想到这儿，他把想法和杨坤说了，他倒也没意见，立即带人赶过去，和李伟去那儿会合。

李伟的车开得飞快，整个人都要跟着车飞了起来。作为多年的刑警，李伟自然知道林美纶现在极为危险。从文辉两口子突然抛弃文延杰跑路的情况看，他们的事情小不了，也就是说，林美纶的情况极其危险。一过黄金七十二小时，她的生命安全甚至都不能得到保证。

好在李伟的直觉非常正确。锦城商务酒店地下机房矗立着巨大的服务器机柜，通过直连的光缆将这里与世界各地连接起来。当技术人员对这里的机架服务器进行初步分析后，得出了一个让所有人瞠目结舌的结论：这里是北方地区最大的赌博平台"利开彩"的中心机房，日投注额在一千万人民币以上。

李伟跟着杨坤看了看，发现这里除了中心机房，还有操作室、装了几十台电脑的维护中心、员工寝室，甚至还有一个小型的健身房，可以足不出户对赌博平台进行从投注到维护的全系列管理。

"光辉娱乐和登陆科技都是用来给这个网站洗钱的吧？怪不得文辉要跑。"李伟恨恨地说道。杨坤目不转睛地盯着技术人员忙活，悠悠地说道："光辉娱乐的法人是文延杰，苇楠集团的法人是赵苇楠，登陆科技的法人是宋艳，你能拿文辉怎么办？"

"至少我现在有机会把他从越南弄回来了。"李伟道。他又把刚才的发现给杨坤作了汇报，然后道："我过来的时候，安排牛智飞和侯培杰去跟一下那辆SUV，我怀疑小林就在那辆车上面。"

"理由呢？"杨坤问。这时李伟的手机响了，牛智飞来电话说他们在城郊朱家堡村发现了SUV的踪迹，刚刚进村，现在正盯着，请求支援。李伟和杨坤对视一眼，二话不说带人就出了酒店。

朱家堡村，牛智飞目不转睛地盯着SUV里的司机把车停到一处院门口，风风火火地走了进去。他摸过去瞅了瞅，车轱辘上全是泥，车里并没有林美纶。他又折回来从自己的汽车上取了根甩棍，心想，绝不能让这家伙离开。

侯培杰本来想拦着点牛智飞，可瞅他通红的瞳仁就知道这哥们儿现在上了劲，现在劝他搞不好要恨自己一辈子。一咬牙也把方向盘锁抄起来，打算跟着牛智飞一块儿干。刚才瞅着车里的中年男人虽然长得彪悍，可他俩出其不意地冲过去，制伏他应该没什么问题，就是不知道屋里有多少人。

就在这个节骨眼儿上，杨坤带着李伟赶来了。这下牛智飞和侯培杰重新找回了信心，简单地听杨坤做了部署和安排，让人去村里找村支书了解情况。正说着，SUV里那个壮汉提着一个挺大的旅行包从里面走了出来，出门的时候还非常小心地左右看了看。

"李工，鹰要离巢，摘吧。"杨坤沉着地下了命令。就在他的话音还没落地的瞬间，牛智飞一马当先冲了出去，一个饿虎扑食将这个男人摁倒在地，完全是不要命的架势。那男人可能知道来人是警察，被牛智飞扑倒拼命地打了两个滚，爬起来就要跑，又被李伟抱住。接着，侯培杰、老杜等人都跟上去，才将其制伏。

"叫什么名字？"李伟厉声喝问。

"孙浩。"男人道。

"见过这个人没有？"李伟从手机里调出一张林美纶的便装照，让孙浩看。

孙浩点了点头："见过。"

"人呢？"

"我……我刚把她埋了。"孙浩一副满不在乎的样子。他的话让在场的所有人都惊骇不已，牛智飞冲上去照着他脸狠狠地踹了一脚，让老杜他们几个人拦腰给抱住了，现场一片混乱。

"人是怎么死的？"李伟强忍愤怒问道。

"人没死，活埋的。"

李伟真想掐死这个家伙，可眼前的孙浩面对这么多恨不得吃了他的警察，竟然一点也不害怕："离这儿二十分钟，山下的草甸子沟里，我带你们去。"

孙浩所说的草甸子沟是华垣山腰下的一大片未开发的荒原，中间还有一小块沼泽地，实在是藏匿尸体的好地方。要不是他给指定了地点，就算你知道嫌疑人把尸体埋这儿了你都找不到，也没法给他定罪。前几年还真有这么个案例，知道嫌疑人杀了人，也知道把尸体藏这儿附近了，就是不能抓他，因为警察不可能把数万平米的草原都翻一遍。

好在有孙浩带路，这些问题自然不复存在。他指点着干警们在一个偏僻的蒿草堆附近停下，指着一块儿地方说道："就在这儿。"

大伙立即一拥而上开始挖，由于只有孙浩车上有一把铁锹，其他人都只能用手。尤其是李伟和牛智飞，几乎疯了一样用双手往外挖土，很快就把松软的泥土掘开，露出一个鼓鼓囊囊的编织袋来。

杨坤伏身慢慢地解开编织袋，果然露出一张容貌清丽的面孔。只是时间太久，她早已停止了呼吸。大家挖出的只是一具女尸而已。

(3)

女尸被挖出的时候，李伟觉得自己的时间仿佛瞬间停滞了。无论周围如何嘈杂纷乱，他都充耳不闻，眼前不停地晃动着林美纶的音容笑貌。想到之前雪夜去家里劝自己继续接手这个案子，给自己汇报案情时那张清秀美艳的面庞，李伟能感觉到心脏在有力地跳动着，他好像听到了心跳声：嗵——嗵——嗵——

浑身的血液都像双手一样变得冰凉，眼前所有的景象虽然已进入眼帘，却始终无法做出任何判断和分析。他麻木地望着牛智飞号啕大哭，望着杨坤亲手将女尸搬出麻袋，望着同事们围拢上去……

李伟不是新人，也不是第一次面对战友牺牲，可今天自己这种反应是头一回。他不知道这是为什么，更不知道自己缘何有这样强烈的情感。如果这个人不是林美纶，他还会这样吗？李伟说不清楚，也不想说清楚。可内心深处明明白白地告诉自己，他是一个视觉动物，倘若不是林美纶，他也许不会这么难过。

李伟不得不承认，从某种角度上讲自己只是个普通人，或说是个俗不可耐的男人，是所谓外貌协会的一员，是自己内心深处曾经最鄙视的那种人。

"李哥，你没事吧？"牛智飞脸上洋溢着惊喜，将李伟从恍惚中拉回了现实，"这人不是小林。"虽然这时候他尽量用低调的语气说话，可神色明明白白地出卖了他。李伟先惊愕地盯着他看了足足有五秒钟，然后才发疯般扑向尸体。

这时候跪在女尸旁号哭的人换成了孙浩，他怎么也想不明白为什么袋子里的尸体换成了文延杰的妻子宋艳。

"宋经理，是我害了你啊。"不知道是伤心自己被捕还是宋艳的死亡，孙浩哭得极为投入，直到两分钟后李伟制止了他："先别哭了，我问你，这是怎么回事？"

"我……我哪知道这是怎么回事。"孙浩倒是听话，别看哭得惊天动地，一不让哭立即就收了眼泪，一点痕迹都没留。这点李伟就不如他，刚问完孙浩这句话，就感觉有人在后面撞他，回头一看原来是杨坤递过来一张面巾纸："把你脸上的眼泪擦擦。"李伟脸一红，往牛智飞那边瞥了一眼，发现牛智飞这时候竟然也在看他。两人迅速撤回了目光，将注意力投到孙浩身上。

"你不是说被活埋的人是那个警察吗？"李伟把用过的面巾纸揉成一个纸团捏在手中，却不肯丢掉，"怎么成了她，这人就是宋艳？"

"对啊，我们分手的时候，她说她要开车去首都机场，飞越南和文总他们会合，怎么在这儿啊？"看得出孙浩这人嘴快心直，心里藏不住事，有什么都说了出来，"她让司机王俊文开着她的车去常阳，车上还扔着她的手机。和我说警察肯定会跟踪她的电话，到时候让王俊文当替死鬼。"

"她怎么和你说那警察的？"李伟问。

"没说啥啊，她说在厕所发现有人偷听，就故意大声说话吸引对方注意，悄悄用微信联系我，让我到女厕所把那女警察给弄起来。我问她咋处理，她说同行的警察肯定要找她，让我先堵了眼睛和嘴丢车上去。"

"后来呢？"杨坤插嘴问。

"后来我在车上等着，她下来就说想办法处理了，干净利落点。我们就商量拉这儿活埋了。她自己去首都机场坐飞机，临了让我也躲几天。我这不是想回来拿点换洗的衣服啥的……就让你们弄住了。"

牛智飞这时候才知道林美纶在洗手间的遭遇，那个在传达室骗自己的女人原来就是这个宋艳，却不知道她为什么莫名其妙地到了孙浩的车上，还被他埋了，于是问道："你换车以后拉着人上哪儿了？"

"我哪儿也没去啊，就直接来这儿了。"孙浩苦脸回答。李伟想了想，问他这期间遇到什么事、什么人没有，孙浩一拍大腿："有，我在这儿挖坑的时候，遇到个男人，开车过来的。他说他是龙腾地产公司的办公室主任，说这块地是他们公司的地方，还和我矫情了一气，后来我说了好话，他才走。"

"什么样的人？"

"中等个儿，挺壮实，络腮胡子，大晚上还戴着墨镜。开了辆和宋总一样的车，就是车牌号挡着，我没注意。"孙浩忽然想到了什么，"他那辆车不会就是宋总的吧？"

李伟冷笑一声："带他回去画像。"然后对杨坤说道，"小林还没脱离危险，不知道被——"他的话还没说完，杨坤的电话就响了，是汪红打来的，说在县局门口的一辆沃尔沃 SUV 汽车里发现了林美纶，受了轻伤，没什么大事。

这下所有人都松了口气，现场留了人处理，杨坤和李伟先赶回专案组见林美纶。林美纶有点受惊，正窝在沙发上喝水，见大伙儿进来差点哭出声来。杨坤等人过去安慰，好一会儿才谈起经过。

原来，白天林美纶去洗手间听到有人说要干掉李伟，就留了心，想多听几句。开始那个女人说了句绝不能影响到老佛爷，后来忽然就谈起了其他事，东一榔头西一棒槌的，没什么重点。林美纶察觉事情不对，怕自己暴露，正想离开时，洗手间闯进一个男人。两人一碰面林美纶就让人制住了，被捆了手脚、蒙了眼睛，嘴里还塞了块破布，装到麻袋里。之后她被男人扔进汽车后备厢，迷迷糊糊地感觉换了两次车，中间还被人拖着走了一段，最后汽车颠簸着进了城区，就一直没动，直到有人发现。

"谁发现你的？"李伟问道。林美纶没说话，汪红在旁边替她回答："保安小李，他说看这辆车的车牌用报纸贴上了，感觉可疑，就过去看看。瞅见后备厢有东西动，像是个人，就和两个保安上报了保安队长。刘队长打了半天电话也没找到车主，就做主撬开了后备厢，本来还怕受处分呢。"

"这是宋艳的车，她准备开这个跑路。"李伟说到这儿，问其他两辆车的跟踪情况，得知在常阳下高速的那辆车里果然只有宋艳的司机王俊文，已经控制起来，沉默了片刻说道，"如果曹麟在华垣山坠崖的话，那这个络腮胡子的人又是谁呢？他一个人不可能同时干这些事，最少还有一个帮手。"

"也就是说，曹麟团伙还有两个人没有抓住，甚至还没暴露身份。"杨坤道，"下一步这两个人的身份筛查是重点，可以从曹麟身上往外延伸，找找线索。"

"杨队，你注意到没有？小林说她曾经被人拖行过一段。"李伟摩挲着脑门道，"孙浩说，和他说话的男人很强壮，如果是他们两人中任何一人，都不可能拖着小林走。拖行是什么意思，就说明这个人没有足够的力气扛起她，最后上车的时候还比较费劲，是吧小林？"

"对，最后一次那个人挺吃力，用了两次才把我弄上车。"林美纶回忆道。

"这就说明这个人要不是病弱，要不就是女人或老人。"李伟信心满满地说道。杨坤愣了一下，问他是不是有怀疑对象。李伟点了点头，也不隐瞒："和这个案子有关联的人里，马志友符合这个条件。"

"得有证据，马志友从医院出来后不是排除嫌疑了吗？"

"我可没这么说，只能证明他的确得了老年痴呆症。"李伟说道，"另外，小林说的那个'老佛爷'是谁？我之前听蓝韵留下的录音，文延杰也提到过这个人。我猜他对蓝韵有所保留，所以只说他们公司的业务上'老佛爷'帮了忙，如今我觉得这个人应该查一查。"

"这事晚一点再说，董师傅他们已经在会议室等半天了。关于白天那辆坠崖的车，技术部门有些东西要咱们听听，都过去吧。"杨坤带大家来到会议室，这里除了董立，技术员老孟和法医陆宇等一干人都已久候。

"你把情况和大伙说说，一块儿研究研究。"杨坤从屋里拿出茶杯喝水，示意陆宇给大家介绍情况。陆宇将报告复印件分发到大家手中。

"情况特殊，时间又紧，所以我们加班先出了个初步的东西。那辆燃烧的车是被人从山上推下去的。我们在烧焦的尸体上和车里发现了大量汽油燃烧的痕迹，也就是说，坠崖前这辆车已经被点着了。"

陆宇看了众人一眼，见无异议继续道："由于车辆被汽油焚烧过，车体损毁严重，车内一名乘员高度炭化，身体大部分组织已经完全炭化脱落，只剩下躯干部分；内脏全部焚毁；骨骼表面色泽呈灰白色，脆性极大且易碎，所以暂时无法判断是生前烧死还是死后焚毁。另外，由于经过高温焚烧后的尸体 DNA 降解剧烈，基因链中大片段等位基因因高温影响断裂，造成 DNA 片段遗失，导致炭化的尸体无法提取 DNA 分型。好在尸体的屈肌群大于伸肌群，被焚烧时大腿收于小腹部，所以尽管小腿被焚毁，但骨盆保存得还算完好，此处深层组织焚烧炭化程度也相对较轻。

"所以本来打算从骨盆部位，也就是耻骨联合提取完整 DNA 分型进行检测，这也是这具尸体唯一有可能提出 DNA 分型的位置。谁知我们在对这个部位采样的时候发现，骨盆位置的 DNA 片段降解十分严重，DNA 和蛋白质之间呈现交联，与常规片段相比，质量下降得非常厉害，而且 DNA 片段大小多为 1kb 以下，核酸甚至已经消解，无法进行扩增反应，达不到检测标准。"

陆宇已经尽可能用大家能理解的语言解释这件事情，可在场众人还是听得似懂非懂。听起来好像是说那具疑似曹麟的尸体被烧得无法检测 DNA 了，不过陆宇后面的话否定了大家的猜疑。

"为什么会出现这种情况？"李伟问道。

"通常，燃烧是不会造成骨盆位置 DNA 降解的，最起码在耻骨联合保存相对完好的情况下，不会出现这种情况。这是被一种渗透力强且能快速杀死生物细胞以固定生物大分子功能的溶剂长时间侵蚀造成的后果，通常，长年浸泡的实验室标本才会出现这种情况。"

"什么溶剂？"李伟还是没听太懂。陆宇把他手中的报告翻开，给他指点着说道："福尔马林溶液，这种东西含有 36% 的甲醛、8%～12% 的甲醇和 0.02% 的游离酸，另外，还有极少量的氯化物、硫酸盐、重金属和铁。用于长期保存生物标本的福尔马林溶液含大量甲醛，甲醛在空气中易氧化成甲酸，而甲酸对 DNA 有较强的降解作用。"

"怎么会这样？"李伟眯着眼睛陷入了沉思，陆宇继续介绍："通常 DNA 的降解程度与标本的保存质量密切相关，一般用玻璃瓶装且密封好的标本所提取的 DNA 较为完整，所以说我们实验室中福尔马林溶液中取的 DNA 相对容易。其实这东西保存的标本基因组 DNA 的破坏程度与保存时间没有直接关系，主要与保存液是否暴露于空气中发生氧化有关。"

"那这具尸体保存得怎么样？"杨坤问。

"非常不好，我怀疑他是被敞口保存的，甲酸含量非常高。况且在福尔马林溶液中提取 DNA 的难度本身就很大，这种情况就更难了。"

"希望有多大？"

"不好说，我们只能尽量试试。"陆宇话这么说，可是大家都听出来已经很难在尸体上找到新线索了。李伟歪着头想了半天，突然抬头问道："是不是可以理解这个人在此之前已经死了很久，车里根本就是一具在福尔马林溶液中浸泡过的尸体？"

　　陆宇没有正面回答："技术层面只能对现有线索进行梳理，具体的情况还要你们来完成。"李伟若有所思地看了眼杨坤，思考片刻，没有说出来。

　　"车的情况怎么样？"杨坤看见李伟好像有话要说，却没理他，"我刚让交警部门查了一下，的确有一辆车跟踪过孙浩。遗憾的是，这车没有车牌，老款的桑塔纳，满怀志县城都是这种车，查起来有难度。"

　　"烧毁的车还能找到什么线索吗？"李伟问。陆宇微微仰起头，得意地笑道："这倒可以帮上点忙。"他调出张照片用投影放了出来，是烧毁汽车中的某个部分，他指着其中一个位置说道，"车虽然被烧了，里面的人也完全烧焦，但发动机号码被我们找了出来。"

　　"这个信息很重要，李伟和小林负责从这辆车入手，一定要把那个神秘的男人给我找出来。"杨坤一拍桌子，斩钉截铁地说道。

第十一章　两个曹麟

(1)

过了年，天气逐渐暖和起来。林美纶跟着李伟从车管所出来已近中午，眼瞅着李伟没有回专案组的意思，林美纶也没催促。望着他专心致志开车的样子，想到昨天耳闻他在埋尸现场失态，林美纶心里像打翻了五味瓶，颇为感动，很想说点什么。李伟却没有她这份闲情逸致，一边将汽车开上内环路一边说道："一般偷车不会在本地偷，但也不会跑太远。我们先去和这个车主聊聊，然后再找地方吃饭。"

"好的。"林美纶把思绪拉回现实，很乖巧地点了点头。她觉得李伟不仅和传闻中硬汉的形象相去甚远，而且是个感情细腻的人，要是自己能在他妻子之前认识他多好。这个念头一闪而过，闹得林美纶面红耳赤，好半天才敢抬头看李伟。

两人各怀心事，一路沉默地来到内环路和中环路之间的中辛庄村。这也是中环内唯二没有拆迁的城中村之一，另外一个是距离这儿七八公里的台头村。两人进村也没耽误，按地址找到了车主沈公贵。

说明来意，沈公贵很配合地拿出了行车本给李伟和林美纶看："我这个车开得很少，就是进城或去塞北的时候才开，所以行车本一直放身上。头几天早上一醒来车就没了，还专门去报了警。"

"哪天丢的？"

"大年初九早上起来丢的，家里院子小，我把车放家门口。你说这大过年的跑来偷车，真是闲得蛋疼。"

"村里最近有什么生人没有？"李伟问道。

"没注意，过年这几天我一直没怎么出门。"沈公贵苦着脸说道，"车是不是找不回来了？"

"回头有人和你联系，保持电话畅通，等通知吧。"李伟没和他多说，转身带着林美纶上了街。两人在村口一家刀削面馆坐下，点了两碗面。趁上面的空当，李伟问起老板村里有什么陌生人出没，老板歪着头想了想说道："过年这几天串亲戚的不少，我也说不好到底啥叫陌生人。你看我这面馆开在村口，进出村必须从这儿过，有印象的生人只有一个。"

"你说说，什么样的人？"

"这人中等个儿，是个小伙子。长了一张'工'字脸，特征很明显，看上去流里流气的。他那天傍晚进村，自己走进去的，没见出去，也可能是我没注意他什么时候出去的。"

"什么时候的事？"林美纶插嘴问。

"不是初九就是初十，反正就那几天。"老板说着看了眼墙上的挂历，"今天正月十三了吧？过去三四天了。"

李伟想了想，从包里拿出纸笔画了个人像。他的丹青水平糟糕得很，只是这个人的两道眉毛又浓又长，几乎连到了一起；嘴巴很大，加上高鼻梁，还真在脸上呈现了一个工字。林美纶看着这张画像笑了，随口道："按这个找准耽误事。"

"有特征就行，我们吃完饭去台头村问问，附近就这两个村。要是都没线索就只能进城找了。"说着，他低头狼吞虎咽地吃面，不时拿起笔在人像上涂涂抹抹。

台头村的赵书记一看就是细心人，听李伟说完情况点了点头，递过一根烟说道："你说的这个人很像我们村的一个二流子。他叫毛青伟，村里都管他叫三毛子，家里排行老三。这小子今年快三十了，正事不干，天天街上胡混，整月不回家，要不然就回来不走。"

"他现在在家吗？"李伟很紧张地问了一句。林美纶看他这么关注这家伙，就知道这事有谱。赵书记摇了摇头："不在，过了年就走了。他和村里人都没什么来往，家里现在就老娘自己，我估计你们去也白去，准不知道他在哪儿。"

李伟哦了一声，沉默着抽了会儿烟，又问："他年后和村里的人都没什么联系吗？"赵书记听他这么问，不由得陷入了沉思，好一会儿才道："倒也不是，初九那天晚上我上厕所，好像见他去了史家，后来就再也没见过他。当时我还问了一句'你这是去哪儿'，他说他拜年。那村尽头就老史一家子住，他不是去史家还能给谁拜年？"

"什么时间？"

"晚上九点多，不到十点。"

"他和史家人什么关系？"

"没啥关系吧。这史家一共五口人，小两口和女方父母，还有个孩子。男的长年在外地打工，很少回来。女人是个哑巴，在家带孩子。他们家老爷子有辆面包车，经常外面拉活。"说完话赵书记又补充了一句，"他家是外来户，在村里买了房，搬来也就三四年时间。"

李伟点了点头，问明位置带着林美纶来到史家。一进门林美纶就惊呆了，只见阔大的院子足有七八百平方米，正中一排六间大瓦房，宽敞干净。院子里的葡萄架下放着石桌石椅，靠墙还挖了一个小池塘，正中是一块嶙峋别致的假山石，后面依稀可见满墙的爬山虎。院子另一侧则种了株合抱粗的杏树，树下放了张躺椅。

"院子不错，夏天肯定挺舒服。"李伟感叹着往里走，一个身材粗壮的女人从屋里迎了出来。看年龄也就二十七八岁，长得着实难看，好像一块巨大的发面被扔到沙堆里打个滚再装到她脖子上一样，满脸的麻子，有密集恐惧症的林美纶看得一阵阵头皮发麻。

"请问这是史学农家吗？"

女人呆呆地望着李伟点了点头，瞪着眼睛一语未发。林美纶这才想起赵书记说这人是个哑巴，看样子能听见声音，遂问道："家里还有别人吗？"

女人回身瞅了一眼，伸手在门上敲了四下，只听屋里一个苍老的声音问道："秀花，谁来了？"接着一个矮个儿老太太从屋里走了出来，看到李伟和林美纶，微微皱了皱眉。

"大娘，我们是公安局的，想找您了解点情况。"林美纶抢着说道。老太太的脸色不太好看，转身进了屋。李伟拉着她抢在丑女人前走进房间。客厅宽敞明亮，真皮沙发、大液晶电视，装潢也颇为舒适。

"秀花，倒水。"老太太干脆利落地坐到沙发上，眯着眼睛打量林美纶，直瞅得她有点发毛。李伟清了清嗓子，打破了沉寂："是这样，我们有个案子和咱们村的毛青伟有关系，听说过年他来过你们家，所以想过来和你们聊聊……"李伟的话还说完，老太太就冷冷地打断了他："我们和他不熟，就是过年他来给拜了个年。"

"不熟还给你们拜年？"

"他和女婿认识，都没进屋，就在外面说了几句。"老太太回答。

"你女婿叫什么，现在在哪儿呢？"

"卢新城，去北京了。"

李伟沉吟片刻，问他什么时候回来。老太太不动声色地摇了摇头，脸上还是没有任何表情："不知道，估计得明年过年了。"林美纶问能不能把女婿的手机号码提供一下，老太太回复说她没手机，也不会用，得问闺女。

她将皮球踢回给那个哑女，与她沟通相当费劲，因为她不仅不能说话，还不认字。后来李伟拿出手机比画了一下，她才从抽屉里找出纸条，上面歪歪扭扭地写了个手机号。

记下手机号离开史家，李伟意犹未尽，又踅回村委会和赵书记攀谈起来。这才得知史家主人叫史学农，他老伴叫胡淑凤，只有个哑巴闺女史茹，原来住在龙山县。后来他们村有人给他闺女介绍了个对象，全家都搬到了怀志，这个人就是他女婿卢新城。

说到卢新城，赵书记一下子打开了话匣子："小卢这孩子不错，从小父母双亡，家里就有一个远方表叔。这门亲事也是他表叔帮他订来的。他叔对他挺好，借钱给他买了这套房子，还给老丈人买了辆新车，现在他老丈人跑车，他在北京打工，都不少挣。听说在城里还有套老房子出租，搬这儿算搬对了呗。他们龙山县那家里穷得，一间房半拉炕，哑巴闺女又长那样，你说谁要？"

"卢新城长什么样？"

"普通人吧，挺壮实一小伙子。对他们家人特别好，也可能是这边没亲人的缘故，你看那屋子、那院子，都是小伙子一点一点自己收拾出来的。一回来就大包小包给家里买东西，那收拾得比城里人家都好。小闺女四岁，一天换一身衣服也穿不完。"

"哦，他们孩子叫什么名字？"

"叫——"赵书记想了想，忽然一拍脑袋，"纪芳，史纪芳。这孩子跟史家姓，也不知道两口子咋商量的，也不算入赘吧，反正这年头跟谁姓其实都行。"

听到小孩的名字，李伟的眉棱骨微微一挑。赵书记还想说话，忽然听到外面有个小孩声音："爷爷，你干吗呢？"李伟和林美纶都是一惊，只见有个人影从窗外闪过，迅速向村外走。一个三四岁的孩子好奇地站在窗口不远处，手里拿了根糖葫芦。

瞬息间，李伟跳起来追了出去："有人偷听——"说话间他跃出门去，眼瞅着已至来人身后。就在他伸手要抓来人衣领的时候，那人猛然转过身。他穿着连帽的厚羽绒服，戴着墨镜和口罩，看不清容貌、年龄，右臂衣袖下露出的一把枪的枪口正对准了李伟的胸口。

(2)

　　林美纶站的位置离门稍远，当李伟喊有人偷听并追出去的时候，她并没有第一时间跟上。待她和赵书记一块儿赶到门口的时候，枪声响了。

　　林美纶愣了一下，她没想到在这儿会遇到带枪的犯罪分子，先是脑海中一片空白，继而意识到李伟有危险，立时将自己的安危抛到了身后，像打了兴奋剂般蹿了出去。她身后赵书记眼瞅着林美纶冲出去扶起李伟，却手忙脚乱地不知道该干点什么，一个劲地在原地打哆嗦。

　　李伟右侧胸口中枪倒地，鲜血染红了林美纶的衣襟。

　　他张合着嘴巴，想说什么却说不出来。两道剑眉紧紧纠缠在一起，目光因痛苦而异常焦灼。失去力度的右手微微有些温热。林美纶被泪水模糊了双眼，甚至都没有意识到自己说了什么，只记得一个劲地喊着"李哥、李哥，你不要睡……"

　　"别叫了，我死不了。"李伟突然睁开眼睛冲着林美纶做了个鬼脸，"他好像掉了东西，你帮我捡起来。"说着，他抽出右手往远处指了一下。林美纶跑过去，看到村口背阴处，之前下雪冻住的残冰还没有化干净，地上被划出长长一道沟，想必是嫌疑人逃跑时摔倒，不慎掉落了东西。

　　地上安静地躺着一个崭新的钥匙扣，与赵保胜死亡现场那种钥匙扣完全相同。李伟把钥匙扣拿在手里反复端详，又让林美纶调出证物照片，确认就是出现在命案现场的苇楠集团的那种钥匙扣。他挣扎着在林美纶的搀扶下回到屋里解开衣襟，右前胸洞开了一个小拇指粗的伤口，还在往外冒血，周围皮肤呈紫红色，肿了一大片。

　　"这是橡胶子弹，杀伤力不大。"李伟让赵书记找来纸巾按着伤口，对林美纶说道，"你把嫌疑人的照片找出来我看看，我怎么觉得这个人这么熟悉呢。"

林美纶拿出手机，找了几张曹麟的旧照给李伟递过去。赵书记不知道从哪儿找了点酒精和纱布，正过来给李伟清洗伤口，看到照片就是一愣："这不是史家女婿嘛，怪不得你们找他。"

"你说什么？"正拿酒精棉清理伤口的李伟被赵书记的话吓了一跳，立时瞪圆了双眼，"你说这个人是史家女婿？"

"卢新城嘛，怎么了？"赵书记被李伟的反应搞蒙了，唯恐自己说错了话。李伟没理他，让林美纶马上通知专案组，然后顾不上还没包扎好的伤口，夺门而出："小林，和我回史家。"

"你先把伤处理好。"林美纶追着李伟来到史家门口，正遇到他们家的哑巴媳妇出来，看到李伟吓得扭身就往家跑。李伟左手按着伤口上的纱布，右手拿手机不停地打电话，站在门口却不进屋。

"我们不进去吗？"林美纶气喘吁吁地追到李伟身后问。李伟摇了摇头："等杨队和董师傅他们过来再说，咱俩的任务就是看住他们。"

"你的伤口疼得厉害吗？"林美纶关心地问。李伟报以微笑，很从容地拍了拍伤口处："没事，一点小伤。"随即又道，"卢新城就是曹麟，那你说他家人知道他现在在哪儿吗？"

"那个老太太阴阳怪气，没准儿隐瞒了什么。"林美纶道。李伟歪着头想了一阵，慢条斯理地说："够呛，如果我是他，就不会把自己的事告诉家里人。你刚才注意到没有，他们家还专门有一间小孩的房间，里面有好多玩具、教具，看得出对孩子相当用心。"

"这能说明什么？"

"说明曹麟很喜欢这个孩子，如果这孩子真是他的闺女，他应该不会把自己的事告诉史家人。"他停顿了几秒，稍作思索又道，"如果能证明那具烧焦的尸体就是曹麟，那他死前就已经安排好了一切。你看孩子叫什么名字，史纪芳。难道不是纪念他姐姐曹芳吗？我开始听到这名字就觉得有问题。"

正说着，远处一辆汽车驶来，风驰电掣般停在二人近前。杨坤、董立带着老杜、侯培杰从车里钻了出来。

杨坤这几天连开案情分析会，距离上级要求正月十五前找到凶手只剩下两天，还不能确认曹麟的生死，正为这事头痛，突然接到李伟的电话说找到了曹麟的新线索，急急忙忙带着人赶了过来。

等见到李伟和林美纶，杨坤才知道李伟中枪负伤，虽然伤势不重却也是涉枪案件，不能轻视。偏偏李伟这家伙把精力全放到了找曹麟身上，对自己的伤满不在乎。好说歹说，他才带着大伙儿来到中枪地点，让侯培杰给他做笔录，勘查现场。趁这机会，杨坤悄悄带着林美纶去了史家。

史家人对警察的再次到来似乎并不感到意外，娘儿俩各干各干的，一个装聋作哑，一个真聋真哑，搞得杨坤是狗咬刺猬——没处下嘴。这时候，外面汽车引擎作响，史学农回来了。

这是个看上去像闰土一样老实的农民，没事见警察也相当不得劲儿的那种人，所以杨坤很容易和他攀谈起来。说是谈，不如说是比较随意的审讯。史学农知无不言，虽然没有曹麟的新消息，却把往来经过给杨坤说了个明白。

原来史家五辈贫农，史学农父母生了两个孩子，除了他以外还有个哥哥，因为家穷，早年过继给了亲戚。后来父母去世，他在龙山县守着几亩薄田过日子，又生了个哑巴闺女，一家子的生活向来是罗锅上山——钱（前）紧。早几年某个夏天，村干部张东找到他，说给他闺女寻个人家。

史学农人穷可志不短，不愿意寻个鳏夫老汉把闺女打发了，所以眼瞅着哑姑娘三十也要守着她。这次听村干部说这小伙子虽然坐过牢，可人着实不错，还愿意在塞北给他们买房子，就动了心。后来跟卢新城见了几面，觉得这人不坏，就同意了这门亲事，条件是他们必须得跟着孩子来塞北。

"倒不是我们两口子贪心,一来在龙山的确没啥出路,种地一年不如一年;二是我们哑巴闺女念书少,没心眼,我们怕她吃亏。你说闺女再怎么着也是我们身上掉下来的肉,在我家还是个宝。"史学农说道。

除了远房表叔,卢新城在塞北也没别的亲人,再加城里的房也贵,他就在怀志县郊区买了套院子,剩了点钱还给史学农买了辆车,送他上了驾校。开始一年卢新城经常在家,里里外外收拾得像模像样。后来这几年回来渐少,说是有工作。好在家里一切都上了正轨,除了史学农跑车以外,龙山县的房子和地也能租点钱,日子还算过得不错,比之前强多了。

"家里现在都挺好,年前女婿回来给拿了点钱,我们又凑了点想着在村里开个麻将馆,估计年后就能开张了。现在孩子也上了幼儿园,我们都特知足。"史学农诚惶诚恐地说道。

"卢新城的其他事情你们不清楚?"杨坤递给他一支香烟,史学农拿在手里却不抽。"真不知道,您刚说他还有个名字叫曹麟,我也是第一回听说。"在确认过曹麟的照片以后,史学农一个劲地把他和曹麟撇开关系,"女婿回来的次数不多,一次就住上几天。他挺恋家,我们也觉得他人挺好,但他的事情我们真不知道。"

两人正说着,史茹带着孩子从里屋走了出来。小女孩扎了两根小辫,拿了个小尺寸的 iPad 玩游戏,被母亲拖进了房间。史茹走到父亲面前比画了几下,史学农蓦然瞪大了眼睛,也和她比画了几下,转过头对杨坤说道:"闺女问你们,曹麟是不是犯了法。"

面对朴实的史家父女,杨坤一时感慨万千。他来到史茹面前,尽量温言相慰:"曹麟也许不能算好人,但他一定是个好父亲,也是个好丈夫。他这样下去不仅会把自己逼上绝路,甚至还可能连累你们。我们警察要保证每个公民的人身安全,有问题一定要通过法律途径解决，而不是以暴制暴。否则国家和社会将成为什么样子？又怎么能保证大家安居乐业呢？"

说完这番话，杨坤蹲下身抱起小女孩，看着孩子清澈如水的大眼睛又道："孩子是祖国的花朵。为人父母更要以身作则，不能让孩子从小被不健康的东西影响。"他放下孩子，盯着史学农说道，"我要说的就这些，如果你想起什么再和我联系吧。"

史学农备受感动，低头无语，用了很久才把杨坤的话用手语给史茹讲完。虽然不知道史茹能听懂多少，但杨坤感觉他的话有一定效果，这个看上去十分朴素的姑娘双目噙泪，拉着女儿的手一直没说话。直到杨坤他们起身告辞，才忽然抬起头，将一直攥在手心的一张纸条慢慢展开，递到了父亲手里。

史学农接过纸条，又和她比画了几句，脸色一阵白一阵红，最终长叹一声说道："这次女婿回来和闺女说过，如果有紧急情况，给这个电话发短信，可以联系到他。"说着，史学农把纸条递了过来。

"他还说自己有事情要办，如果这事不办这辈子也睡不踏实，可能很长时间回不来了，所以让闺女照顾好我们和孩子，说和我们这几年是他姐姐死了以后最高兴的几年。"说到这儿，史学农又看了一眼低头垂泪的史茹，"我们家几辈是好人，咱不干犯法的事。"

房间里陷入沉默，杨坤把那个电话号码翻来覆去地看了两遍，掏出手机打了一下，说道："关机了，让技术跟一下。"然后站起身和史学农握手，"谢谢你，谢谢你闺女。有什么想到的情况，随时联系我。"说着，写了自己的电话交给史学农。

史学农把杨坤他们送到门口，身后的史茹仍然泪眼婆娑。林美纶跟着杨坤踅回村支部，董立忙迎过来笑道："杨队，咱们这次可立功了。"

"什么意思？"杨坤疑惑地问。董立一把拽过李伟，指着已经包扎好的右前胸伤口说道："李伟这个伤口是九毫米橡胶弹打的，虽然凶手没留下弹壳，可这种子弹在我们塞北市是二〇〇六年才装备警队的，数量很少。"

他说到这儿，拍了拍李伟的肩膀："刚才李伟打电话让市局查了一下，胜利机械装备厂公安处曾经分过一支05式警用手枪，使用的就是这种子弹。后来公安处处长办公室失窃，因为枪弹分离所以只丢了一盒子弹，至今还没有查出下落。"

"机械厂办公室是什么时候丢的子弹？"杨坤问道。

"二〇〇八年春节。"李伟在旁边说道。杨坤将目光在他们脸上扫了一圈，忽然问道："马志友哪一年退休？"

(3)

如果不是亲眼所见，林美纶简直不敢相信怀志县还有这样的地方。离怀志人才市场仅一街之隔的巷子里，残破的建筑鳞次栉比，网吧、旅馆、杂货店等数百家商铺叉叉丫丫地挤在一块儿，有种穿越回二十年前的感觉。她跟着李伟在冰雪交融的柏油路上深一脚浅一脚地走着，鞋很快就湿了。

"李哥，你的信息没错吧，曹麟藏在这种地方？"林美纶好奇地问道。李伟回头看了她一眼："曹麟给史茹的那个电话号码，最后一次通话是在大年初三。位置就在附近，和他通话的人叫毛易，就在这儿住。"说话间，他们已经走进一栋陈旧的筒子楼，顺着阴暗的楼梯走上三楼，来到毛易家门外。

开门的是个中年胖子，一双椒豆般的小眼睛非常警惕地盯着李伟和林美纶，确认了他们的警察身份才让他们进来。李伟也没寒暄，直接把曹麟的照片拿给他看："这个人你见过吗？"

"见过，他是我的租客，叫卢新城。"毛易说道，"早上您不是给我打过电话吗？那时候我还没起呢，还不到六点，太早了。"

"他租你的房？"

"对，年前还付过一次房租，到今年六月。"毛易说道。

"带我们过去看看。"李伟说，"离这儿远吗？"

"不远，就在马路对面。"毛易锁了门，带着二人下楼，又上楼，走进另外一栋同样破落的筒子楼，打开一楼中户的门。

"早上打完电话，我过来瞅了一眼，没人。"毛易推开门让李伟和林美纶进屋。这是套没有客厅的老房子，一大一小两个房间，乱七八糟地堆满了吃剩下的方便面盒、零食袋子以及矿泉水瓶等东西。桌上的烟灰缸里，烟头堆得小山一样，显得杂乱无章。李伟在屋里转了一圈，很快在主卧室的床前站住了。

"小林，你看这个。"随着他的话音，林美纶看到枕头一角露出几张纸。她戴着手套小心翼翼地把纸抽出来，发现上面胡乱写了几个人名：安慕白、刘文静、赵保胜和文辉。其中刘文静下面写着胡梓涵，文辉下面写着文延杰。其中安慕白、赵保胜和胡梓涵三个人已经用红笔圈了起来。

下面的几张纸都是打印出来的黑白照片，好像是用那种便宜手机拍摄的，效果非常差，但模模糊糊地能看出正是前面几个人被偷拍的视频，除了刘文静，其他人都有。

房间角落的小桌子上放着一部陈旧的台式电脑和一台黑白激光打印机。李伟打开电脑，找到了大量的偷拍视频，拍摄日期是去年入冬以后，从十月到十二月，其中有安慕白出小区买菜、赵保胜和朋友吃饭、胡梓涵晚上喝醉从酒吧出来等，但没有文辉和刘文静。

除此之外，电脑里并没有其他东西，倒是浏览器的历史记录里有不少世界著名未破案件的浏览记录。李伟让林美纶把这些内容都用手机先拍下来，她注意到有一九四八年澳大利亚萨默顿神秘人案件、一九五七年美国箱中男孩案、二〇〇〇年日本世田谷灭门案和二〇一一年南京将军山分尸案等。李伟反复看了两遍，忽然说道："你看，胡梓涵死时的状态和萨默顿神秘人案件很像，赵保胜家又与世田谷灭门案相仿，他为什么要这么做？"

"这难道不是模仿犯罪吗？"林美纶问。

"不像，最起码我认为曹麟没有模仿犯罪的动机和意义，你在学校应该学过吧？看过小说《心理罪》没有，模仿犯罪通常是为了引起主体的注意，并由模仿而形成特殊的系统效应，导致主体发生混乱，从而获得快感。而曹麟的这种模仿完全没意义，好像只是为了满足他个人的心理欲望。"

"除了将军山分尸案以外，其他的都发生过了。"林美纶说道，"难道他还想杀文延杰？"

"有可能，也许这本就是他计划中的一部分。由于文延杰涉嫌教唆杀害蓝韵被提前拘捕，所以他很可能改变了计划。"李伟说道。林美纶不由得一愣："曹麟不是死了吗，难道烧死的人不是他？"

"没有证据显示那个人是他。根据现有的证据分析，我更倾向于那是具在福尔马林溶液中浸泡多年的尸体。"

"那他去哪儿了？"林美纶问。

李伟没有说话，快速在房间翻看，寻找着一切可能是线索的东西。忽然，他的目光聚焦到了卫生间马桶上。

"怎么了？"林美纶问道。

"马桶堵了，里面有东西。"李伟说着，伸手在马桶里湿淋淋地捞出两块塑料片，上面依稀印有红字。

"……宁镇寿衣厂？"李伟把两块塑料片拼起来读道。一直站在旁边的毛易这时候突然睁大了眼睛："对，下宁镇有家寿衣厂，东西还挺贵，我妈他们村有个人在那儿上班。"

李伟没理他，又在厨房垃圾桶里翻出一张纸。上面潦草地用笔画了幅结构图，像是某种锁具的横切面结构图，还用极细的笔写了几个数字：2-01-401。

"像是个地址。"林美纶说道。李伟点了点头，一时想不起来和案件有关的人谁的地址是这个，遂让林美纶查一查，然后说道："让技术部门把这些线索都扫一遍，看看指纹和曹麟的能不能对得上，如果对上的话，'二四灭门案'、'安慕白疑似自杀案'和'胡梓涵中毒案'就能并案处理了。"

"之前我听监狱的人说，曹麟的动手能力很强，画这个结构图是不是方便撬锁？"林美纶问。李伟这时候还沉浸在三个案件的并案上，没有理会她的话，半天才反应过来："对，不过安慕白、胡梓涵和赵保胜都没有穿寿衣，难道是给下一个案子预备的吗？"

"你是说，如果曹麟的确没死，会模仿将军山分尸案，给尸块穿上寿衣？"林美纶哑然失笑，"咱们怀志的规矩，只有很亲近的人去世，才能由本人给他穿寿衣，而且必须要穿。也许是曹麟买给他姐姐的衣服。"

"曹芳都死二十年了，还穿什么寿衣。再说她那是个衣冠冢，根本没有尸体。"李伟又拿起了那张纸，"如果真是曹麟干的，他也没必要给这些人穿寿衣啊，他们非亲非故。"

"看看这个地址，也许能有什么收获。"林美纶给汪红打了个电话，让她帮忙查询现有资料中，在"二四灭门案"等三个案件中的相关人员中，谁和这个地址有联系。半小时后，汪红的回复让李伟和林美纶目瞪口呆。

马志友家住胜利机械装备厂小区二号楼一单元四〇一室，除此之外，现在掌握的信息中，没有人与这个地址相近或有关联。

"难道马叔真跟这个案子有关？"林美纶怎么都不愿意相信这个结果，"昨天杨队说胜利机械装备厂公安处丢失子弹就很可能和他有关系，因为他有一切便利条件。可当时他已经退休好几年了，再说当时也调查过，找不到马志友盗用子弹的动机以及发射工具，基本排除了嫌疑。后来市局回复说，当年找到了嫌疑人，说是公安处的员工李牟中，子弹被他在网上卖了，才找到下落。"

"李牟中说在 QQ 上把子弹卖掉了，可那盒子弹再也没有出现过。直到十二年后，有个嫌疑人用这颗子弹打了我一枪。"李伟阴阳怪气地接了一句，逗得林美纶险些笑出声来，"人家没留下弹壳，你怎么知道就是丢失的子弹？"

李伟虽然和林美纶开了几句玩笑，可心里尤其紧张。今天的发现对案件进展相当有利，可由于暂时不能确定曹麟的生死，他仍然是十五个水桶打水——七上八下。经过技术人员的详细检查，一天后就得出了结论：李伟和林美纶发现的出租屋现场、几张有关键信息的纸上面，都找到了曹麟的大量指纹和脚印，肯定是本人。

也就是说，目前可以正式将"二四灭门案"、"安慕白疑似自杀案"和"胡梓涵中毒案"并案处理，让其他干警从胡梓涵中毒案上撤下来，加入专案组，全力追查重大嫌疑人曹麟。

至于马志友的地址为什么会出现在曹麟的出租屋内，暂时还不能给出满意的答复。除了林美纶之外，所有人都认为马志友的嫌疑不能排除，最起码综合他现在的情况看，此人为曹麟同犯的可能性很高。

林美纶仍然固执地认为马志友的嫌疑不大。除了追查曹麟和孙浩见过的那个大胡子以外，李伟还想再会会马志友。虽然董立反对，可杨坤最终还是批准了李伟的意见。

李伟带着林美纶出发了，原以为不过是一次普通的交流，没想到这次的马志友带给他们的是一个别样的传奇。

第十二章　陈芝麻烂谷子

(1)

　　下午五点，马志友在人民广场写字，周围零零星星地站了几个闲汉，对他的作品指指点点，事实上没人能看得懂他写了什么，说英文不像英文、说中文不像中文，横一画、竖一画，看上去像是刚学会英文字母的儿童涂鸦。

　　林美纶跟着李伟站在马志友身边，愣瞅着他写了一个多小时。眼看着日落西山，冷风吹上来让人一阵阵地打哆嗦，可马志友还没有回家的意思。

　　李伟看见寒风中发抖的林美纶，有些过意不去。往前迈了一步，伸手拦住了马志友："马叔，天都快黑了，要不然咱们今天就到这儿吧。"

　　"什么意思？"马志友眯起眼睛打量李伟，神色中露出一丝淡淡的诡谲，"你们不是找我两天了吗，说什么来看我的字，这才一个多小时就待不住啦？"

　　李伟没想到老头今天思维如此敏捷，话说得自己险些接不住。这两天他和林美纶一直在找马志友。他们先是去武卫军的养老院，被告知这几天他根本没来；两人又蹅到马志友家，等了一天也没见人。直到第三天下午，才在人民广场见着马志友。

马志友说自己去常阳市参加战友聚会了，刚回来。问起李伟和林美纶的来意，李伟不太愿意直接说今天的事，便拐着弯说来看他写字。老头一听来了精神，提起笔就开始了，兴头十足地一直写到现在。

"学习的时间长着呢，我们今天就拜师，想慢慢学。"李伟笑道，"一块儿吃饭吧，您喜欢吃点什么？我请。"

马志友停住了笔，似乎在思索李伟的话，半晌才道："行啊，那就走吧。"说着收拾好东西，跟着李伟进了路边一家东北菜馆。李伟直等菜点好上齐，陪着老头喝了两杯，才说道："我们今天找您是两个事，您先看看这个。"说着话解开衣服，露出胸口的纱布。

"受伤了？"马志友探头看了两眼。

李伟笑了笑，说道："前几天我们抓一个嫌疑人，没留神给我来了一枪。"

"这是橡皮子弹打的，要不然你今天也坐不到这儿。"马志友说。看来他这几天病情有所好转，言谈颇有法度。李伟点头称是，接口道："对啊，所以今天找您就这个事。"

马志友没说话，吃了几口菜慢慢放下筷子，好像在下决心，半天才抬起头："我明白你的意思，这种子弹我当年见过，不过处长办公室被盗的时候，我早退休了。二〇〇六年县里成立上海路派出所，从公安处借调过一批人，也是为了管理厂区和家属区的治安。那会儿他们办交接，和上面要了批装备，有两颗报废的橡皮子弹被我带回家了。你们就是为这事儿找我吧？"

马志友的声音不高，却语惊四座。李伟根本不知道他手里还有橡皮子弹的事，遂道："您还有两颗子弹？"

"没有底火，让我扔地下室了。"马志友轻描淡写地说。李伟想了想，又从手机里调出曹麟家那张写着疑似马志友家地址的纸："您看看这个是什么，地址像是您家。"

马志友接过手机端详了一阵，皱着眉问李伟这东西是从哪儿弄来的，这图就是他地下室用锁的切面图。当李伟说出曹麟的时候，老头的手微微哆嗦了一下，许久都没有说话。直到李伟问他想到什么的时候，他噌的一下站了起来。

"跟我回去看看，没准儿那家伙把我儿子带走了。"他这没头没脑的一句话震得李伟和林美纶目瞪口呆。他们驱车回到马志友家楼下，跟着他走进地下室。

马志友颤颤巍巍地拿出一串钥匙，借着昏暗的灯光打开了地下室的门。随着咯吱咯吱的门轴转动，一股刺鼻的味道扑面而来，差点让林美纶吐了出来，瞬息间她已意识到这是浓烈的福尔马林味。

灯打开了，眼前出现的一幕让林美纶目瞪口呆。

只见地下室放着一个两米长的老式浴缸，浴缸里残存着浑浊的大半缸液体，里面空空如也。旁边地上横着两块大玻璃板，看样子是之前用来盖浴缸的。除此之外，地上稀稀拉拉地还流了不少液体，像是从浴缸里洒出来的。房间里的空气极其不好，浓重的福尔马林味让人作呕。

不用说，水缸里的东西就是福尔马林了。林美纶想到疑似曹麟的坠车现场那具焦尸被检验出曾长期浸泡于福尔马林当中，立时明白了三分。马志友双手一摊，无奈地说道："曹麟把我儿子偷走了，亏我当他是亲儿子。不用说，那两颗橡皮子弹也是他偷了改装的，用来打你的枪，我猜是射钉枪一类的东西装了橡皮子弹头。"

"这到底是怎么回事？"李伟说道。马志友叹了口气，带他们走出地下室回到楼上，待大家坐好才慢悠悠地说道："我知道曹麟出狱以后会给他姐姐报仇，不瞒你们，有一阵我还想帮他的忙呢。后来他没用我，可能是嫌我年纪大了吧。"

"您不是没找到儿子的尸体吗？"李伟问。

"我在济梦湖找了四天，就是想把他俩凑到一块儿。"马志友说话的时候挺平静，没有因为谈到儿子而有多悲伤，"结果只找到了儿子的尸体。后来我给他起了个衣冠冢，把尸体就放这儿了。逢年过节，人家都团聚的时候，我还能背着老伴来这儿看看儿子。"

"那曹麟是怎么知道这件事的？"林美纶问。

马志友苦笑一声，回道："当然是我告诉他的。自从他出狱以后，他娘就一直在养老院里。我说你既然没了家，就拿我这儿当家吧。他就说我当您干儿子吧，以后您就是我爸。就这样我们认了亲，他说马硕就是他哥哥，将来我没了，他也来看他，给他上香烧纸。"

林美纶忽然想到曹麟出租屋里的寿衣碎片，立时意识到应该是曹麟给马硕尸体穿的衣服。按怀志当地规矩，送去世的家人走时必须给他穿好寿衣。李伟显然也想到了这一点，两人目光相碰，都读到了对方目光中的含意。

"李警官，你知道当年我是怎么找到我儿子的吗？"

"怎么找到的？"

"文辉有两个朋友，一个叫季宏斌，一个叫孔自强，都间接参与了杀害我儿子儿媳的事，就是他们告诉我儿子死在哪儿了。季宏斌后来之所以被灭口就是因为他和赵保胜喝酒的时候听说了当天的经过。心狠手辣的文辉就对季宏斌下了手，把他支到哲盟右旗除掉了他。"

"当天的事情是季宏斌告诉您的吧？"

"对，我带他到我们公安处审讯室，还没问他就自己招了。那天是正月十五，天气不算太好，有点阴。文辉带着赵保胜想到济梦湖弄点钱花，他们所谓的弄钱就是抢劫那些过路或钓鱼人，弄个三五十的零花。那会儿他们都还是毛贼，开始并没有作大案的想法。"

马志友娓娓道来，说得极为生动。林美纶联想到之前孔自强交代的经过，开始脑补出画面来。看两人无话，马志友继续说了下去。

"他们俩打车到的济梦湖，下车的时候没给司机车钱，还让司机等一会儿。司机估计瞅他俩不像好人，开车跑了，钱也没要。文辉带着赵保胜往里走了一段，没见着钓鱼人，就骂骂咧咧地往偏僻的地方走。该着我儿子马硕和儿媳妇两人倒霉，正被他俩堵上。"

李伟听得入了神，待马志友的话音告一段落才连忙拿出手机录音，马志友没理他，继续说道："马硕和曹芳都是特单纯的孩子，那会儿也没啥安全意识，两人在车里没有锁车门，又把车开到那么偏僻的地方，文辉一把就把门拉开了。文辉和赵保胜身上都带着刀和绳子，见他们两个小年轻好欺负，就先把他们捆起来然后就搜钱。谁知道我儿子那天没带多少钱，曹芳身上又没有，他们就来了气。"

"后来呢？"林美纶急着问。

"他们让马硕回家取钱，马硕开始不同意，后来文辉无意中发现了马硕的工作证，看他竟然是个交警，就来了气，说了好多警察的坏话。我儿子不爱听，和他辩白了几句，竟然引出了文辉的杀意。你们想，因为这点事杀人，这文辉是不是疯子？"

"他就把你儿子杀了？"李伟边听边分析着马志友的话，没听出什么明显的纰漏，只是觉得这么详细的事季宏斌怎么会知道？难不成赵保胜或文辉自己说的？

"文辉动了杀心，任凭我儿子说给他多少钱都不行。他们把他嘴堵上，拉到车外湖边捅了九刀才把他捅死，尸体直接就绑了块石头扔湖里了。回到车上，文辉见曹芳漂亮，就骗他说把我儿子绑起来了，要是想救他就得听他们的话。曹芳就同意了，被他们带上车，先是想开远一点，后来发现车里没油了，就带着曹芳去加油。"

李伟听林美纶说起过孔自强的交代，似乎和马志友的话能对上，更加开始怀疑马志友参与"二四灭门案"的可能性了。到后来干脆想得多、听得少，马志友后面说的话就听得有些不太认真。

"曹芳这孩子又单纯又老实，带着两个坏人去加油，你说他们能安什么好心？当时她要是在加油站跑了也没啥事了，偏偏这孩子小声嘀咕了两句，遇到两个没有良心的女人，根本没理她。她还把找回的零钱给了文辉，结果让人家带到另外一处，被两个畜生先后强暴了。"

(2)

马志友开始还算平静，像讲故事般抑扬顿挫，待说到文辉和赵保胜的暴行时，明显暴躁起来，语气也粗重了不少。

"畜生们欺负完曹芳才告诉她马硕早被他们弄死了，然后用石头砸死她，将尸体也捆了块石头扔到了济梦湖里。干完这两件事，文辉心里害怕，就商量了个对策，给孔自强和季宏斌演了出戏，借他们的口说出马硕和曹芳没死，他们只是抢个车而已。"

"原来是这样，那后来季宏斌是怎么知道真相的呢？"林美纶把孔自强说的话和马志友的话印证，将当年的事情还原了个七七八八。马志友冷哼一声，轻描淡写地说道："季宏斌死前和赵保胜喝酒，赵把当年的事情告诉了他。后来他就被文辉弄死了，这事孔自强也知道，吓得连夜举家南迁，现在也没回来。"

"这么说，曹麟为姐姐报仇，出狱以后策划了好久，还找了帮凶。"李伟故意把帮凶两个字加重了读音。马志友仿佛没有注意到李伟的弦外之音，中规中矩地答道："对，这孩子从小就疑心重，在孤儿院长大，除了姐姐，和谁也不亲。曹芳死后他还真想给曹芳报仇，打残了文延杰，重伤害，判了八年。也是从那会儿开始，我受他养母贺东婷的委托，开始和他有了接触，逐渐觉得这孩子不错。就是戾气太重，想着我也没儿子，就真拿他当了亲儿子，没想到他如今……"说到这儿，马志友低头不语，显得很悲伤。

李伟拿起桌上的茶壶给马志友倒了点水，问道："曹麟想用你儿子的身体给我们演个金蝉脱壳，自己再逃之夭夭。"

"应该是这样。"

"那他能去哪儿呢，他以前和您说过这方面的事情没有？"

马志友仰起头，用一种滞涩的目光盯着李伟："他没去泉州吗？那儿有好多船可以工作，当那种黑工船员，用别人身份证就行。有个真事，那个'鲁荣渔2682号惨案'里面的情况我听曹麟说过，要是他将来有事就去出海，也许还能找个国家黑下来。"

茶壶里没水了，李伟抢着去厨房倒水，无意中发现后阳台的角落里竖着放了几根短钢管。如果换作旁人，见马志友家这么乱，他又有老年痴呆，有什么也不会注意。偏偏李伟一直对马志友不放心，见到短钢管，立时想到前几天开枪打自己的犯罪分子好像用的就是自制手枪。

端着水出来，李伟问马志友转业以后的事情，马志友道："打完仗以后，我从部队回到地方，分到胜利机械装备厂。第一个工作是铸造车间的车间主任，干了两年半，后来厂里失窃现象严重，领导听说我是侦察兵出身，便动员我去公安处工作，开始我还不愿意去，谁知道这一干就到退休。"

"这么说，您的技术应该不错吧？"

"技术，什么技术？"马志友眼皮一翻，好像意识到了什么，"我是管理人员，干活不用我动手。"

"那您是一点不会？"

"你指什么？"

"车钳铆电焊这些。"

"不会，我说了我是车间主任，不干活。"他似乎不愿意说这个话题。

李伟也没说话，在屋里来回踱着步子，有意无意地说道："上次您让小林他们看了嫂子的日记，不过没看完，还能再瞅瞅吗？"

马志友慢悠悠地站起身，颤颤巍巍地从书架上面取日记本。李伟站在他身后，在靠墙位置的不起眼处发现了另外一个日记本。他眼疾手快地将日记本取下来，发现也是李玉英的日记，遂道："就这个吧，看完再换那本。"

马志友站在原地，眯缝眼睛盯着李伟，沉默无言。李伟转身告辞，看时间已过了晚上八点。他们没回专案组，而是来到了利军养老院。

武卫军长年住在养老院，李伟他们到来的时候正在巡房，他见到李伟和林美纶颇为诧异："李警官，这么晚啊？"

"哦，没什么事，我们路过。正好告诉你找到马志友了，说是去参加常阳的战友聚会了。"他说到这儿故意停顿了一下，问道，"你不也是他的战友吗，你没去啊？"

"常阳？"武卫军似乎被李伟问蒙了，好一阵才反应过来，"哦，我这儿离不开人。"说着带他们来到办公室坐下。

"下午看他在广场写字呢，就把他送回家了。家里乱得什么都有，我还见不少钢管钢材手枪钻啥的，像个工厂。"李伟笑道。武卫军听得也是一乐："马哥现在年龄大了，所以不少事都忘了，要不准备充分，说话老是颠三倒四。不过当年可能干啊，无论是在车间当主任还是公安处任负责人，都是屡受奖励。"

"哦，他还干过车间主任啊？"李伟明知故问，引得林美纶一阵疑惑，不知道他这葫芦里卖的是啥药。武卫军自然不知原委，点头说道："当过，他这人聪明，干啥像啥，不光能干领导，干工人的活也不比工人差。据说他们车间大比武，他还能上手拿个奖咧。"

"哦，后来去了公安处，想是差点了。"

"不，他干活也没落下。我这儿开业的时候，好多活都是他找车间的人干的。据说那时候他带的徒弟都成了主任，啥事都给他开绿灯。"

"现在铸造车间的主任？"李伟问，"那可了不起。"

"对呀，小张嘛，张永生，我没见过这个人，听他说过。"武卫军说道。李伟暗暗记下，起身告辞。

"李哥，你是怕马志友撒谎？"林美纶一出来就问。李伟也没隐瞒，将自己的怀疑说了出来："马志友说自己不会技术上的工作，可武卫军明明告诉我们他会。而且他今天说话非常流畅，故事讲得明明白白，你不觉得奇怪吗？"

"奇怪，有什么奇怪？"

"我怀疑这是准备好的词。"李伟说。

"这么说，他的话都是假的了？"

"不一定，但提前准备好是肯定的。"李伟说着上车指了下后座的日记本，"回去好好看看这个，李玉英的话应该没错。另外就是，我们得找一趟张永生，我担心他为马志友开了绿灯。也就是说，打我的枪是马志友制作的。"

这可能吗？林美纶没有明说，可心里还是有些不太相信。直到第二天他们来到胜利机械装备厂铸造车间见了张永生以后，这个想法才开始改变。

"当年我在车间实习，虽然老主任不是我的真正师傅，他的技术其实也不错，好多活都是私下教我的，也是为了让我能尽快转正。"张永生说道。他口中的老主任自然是当年的马志友。

"后来你们联系多吗？"

"不是很多，他有时候给战友帮忙干活什么的找我，我要是能行个方便就帮帮他。他请我吃过几次饭，其他就没什么了。"张永生说话中规中矩，一点也不紧张。

"他单独在车间里干过活吗？"李伟直截了当，猜到什么就问什么。张永生回忆了几秒，肯定地回答了他："干过。去年春节，他说有个急活，让我陪他去车间借用机器。我带他过来了，他自己干活我就回去了，后来他干完以后给我打的电话，我再接他出去。"

"干了多长时间？"

"三天吧，我记得是初一到初三。都是他自己早上来，然后我把他关到车间里，他自己带饭干一天，晚上再让我接他。这几年厂子效益不好，加班不多，不少车间都快解散了，我这么做也是——"

"他给你钱了？"李伟冷冷地问。

"几百块而已。"张永生在李伟咄咄逼人的目光中终于挺不住了，"半帮忙嘛。一来他是我的老主任，二来他自己带料加工，也是帮他战友的忙，也算成人之美。"

"他和战友收费吗？"

"这个我不知道。不过我觉得他应该不收吧。"

"为什么？"

"老主任是个特怕寂寞的人。自从他儿子死了以后，他和怀志的战友们联系很频繁，经常动用自己的私人关系帮他们解决各种问题。我们私下都说老主任应该去做生意，左右逢源，还都是免费，你说人缘能不好吗？我琢磨，他是以此来排解失子之痛。"

"他在这儿干什么活，你知道吗？"

"这个我不清楚，他没说我也没问。不过他当时加工坏的残件我还没扔，一直留着呢。"张永生说道。李伟眼前一亮，问他为什么还留着，张永生笑道："其实就是懒，他加工收拾完就走了，留下了一根钢管，可能没看见。我第二天才发现，他买的这种料，就是这根钢管，比我们用的质量好得多，我就留下想给技术工人看看，一来二去把这事拖下来，就扔我办公室抽屉里了。"

说着话，张永生回到办公室找来了一小段黑黢黢的钢管。李伟接过在手里托着，感觉沉甸甸的，看上去和打自己的蒙面人露出的枪管极为相似。他拿在手里比画了一下，张永生吓得倒吸了口凉气："李警官，你不会认为老主任是在做枪吧？"

"有可能吗？"李伟反问他。

"这……这没什么不可能的。"张永生有些害怕了，"看是什么样的枪了。如果做真枪或仿真枪不容易，但要用这钢管做出能射子弹的简易枪很简单，安个把儿做成手枪样，只放一颗子弹，从后面击发就行。"

李伟点了点头，开心地笑了："对，这东西又不沉，做几个应急用嘛。"说着安慰了他几句，带着林美纶离开了机械装备厂。林美纶望着志得意满的李伟，忽然问道："李哥，如果马志友真是凶手，你会抓他吗？"

李伟愣住了，他怔怔地望着林美纶良久无语，最后道："我也不知道，但我是警察，首先要弄清楚事情的真相。既不能冤枉好人，也不能放过坏人，你说是吗？"

"我觉得他挺可怜，要是没有他的事儿就好了。"林美纶说道，"我真害怕张永生刚才说看到马志友在加工枪。你说他儿子死得那么惨，现在孤身一人，当了一辈子好官，只要了一个孩子，晚年落得这么个结局。"

李伟轻轻拍拍林美纶的肩头："现在还没确定嘛，其实我也想过这个问题。怎么说也得先弄明白不是？虽然通过张永生的陈述，我们很容易得出推论，可这些都不是证据。"

林美纶没说话，这时候李伟接到杨坤的电话，说他抓住的那个杀手、苇楠集团文辉手下的股肱重臣张志虎被人在医院里杀了，让他立刻到医院里来一趟。

(3)

从胜利机械装备厂出来，李伟赶赴医院，林美纶在路边等牛智飞。这是李伟的部署，两人分头调查，把工作做扎实。其实还有一层，他没明说，林美纶也知道李伟是觉得张志虎这条线有危险，不想让她参与。

牛智飞这两天被安排审讯文延杰,搞得满肚子火。这家伙有丰富的反审讯能力,就像块牛皮糖,软硬不吃、油盐不进。无论是威逼还是利诱,反正他的原则就是够证据就起诉,不够证据是徐庶进曹营——一言不发。别说那个神秘的老佛爷是谁了,这么多天,牛智飞连苇楠集团到底谁说了算都没整明白。也难怪牛智飞上火。

好在林美纶的出现让牛智飞的心情就像放飞的风筝,一下子从地上飘到了天上。他笑眯眯地跳下车问道:"去哪儿啊,李哥电话也没说清楚。"

"塞北福利院。"两人上车就走,路上林美纶简单地把这几天的情况和牛智飞说了一下:"目前能确定两件事,一是'二四灭门案','安慕白疑似自杀案'以及'胡梓涵中毒案'的嫌疑人都是曹麟;二是曹麟还没被抓获,那具烧焦的尸体应该是马志友的儿子马硕。下面的工作就是摸透曹麟的情况,这也是杨队的意见。"

牛智飞耸了耸肩,笑道:"几天时间查到这么多东西,你俩挺能干啊。那马志友是怎么回事?"听他这么说,林美纶得意地哼了一声:"那当然,你不看我们这几天多忙。"说到马志友,林美纶又有些茫然,"马志友的情况还不明了,李哥怀疑他是曹麟的同伙,但目前没有过硬的证据。"

"先从主犯曹麟入手吧,抓着他,同伙也就不远了。"两人心急如焚,赶到塞北福利院的时候已经是中午了。他们顾不上吃饭,匆匆来到了院长办公室。

塞北福利院的刘院长是个四十来岁的中年妇女,可能是生活条件不错,人长得极胖,再加上个子又高,站在林美纶面前像有她两个大,她伸出蒲扇般的大手领着林美纶简直就像大人带个孩子。好在虽然长得粗壮,但为人和善,说话极是客气。

"你们电话里问的那两个孩子我查过了,很早就被领养走了,我没见过他们。"刘院长说道，"他们在的时候，我们这儿是余院长负责，不过她已经退休了。"

"能联系到她吗？"林美纶问。

"我刚在微信里说了几句，你看。"刘院长把手机拿出来交给林美纶，指着一个备注为余院长的人说，"你们来之前，我们简单聊了聊。"

梦的约定（刘院长）：余院长，我是小刘。刚才警察打电话，说想了解咱们院当年两个孩子曹芳和曹麟的情况，您还记得他们吗？

余院长：有些印象，这两个孩子挺特别。他们想知道什么？

梦的约定（刘院长）：具体的我还不知道，看留下的档案很简单，想着先了解一下他们的情况。

余院长：时间过去太久了，有些东西记得不是很清楚，最好能具体一点，想知道哪方面的内容？

梦的约定（刘院长）：电话里听他们的意思，是想了解曹芳和曹麟被领养及以后的事。

余院长：曹芳姐弟是一九八五年春天被领养的，那时福利院的条件不算太好，能有人领养，对孩子们来说其实是最好的选择，最起码在生活和教育上肯定比我们这儿强。我记得领养他们的人姓曹，是个老师，印象中看上去文质彬彬的，人挺不错。

梦的约定（刘院长）：曹芳他们乐意吗？

余院长：愿意吧，没有孩子不愿意被领养。曹麟在福利院里不太受孩子们欢迎，性格有点孤僻，经常受欺负，我们精力有限，有时候也管不过来。他姐姐没少因为这个和其他孩子打架，所以他们姐弟很乐意跟曹家人走。在福利院里，他们叫党芳和党麟，之后到曹家才跟着姓了曹。

梦的约定（刘院长）：听说曹家开始不愿意要曹麟？

余院长：领养人大多喜欢要女孩，尤其是曹芳这样漂亮的女孩子。他和弟弟相依为命，必须带着弟弟她才跟着走。之前一家就没同意，不过曹家人挺好，最后同意把曹麟也带走了。

梦的约定（刘院长）：他们到曹家之后呢？

余院长：我们有过几次跟进，他们的生活很不错。

梦的约定（刘院长）：没听说其他事情？

余院长：你是说后来失踪吗，我听说了，不过他们应该比咱们知道得更多。

梦的约定（刘院长）：好吧，如果有其他想起来的情况，您还可以跟我联系，麻烦您了。

余院长：不客气。

"就这么简单啊？"林美纶有些不满意地问道。刘院长收起手机，笑道："反正余院长就是这么说的，你们问她，肯定也是这个结果。"她这话说得林美纶和牛智飞均是一愣，都听出话中有话。牛智飞提高声音，强硬地问了一句："你这是什么意思？"

"也没什么，就是这两个孩子的事院里私下也有些传闻，反正听着不是那么回事。"刘院长说这话的时候有些犹豫，好在她还算是个正直的人，觉着不对的地方就说了。

"好多人都说曹家人不好，两个孩子很受气。"

"这是谁说的？"

"我们这儿有个护工，我们都叫她马姐。她妈和曹芳姐弟的养母贺东婷认识，还是街坊，我也是听她说的。"

"这个马姐在吗？我们想和她聊聊。"林美纶问。

"你们等一下。"刘院长打了个电话，很快那个叫马姐的人就到了。听说是问这事，马姐很轻松地叹了口气："我以为什么事呢，这事我们老街坊都知道。曹红军两口子都不是好人，一个变态、一个财迷。"看林美纶面带惊异，马姐打开了话匣子，滔滔不绝起来。

按马姐听说的传闻，贺东婷和曹红军结婚是形势所逼。当时他们所在的屯营乡就他们两个知青，一来二去两人就好上了。后来知识青年大批返城，他们俩在当地成了家，不属于政策内的返城对象，只好在怀志县留了下来。谁知道这件事成了曹红军心里的一个阴影，人也开始偏执。

八十年代初，曹红军西北老家出事，父母、大哥一家均因食物中毒身亡，他媳妇又查出不能生育，人变得非常阴鸷。就在这一年，他提出要去抱个孩子，开始的时候，贺东婷觉得也许有个小孩能让他心情好一点，就同意了。谁知道这家伙心怀叵测，一眼就瞅上曹芳了。那时候曹芳和曹麟在福利院过得不太好，想着能跟着他们过好日子，后来才知道曹红军这家伙是人面兽心，性侵了当时年仅十余岁的曹芳。

开始时，曹芳想带着曹麟离开曹家，被曹红军抓住狠狠打了一顿。贺东婷这时候才知道，也没少为这个和曹红军打架。总的来说，贺东婷这个人虽然视财如命，但本性不坏，正因为有她，曹芳和曹麟后来才得以在曹家安身立命。曹红军之后几次意图对曹芳不轨，都在贺东婷的干涉下没有得逞，曹芳对此心怀感激。几年后曹红军酒后猝死，他们姐弟的生活才恢复正常。从进入曹家到曹红军死，整整五年，曹芳开始被曹红军欺辱过几次，后来虽然偃旗息鼓，谣言却也传开了。

"怪不得贺东婷对曹麟有怨言，原来自认有功。"林美纶说道。马姐深深地吸了口气："曹家姐弟命运坎坷，曹麟对姐姐感情很深，这也是他一辈子都没有再恋爱的原因。我们大伙儿私下都说曹麟这孩子其实不错，不打牌不抽烟不喝酒，不惹事，不乱花钱，自尊心强，对人有礼貌，爱干净，衣服都是自己洗。"

"真是个好男人啊。"林美纶戏称。

"他平时不喜欢出门，爱待在屋里，和周围的人相处很好，有说有笑，和谁都没矛盾。据说生活节俭，不乱花钱，也不出去玩。做事尽职尽责，但和朋友在一起的时候不吝啬。"

"你这都是听谁说的啊？"

"大伙儿都这么说啊。我觉得这人除了姐姐的死这事在心里是个坎，其他还算正常。"马姐说道。

刘院长一直低头无语，这时候才抬起，面带愧色："也是我们工作有疏漏，还认为他们生活很幸福呢。"牛智飞凝神思索，片刻后方道："曹家姐弟被领养的时候一定对未来充满了希望。这事还得去和贺东婷确认，这个女人也不好打交道，满脑子都是钱。"

"那我们现在去吧。"林美纶说着站起身谢过马姐，又和刘院长告辞离开，直奔贺东婷所在的塞北春藤养老院。贺东婷的房间在养老院南院，是一排坐南朝北平房的尽头一间。这是贺东婷第二次见警察来找她，只是换成了个小伙子和漂亮姑娘。

林美纶没和她客气，开门见山地问起了曹麟和曹芳在他家的情况。开始贺东婷百般抵赖，不是顾左右而言他就是不愿回答，最后被问得急了，干脆大嘴一咧，哭了起来："我的命好苦啊，闺女死了，儿子不要我，连养老院的钱也交不起了……"

"贺东婷，你别撒泼，你从无线电厂退休，小三千的退休金交不起养老院的一千六百块钱？"牛智飞瞪圆眼睛，轻轻地拍了下桌子，"我们问你什么答什么，曹红军到底做过那种事没有？"

贺东婷停止哭声，好半天才极其轻微地点了点头："要不是我拦着，谁知道他还能做出什么事来。这家丑不外扬，你说我能怎么办？好在老曹还顾及自己的面子，没敢过分张扬。"

"都满城风雨了，还没外扬！"林美纶冷冷地说道，"曹麟成家的事，你知道吗？"

"什么成家？"贺东婷一脸迷茫，"和那个叫二婷的女人？那是老马介绍给他的，这个我知道。"

"不是二婷。"

"他还有个家？"贺东婷显然不知道史家的事。

林美纶想了想，觉得再问这个也没意思，在她这儿得不到温暖，曹麟自己成个家也没什么不对，便把话题转移开来，重点关注当年的事。问来问去，贺东婷交代的和之前了解的信息没差多少，并没有什么新线索，对分析曹麟现在的行踪帮助不大。

可曹麟藏到哪儿去了呢？现在通缉令已经发出，他根本没可能逃出察哈尔省。如果还在怀志的话，他又能藏哪儿去呢？回专案组的路上，林美纶狐疑地问牛智飞。

牛智飞平时没什么主意，办案子都是跟着老刑警打下手，和林美纶在一块儿也是唯她马首是瞻。可今天不知为什么，他忽然开了窍，说了句让林美纶非常认同的话："那一定有人帮他呗，否则他藏不久。可以从他的同伙入手。如果我们找到那个大胡子，没准儿就能顺藤摸瓜找出曹麟。"

说到大胡子，林美纶忽然想到一件事，激动地一拍手："有了，我想起来一条线索，这次我们肯定能抓到曹麟了。"

第十三章　乍明乍灭

（1）

就在林美纶和牛智飞分析案情，找到新线索的第二天，李伟就遇到了麻烦。不同以往，这次他被关在郊外的集装箱里，锁上了门。室内堆满了废木料和家具，正在熊熊燃烧。

专案组没有人知道他遇到了危险，因为他是被人用电话秘密叫过去的。找他的人既是嫌疑人，也是他的难兄难弟，正和李伟一样，被人关在着了大火的集装箱中。

事情还要从李伟接到杨坤的电话开始说起。

赶到医院的时候，技术人员正在取证。杨坤今天早上接到派出所电话，说张志虎被人杀了。之前张志虎被李伟砸晕，身受重伤，进了ICU，今天本来是他转入普通病房的日子。早上七点，负责夜班的石医生把交接记录填好等下班，听到护士叫他，来到张志虎房间一看，人已经死了，是窒息死亡。

"他应该是被人捂死的，用较软的东西。"石医生老老实实地回答。杨坤看了李伟一眼，意思不言而喻：案子交给你了，你问吧。李伟无奈地苦笑一声，心想，现在曹麟的案子忙得昏天黑地，怎么杨坤不让怀志县局的人来办这个案子，把他交给自己。他是认为自己应该为张志虎的死负责，还是觉得这事和专案组并案的几个案子有关系？

李伟无奈地往前踏了一步，问石医生当天的情况，见没见陌生人等例行问题。石医生回答得挺老实，说没见过陌生人。自从新冠病毒疫情之后，大家的安全意识比较强，来医院很多人都戴着口罩，他也分不太清哪个是陌生人。

"今天上午本来计划让张志虎转普通病房，他人已经苏醒。在ICU这几天，我们给他注射了些安神的药物，好让他多休息。谁知道昨天晚上刚通知家属，今天就出现了这种情况。"石医生痛心地说道。他是有责任心的医生，对自己的病人出了这种事非常难过。

"有谁知道他要转到普通病房？"李伟问。

"都知道啊。"石医生对于这个问题感到很费解，不知道警察意欲何为，解释道，"这事不用保密，我们科多数人都知道，还有住院的病人，要是想知道也能打听到吧。我还通知了家属，打电话的时候是昨天晚上刚下班，从急诊那边来看病的病人也有七八个。"

李伟一撇嘴，心想，这是个麻烦事，一晚上有足够的时间给凶手准备。看来，他只能将希望寄托于医院和周围的监控录像了。

那几年"雪亮"和"天网"在塞北市实施的时候，公安局还和厂家合作，搞人脸识别系统的试点。曾有学生问李伟：以后恶性案件会不会因此变少，最起码看监控比找线索方便多了吧？李伟当时没有正面回答，心底却颇不以为然。他觉得这些学生缺乏基层办案的经验，根本不知道一帧一帧地看监控录像其实相当累人，一点都不比查案轻松。再说，随着监控设施的完善，罪犯分子的手段也会随之更新。正所谓道高一尺、魔高一丈，监控设备都是明面上的东西，怎么能拦着人家想别的办法呢？比如犯案时更专业一些。

后来这个学生被分到桥北某派出所实习，沮丧地告诉李伟，原来凶犯杀人用刀，现在都改用车了，更专业、更隐蔽的犯案手段不能完全用防君子不防小人的监控设施抑制。

就像今天这样，李伟其实从监控中很容易就找到了凶手。可这个凌晨五点进入张志虎病房的人，穿着医生的白大褂、戴着白帽子，全程戴着口罩，正常身材，不胖也不瘦，实在不好分辨，任谁也看不出这个人是谁。李伟也不能让每个进医院的人在摄像头前都摘下口罩吧？

出了楼，这个假装医生的男人就失去了踪迹。李伟怀疑医院有人替他打掩护，可一时又找不出是谁。他掰着手指头把相关利益人数了一遍，现在文辉、赵苇楠夫妇已被控制，正在押解回怀志的途中；文延杰在看守所；宋艳已死，现在还没破案，只能再等等才能顾及她的案子。好像并没有人会从张志虎的死亡中受益。

杨坤一走，李伟独自坐在医院的长椅上发呆。

张志虎是因为蓝韵事件才暴露的，现在看，当时文延杰杀蓝韵的理由着实奇怪，她留下的视频资料里根本没有多少涉及苇楠集团的东西，这些视频甚至不能给文延杰定罪，为什么要杀人呢？难道就是赵保胜比那处房子吗？

想到赵保胜那间用来祭奠曹芳、马硕的屋子，李伟突然打了个激灵。他立即打电话给汪红，让她把蓝韵 iCloud 的账号密码发给自己，用手机登录，一段接一段重听录音。他听得非常仔细，每个细节都不放过。就像他在课堂和学生们讲的那样：对于录像、录音等重要证据，一定要反复确认。

没有发现，但没有发现就是有发现。除了赵保胜的那套房子，这些音视频里的确没什么有价值的发现，更多的是些打情骂俏的内容。李伟放下手机，把苇楠集团相关的既得利益者又梳理了一遍，还是没有收获。

除非那个所谓的老佛爷和这个案子有关系。想到这里，李伟猛然醒悟，这个神秘人现在还没有暴露身份，也就是说，对此非常看重，很可能是个公众人物。也许赵保胜那个房间里有什么没有发现的线索也说不定。

李伟有些坐不住了，他走出医院上了汽车，先去队里取了钥匙，连招呼也没打就再次独自回到塞北市赵保胜的那间房子。他站在阴风飒然的房间里，像看录像听录音一样检查着房间的每个角落。

天逐渐黑了下来，李伟打开灯，跪在地上盯着墙角那微小得不能再小的一个红色小点。这是他整晚的唯一发现，如果错了，那今天就算前功尽弃。在时间如此紧张的节骨眼儿，李伟觉得浪费时间就是在犯罪。其实就像宋局长说的那样，进入状态的李伟和推诿应付的李伟是完全不同的两种生物。

现在已是晚上十点，李伟不熟悉怀志县局的技术人员，没有把握的情况下，他也不好调动。只能动用私人关系，让市局做技术的哥们儿王奎带着发光氨过来帮他个忙。

一个小时后，王奎满脸旧社会的表情出现在李伟面前。

"你是咋回事，老李，说消失就消失，一出现就给我整这么大的难题，这大半夜你要发光氨干啥呀？"王奎别看咋咋呼呼，和李伟关系着实不错，手上活计也相当利落，所以当他按李伟的要求把整个房间用发光氨擦拭，关上灯之后，本就足够阴森的房间里，几乎整面墙都呈现出一种液体的喷溅状。李伟和王奎都知道，发光氨可以让清洗到无痕迹的血液呈现本来的样子。也就是说，这个地方之前发生过流血事件，从血液的喷射状态来看，这最少是一个人的一半血量。

没有人在失去二分之一血液的情况下还能生存。也许这才是蓝韵被杀的真正原因——绝不能让外人知道这个房子的秘密，最好连房子也藏起来。

什么人才能有如此大的能量，让文延杰和文辉在如此境遇下仍要保他的周全？李伟安静地站着，王奎收拾东西离开他不知道，董立带着技术人员和专案组的同事赶到他也不知道。

"小李，这个案子我可交给你了。"想到宋局的嘱托和殷切希望，李伟觉得自己离破案越来越近了。正所谓拔出萝卜带起泥，文辉这个怀志县的大蛀虫自己这次吃定了，下面的工作就是找出这个没有出现在警方记录中的死者到底是谁。

"有什么想法？"董立问道。这几天他和李伟虽然偶有争执，但总体表现已经相当客气。原因无他，关键线索都是李伟找出来的，董立不可能不把李伟当爷那样供着。虽然从他本心来讲，李伟的办案方式和手段他并不理解，也不赞同。

李伟看了董立一眼，觉得人这种东西的确有意思。小时候李伟最喜欢看书，记得父亲给他买过作家郑渊洁写的一套《蛇王淘金》，其中蛇王对人类能容忍极为讨厌的彼此而不发作相当不解，因为在蛇类中，谁不喜欢对方就可以直接去咬它。

李伟就不喜欢董立，一点都不喜欢。之前自己跑现场查案子的时候，他不仅不支持，还屡屡给他和林美纶下绊子、甩脸子。如今自己眼瞅着要掀开大案的一角，他又笑眯眯地贴了过来，明摆着想分一杯羹，或者干脆把功劳取而代之。可惜李伟不是蛇，他还得当人。

"必须找到这个人是谁，我想他一定和赵保胜、文辉等人有着千丝万缕的联系。从这个人身上也许就能摸出那个神秘的老佛爷。"李伟说道。董立歪着头想了想，没有提出什么反对意见，只是问李伟该怎么查。李伟琢磨了一阵儿，还是觉得应该把赵保胜身边所有失踪和非正常死亡的人员名单梳理一下。

"工作量不小呀。"董立嘀咕着走了，李伟很快就听到了他布置任务的声音，内容和李伟的意见别无二致。虽然是个笨办法，但李伟还是觉得找出这个人应该只是时间问题。

第二天早上，当汪红推醒在办公桌上熟睡的李伟，把整晚的工作成果丢给他时，李伟心中真有一万匹草泥马在狂奔。赵保胜、文辉甚至文延杰身边都没有任何可疑的失踪人员。非正常死亡的也基本可以排除嫌疑。

"你看，我早知道你这个思路有问题。"董立冷冷地说了句风凉话，走了，既没说下面怎么办，也没问李伟的意见。虽然大伙儿没说什么，可李伟仍然觉着他们看自己的目光中充满了不满。

（2）

"赵保胜的那个司机张晧，你们问了吗？"李伟想到前几天就是他交代了赵保胜在怀志县的这套单元房的线索，也许从他身上能问出点什么。可惜侯培杰的答复让他很沮丧："第一个就问过了，他什么也不知道。"

"什么也不知道？"李伟在屋里来回踱着步子，思来想去，决定把失踪或出国的名单也加上，扩大搜索范围。当他把这个想法告诉董立的时候，这次得到的可不是支持了："小李呀，咱们是不是应该把精力放到寻找曹麟身上来。既然我们现在知道他就在塞北市，甚至就在怀志县，应该加大搜索力度才对，张志虎这个事还是等等再说。"

董立经过昨天一夜的鏖战已经失去了破大案的信心，觉得不应该让李伟引入歧途，白白耽误了一晚上时间。李伟却不死心，坚持要搜索和苇楠集团相关的失踪及出国人员。这下董立的脸上有些挂不住了，冷冷地丢下一句"要查你查"，转身就走。李伟厌恶地望着他的背影，真想上去揍这家伙一顿。

当然这只是想一想，李伟遇到讨厌的人向来是在心里和他打一架，把对方打得鼻青脸肿才过瘾。现在，他还是老老实实地坐到桌前，一个电话接一个电话地对苇楠集团周围的人进行了解。如今虽然光辉娱乐、登陆科技甚至锦城商务酒店都已经被查封，转交其他部门调查，但苇楠地产还想垂死挣扎，前些天还专门出示声明：经股东大会讨论，决定脱离苇楠集团，法人由赵保胜变更为副总裁黄明。

今天，李伟第一个电话就打给黄明，向他询问赵保胜身边是否有出国或失踪的人。黄明在电话里犹豫了一会儿，说道："李警官，这事我觉得不应该由你来问我吧。如果警方想获得什么资料，完全可以通过正式渠道，你这样算怎么回事？"

"别和我扯这没用的，我就问你到底有没有？如果你在电话里不配合的话，我就把你带到局里问，什么时候说清楚什么时候再走。我告诉你，我在电话里问是因为想省时间。"李伟这话说得半真半假，他是没有权力把黄明扣到"什么时候说清楚什么时候再走"这种程度的；如果黄明懂法或再强硬一点，李伟还真拿他没办法。省时间则是真的，他已经在笔记本上写了长长一串名单，决定都用电话来解决。

好在黄明心里也清楚，法律规定是一码事，执行则是另一码事。就算对方公事公办，自己得罪他也绝不是什么好事，在怀志县恐怕很多事都不好办。想到这儿，他的语气软了下来，踌躇半晌说道："有倒是有一个，不过我觉得和你们的案子应该没啥关系。"

"有没有关系不是你说了算，你就告诉我是谁就行了。"李伟说。

"怀志农商银行的信贷科主任秦增民去年过完年携款潜逃，至今还没有抓到。他之前和文辉、赵苇楠关系都很好。"黄明说道。

"还有其他人吗？"

"没有了。"

"这个秦增民确定是携款潜逃了吗？"

"不确定，但符合你所说条件的就这一个人。"

挂掉电话，李伟找到经侦大队的安队长，了解这个秦增民的情况。安队长告诉李伟，秦增民于去年过完年失踪，同时不见的还有银行的五十万现金。后来初步认定携款潜逃，但没有出境记录，所以还在国内的可能性很大。

"秦增民和苇楠集团的关系怎么样？"

"还行吧，苇楠集团的很多贷款都是他批的，直到他离开也没还完。苇楠地产的赵保胜和他认识，据说和文辉的关系更好一些。经过我们调查，文辉和秦增民有个叫众鑫的小额贷款公司，法人就是秦增民。他利用职务之便，分数次将七千万元现金借给这家公司，事发时归还了三千万，还有四千万未还。"

"法人只有他们两个？"

"对，法人只是他们两个人。不过，有一个疑点，从公司业务往来的记录看，向这家公司贷款最多的是一个叫怀志斑点绿植公司的单位，法人叫班海涛。后来我们查过这个人，是县委书记班向东的侄子，在怀志有很多产业。"

李伟听到这个消息一愣，本能地感觉这个人不一般，不知道是否能和苇楠集团扯上关系，遂问道："班海涛和文辉认识吗？"

"认识，关系还不错。有人见过他们俩，还有秦增民经常在一起吃饭，所以我们一直很注意这个人。但班海涛做事谨慎，深居简出，暂时还没有什么值得注意的地方，而且秦增民失踪后，他和文辉也没再联系。"安队长说。

李伟想了想，还是觉得这事有蹊跷。如果说仅仅是公司业务往来，他还能理解，但为什么秦增民一失踪，这哥们儿就和文辉不再来往了呢？岂非此地无银三百两！

离开经侦办，李伟犹豫了一会儿，还是将这个发现告诉了董立。这几天杨坤挺忙，专案组还是由董立负责，不说不合适。董立想了一会儿，同意了李伟的意见，让技术人员去赵保胜的单元房采血样，以确定是否是失踪的秦增民。

李伟知道，如果血样并非是秦增民的，那他可能会马上失去调查张志虎死亡案的先机，不得不跟着董立先去找曹麟。这样一来，无论是宋局还是让他接手张志虎案的杨坤，都会脸上无光。况且，这二位领导都是经验丰富的老刑警，能理解李伟的感觉，也支持他。他们无论是让他办张志虎这事，还是深挖蓝韵案，其实都是相信他说的文辉绝对有问题，希望他能借这机会为怀志除去一害。当然，要能和现有的案子产生联系就更好了。

怀揣着忐忑的心情，李伟看着技术人员忙碌。好在这次的赌注没有下错，单元房里发现的血迹与秦增民的完全相同，如果要确认的话，还需要 DNA 进一步检测。

李伟兴奋地把这个消息告诉董立，说自己需要进一步的调查。董立在电话里沉默了几秒，没提反对意见。当然他没有说支持，更没有派人给李伟。李伟知道曹麟那边案情紧张，也没多计较，立时驱车到秦家想了解一下秦增民的详细情况。到了才知道，就在他失踪后的第二个月，他老婆就带着孩子移民去了美国。

"这事搞的，在文辉回来之前，只能去找班海涛了解情况了。"李伟自言自语地前往斑点绿植公司，却被告知班总出国过年了，估计得一个月才能回来。

李伟站在斑点绿植公司的照片墙前，望着身材魁梧的班海涛和明星们的合影照片，有种熟悉的感觉。他悄悄拍下班海涛的照片，来到县人民医院监控室对比张志虎死亡那天早上的监控，发现身材完全相同。

从医院出来，李伟回了专案组，找到班海涛和他家人的车辆信息，正打算去趟交警队看看当天早上医院前后门的监控时，手机响了，是个陌生号码。

"李伟吗？"电话里是一个男人颤抖的声音。

李伟愣了一下，问道："你是哪位？"

"我叫班海涛，是斑点绿植公司的总经理。我被人绑架了，在'绿野仙踪'，他让你自己过来救我。"电话里的男人说道。李伟被他吓了一跳，没想到瞌睡给枕头——自己正想找他聊聊，却接到了他本人的电话。

"你真是班海涛？"李伟问。

"真是！你快来救我吧，他说只能你一个人来。"电话里的班海涛显得很害怕，说话声嘶力竭。李伟问他对方是谁，本来没打算问出名字，哪个绑匪会留名呢？班海涛却真说出一个名字来，一个足以令李伟大吃一惊的名字。

"他说他叫曹麟。"班海涛回答。李伟这下彻底蒙了，下意识地往左右看了看，除了他自己以外，大家都很忙，没人注意他在和谁打电话。他定了定神，暗自劝自己一定要稳住，又做了个深呼吸才问："他长什么样？"

"中等个儿，挺壮实，大胡子，戴着副墨镜，穿了身牛仔衣裤。"班海涛说到这儿，李伟听到电话里有人说话，好像是说"告诉他我还有枪"，果然班海涛又补充了一句，"还拿了把枪。"

李伟沉默了，他当警察以来第一次有了种无助感。对方持有武器，又在明处，自己该不该去？这个时候，班海涛为什么会给自己打电话，偏偏这么巧？他不得不谨慎对待，是不是自己的行踪被别人掌握了？此时，距离张志虎死亡还不到四十八小时。

李伟一次次站起来，来到董立面前，欲言又止，搞得董立用极为愤怒的目光打量着他。如果这个时候告诉董立，也许能抓到曹麟，可班海涛就生死未卜了。

李伟想起自己最后一次抓毒犯，被人用枪顶住脑袋的事。最后他干脆站起身，准备把这事告诉董立。就在这个时候，听到汪红和老杜说话："小林他们一早就走了，说是查个新线索。"

小林，林美纶。李伟想起了她在雪夜开车寻找自己，望着那满墙蜻蜓时钦佩的眼神。她是在内部杂志上读到自己事迹的吧？当年破获小白楼案的时候，自己刚刚成为刑警，还是个血气方刚、不知危险的小伙子。

李伟就是在那个案子里认识了妻子成小华，也是在那个时候有了成家的想法。如今十多年过去了，妻子即将临产，该不该冒险呢？

时间一分一秒地过去，李伟还是没有拿定主意。最终他决定把这事告诉老杜，由他晚点转告董立，自己先过去了解情况，如果真遇到危险大不了不出去。

李伟经过老杜的办公桌前，无意中看到桌上的一个东西。他瞬间像被孙行者施了定身法的妖精，动弹不得。

(3)

老杜桌上放着一个相框，里面有张放大的黑白照片。照片里，两个穿着军装的男人亲热地搂着对方肩膀，有一人身后还背着枪。这不是老杜和马志友吗？虽然之前知道他们是战友，但今天看到这张照片还是给了李伟不小的震撼。

"瞅什么呢？"老杜突然出现在李伟身后，把他吓了一跳。他悻悻地站起身，指着电脑桌面说道："电脑壁纸真好看。"

"你审美有问题吧，一个破纯蓝背景有什么好看的。"老杜哼了一声，"我看见你瞅什么了，这张照片吧？"他指了指旁边的相框，"这是我和马志友。我告诉你，现在这个案子没有证据表明马志友参与了，如果有的话，我第一个抓他。你放心，我这个人公私分明。当了几十年警察，还没这点觉悟？"

"看杜哥说的，我就是随便看看。再说他要是参与了，你就得申请回避了，还不用加班加点。到时候，你们战友们问起来，你还能说因为回避了，所以不了解案情，搪塞过去。多好的事。"李伟和老杜扯了几句就往外走，身后老杜兀自还在唠叨。

"我才不回避，回避什么？从哪里跌倒就从哪儿站起来。"老杜固执的声音从身后传来，"要那样，我就直接去找马局，得亲自——"

让老杜这么一搅和，李伟的心情没刚才那么紧张了。踅到自己的临时办公桌前，本来想拿把警用匕首，又觉得这东西没什么大用，就从墙上摘了根警棍倒提在手里，用衣袖挡着上了车。

绿野仙踪是前几年怀志县相当火爆的一家餐厅，位于济梦湖北岸的半山坡上。整个餐厅全部由集装箱组成，临湖凭风，就餐感觉相当舒爽，李伟虽然远在塞北却也去过一回。后来不知什么原因倒闭了，接手的老板也没干下去，就一直荒废着。

李伟赶到的时候已时过中午，他把车开到山上的餐厅停车场，走到就餐区。只见这里杂草丛生，到处都是丢弃的垃圾和残砖断瓦。他喊了两声"班海涛"，不见有人回答。李伟轻轻拽出警棍，又摸了摸腰间的手铐，慢慢地一个集装箱接一个集装箱地找。

一阵轻微的窸窸窣窣声从不远处一个暗红色的集装箱里传出来。他慢慢地左右转了一圈，发现已经到了后厨区域，声音就是从一个贴着仓库标志的集装箱里发出来的。他紧握警棍，贴近集装箱门听了听动静，然后用手轻轻地敲了敲。

随着敲门声响，里面传来一个男人挣扎时的支支吾吾声。李伟猛地踹开门，先是往后藏了几秒，见没什么危险才闪身进屋。

集装箱里昏暗无比，到处堆着破旧的桌椅板凳和成箱的货物，一股浓浓的汽油味充满了整个房间。正中间，一个穿着高档西装的男的被捆得像个粽子，嘴里还塞了块破布，正在呜咽挣扎。

李伟蹲下身，把男人嘴里的东西拽出来，仔细打量着他。

"快救我，快救我，那个疯子把屋里都浇上汽油了，要烧死咱们。"男人约有三十七八岁，在地上滚得久了，身上到处都是灰尘。李伟左右踅摸了一圈，并没有看到其他人，遂问道："那个叫曹麟的人呢？"

"刚出去，不知道干什么去了。咱们快趁这个机会离开，你开车了吧？快点走，那家伙凶得厉害，没说话就把我踹这儿了。"

"你是班海涛？"

"对，是我，刚才是那个疯子让我给你打电话，说他叫曹麟。"班海涛紧张地说道。李伟想了想，刚想给他解绳子，突然想到一件事，又停住了手："我问你，你认识秦增民吗？"

"认识啊，怎么了？"

"他是怎么死的？"

"他死了吗？我只知道他携款潜逃了，后来没什么联系。"班海涛瞪大眼睛说。李伟估计他没说实话，这种人一看就是不见棺材不掉泪的主儿，于是慢悠悠站了起来。

"不说实话，你就待着吧。"

"大哥，我怎么知道他什么时候死了、怎么死的？"班海涛叫道，"你不会认为是我杀了他吧？我和他无冤无仇，干吗要杀人。"

李伟见他嘴硬，正想着怎么撬开他嘴的时候，有人从洞开的门外往屋里扔了个东西，接着门就被人"砰"地关上了。扔进来的东西在地上打了个滚，拉出一条红蓝相间的火线，瞬间点燃了整个房间。

原来被人丢进来的是个烟头。

李伟悚然一惊，眼瞅着整个房间烈焰熊熊，估计几分钟就能把他俩烧焦。他连忙抢到门口想把门踹开，试了两次都没成功。这时候，身下的班海涛又杀猪一样号叫起来，李伟又折回来给他解开绳子。

"都怪你，不早走。"班海涛一得自由先把李伟推了个跟头，然后扑过去使劲用身体撞门，"要是我们早出去就不会有这种事了。"

李伟没有和他计较，站起身和他一块儿撞。怎奈这仓库的门是加固过的，凭他们两人在里面无论如何都不能打开。班海涛眼见火越来越大，呼吸都开始困难，人也急躁起来。他胡乱脱下外衣，疯了一样用手、身体甚至用头来砸门，却宛若蚍蜉撼树，每一次都平添一分绝望。

李伟用未沾汽油的木料杂物把房间分隔开，使其能相对延缓火势，这样他和班海涛就被逼到了杂物堆后面的角落中，虽然暂时安全，可明摆着火迟早会烧过来。

"房间里没有手机信号，你大声喊救命，我来帮你。"李伟不愿意说"救命"这两个字，找了块木头开始有规律地砸墙。可班海涛根本没理会他的意思，绝望地退到墙角，慢吞吞地滑坐到地上，目光呆滞、神情萎靡，已是万念俱灰。

"秦增民是我杀的，张志虎也是我杀的。"班海涛缓缓抬起头，喃喃地说道。他像是自言自语，又像是在和李伟叙述着某个熟人的故事，目光空洞无神，似乎是罹患重症的病人在和家属交代遗言。李伟一惊，从口袋里悄悄摸出手机，打开录音放到怀里，然后整个人翻身趴在地上以保护手机。

"秦增民从银行里搞了几千万到众鑫，然后又贷给斑点绿植，再想办法用假票据从银行套现还钱。本来操作挺顺的，可这家伙老说窟窿越来越大，不太好堵，要先移民。这我们哪儿干哪，要移民也是我们先走，他得再支撑一阵儿，谁知道这家伙不仅不同意，还扬言要告发我。"

"你就杀了他？"

"是文延杰动的手。我只负责把秦增民约到赵保胜那屋里，然后捆上他……"说到这儿，屋里烟越来越大了，空气特别呛。

班海涛咳嗽两声，没来由地笑了起来，笑声凄厉，好像鬼魅附体。浓烟中，两人开始看不清对方。"这两年文辉胆子越来越小，什么事都推出去，我只能让他儿子干。你看他平时人五人六，其实他是我养的狗，连爱犬都称不上，一点都不出色。要不是我的关系，他能有现在的成就？"

"张志虎是你亲自动的手？"

"他是唯一知道我底细的外人，必须弄死。文辉父子和我坐一条船，他们——"

"难道你就是老佛爷？"李伟打断了他的话。班海涛没来由地突然仰天大笑，声音凄凉而尖厉："没错，我就是老佛爷，我就是老佛爷，我就是……"他边喊边推开面前的障碍，突然向火堆冲了过去，看样子似乎精神有些失常。李伟眼疾手快，一把拽住了他。怎奈班海涛这一冲气力极大，险些把李伟带倒。

就在这个时候，仓库的门突然开了，冷风从外面刮进来。李伟措手不及，连着打了几个冷战，他才意识到有救，跌跌撞撞地起身推门，正看到一个人影从眼前闪过。

抬头望去，开门的人身着牛仔服，戴着墨镜，虬髯络腮，果然是一条壮汉。李伟心下一惊，忙道："你是曹麟？"可对方径直跨上一辆摩托车，扬长而去，根本没理会李伟的问话。

稍待片刻，班海涛也从屋里爬了出来，大声地咳嗽着，身体屈得像个虾米。见他如此状态，李伟便有些大意，本想解下手铐过去抓他，不承想本来匍匐在地的班海涛突然暴起，从怀里摸出把匕首，径直向李伟捅来。

李伟没有任何防备，眼看着匕首已没至柄，全部插入了自己的小腹中。一阵剧痛从下至上传来，他感觉浑身没劲，一点力气都使不上，立时瘫倒在地。

班海涛看李伟倒地，想过来拔匕首，忽听摩托车的轰鸣声。他怕曹麟复返，也不要匕首了，转身就跑。李伟站起身挣扎着走了两步，终于支持不住，眼前一黑，再也不省人事。

摩托车在李伟身前停住了，车上下来两个人。开车的是那个中年汉子，虽然戴着墨镜、口罩，仍露出两腮虬髯；坐车的是个老人，也戴着口罩，双目炯炯有神。他走到李伟身前，一把抱起他坐上摩托车。李伟被夹在二人中间，昏昏沉沉地离开了绿野仙踪。

"你真要救他吗？"年轻人问道。老人右手攀着摩托车架，左手揽着李伟，显得有些吃力："因为我们，他才被捅了，我不能见死不救。而且他还是个好人。"

"可他是个警察，迟早会找到咱们。"

"我都这把年纪了，还怕什么警察。你忘记我们的约定了吗？"老人说到这儿停顿了一下，又道，"后悔了？"

"没有，我也无所谓。我就怕你管得越多纰漏越大，上次救那个女警察我就差点被发现。"中年人说。"那也得管，我会尽量给你争取时间。完事我们一块儿离开这儿，永远不回来。"老人悠悠说道。中年人哼了一声，似乎有些异议。老人听出来他的不满，说道："走得了是命，走不了也是命，顺其自然吧。你利落点，我还有事情要做。"

"知道了，我还是觉得节外生枝的事情少干。上次要不是你救那个女警察，苇楠集团对面的那套房子也不会放弃，多好的位置。再也没有那么好的地方适合观察了。"年轻人似乎对之前的事情还有些耿耿于怀，"你为救她，连望远镜都没拿。"

"你怎么还是看不透，把身外之物看这么重。望远镜有啥用，再买一个不得了。"老人哼了一声，"就剩最后一个人了，再办了他，我们就离开，你还是老地方看我的留言。"

"没问题吧？"中年人多少有些担心。

"没问题，有惊无险，上次华垣山坠崖，你不也是怕得要死？"

"问题是我就剩一只眼睛了，你不会让我这次变成瞎子吧？拿根盲人棍从警察眼皮底下过去？当时你不知道我有多害怕。"

"没出息，改变容貌是为了躲过人脸识别。这次你的特征没被他们发现，只要小改就行了，不用做大的改动，到时候把你粘在脸上的大胡子取下来，谁能认识你？坠崖那样的事就这一回。"两人说着，车已经驶出湖区，前往离这儿最近的塞北医科大附属第三医院。

"我查过地图，也去指挥中心亲自确认过，这边只有东门两点钟方向没有监控，我们去那儿，有棵大榆树。你停树下，然后抱着他进去。记住：不要摘墨镜不要摘口罩。"

"知道了。"中年人说着已经把车停到了榆树下。老人骗腿下车，头也不回地上了一辆出租车。中年人也没看他，似乎自己车上根本没人一样，抱着李伟进了急诊室的大门。

第十四章　影子独裁者

(1)

李伟再醒来的时候，发现自己躺在医院里输液。看到他醒了，坐在身边玩手机的同事兴奋地大叫起来："李哥醒了，李哥醒了。"李伟觉着他有些面熟，可一时半会儿想不起来名字。事实上，整个怀志县局，他认识的也不过杨坤、董立、林美纶、牛智飞等七八个人而已。

杨坤和董立从外面疾步走入，却没见林美纶。杨坤俯身到他身前，拍了拍他的手："怎么样？幸亏送来及时。"

"我睡了多长时间，谁把我送医院来了？"李伟只记得自己躺在绿野仙踪餐厅的集装箱外，最后的记忆好像是隆隆的摩托车声。杨坤拉了把椅子坐到李伟面前，用一种诡谲的目光盯着他："你昨天下午出的事，把你送到医院的时候，天都快黑了。你觉得会是谁？"

"杨队怎么笑得这么阴险，直说了吧，我不想动脑子。"李伟也开了个玩笑。杨坤看了眼身边的董立，指着李伟说道："还不愿动脑子，我看你是没脑子。我告诉你，送你来的是曹麟。"

"什么？"李伟噌的一下坐了起来，立时感到小腹处一阵钻心的疼，差点叫出声来。杨坤忙扶他躺下："小心点，一说曹麟你怎么这么兴奋？"

"你们抓着他了？"李伟关切地问。

"没有，我们也是看监控才知道是他。到底是怎么回事？"杨坤问道。李伟听到没有抓着曹麟多少有些气馁，慢慢地坐起来，将往来经过说了一遍。还没等他说完，董立就在旁边一拍桌子："这个班海涛太不像话了，我们必须查清楚。"

"我的手机呢？有他的录音。"李伟说着话摸出手机，找出班海涛在绝望中的交代录音给杨坤和董立听。杨坤抬起头问董立，这个班海涛是不是班书记的侄子。

"是他，为人一直很低调。"董立说道。杨坤嗯了一声，问李伟怎么看，李伟说道："我觉得光有这个还不够，一定要查清楚他和苇楠集团以及秦增民的关系。这事曹麟之所以插手是因为涉及文辉，我感觉他应该是想把文辉连根拔起。"

"为什么这么说？"

"苇楠集团虽然暂时查封，光辉娱乐和登陆科技也基本回天乏术，但苇楠地产还活着。这家公司现在脱离了苇楠集团，仍是怀志县的第二大开发商，很有实力。文辉表面上和苇楠地产没什么关系，但怀志县谁都知道他才是这家公司的实际控制人。"李伟重伤初愈，说得急了些，难免有些气短。

杨坤起身给他倒了杯水放到桌上，鼓励他继续说下去。李伟喝了两口水又道："曹麟是个杀手，要为姐姐报仇。这个人非常有心机，他可能觉得凭自己的能力不足以对付文辉，要借我们的力量。"

"这就是他救你，并且提供信息给你的原因？"

"对。如果这样的话，这人绝顶聪明，工于心计，这一切都应该是他计划好的一部分。不过，既然我们入手了，在这一点上，和他的目标也算一致。"

"嗯，但不能让他完全得逞。你发现的那间出租屋我们查过了，除了那几张纸，没别的线索。我担心曹麟还要犯案，所以提醒文辉和赵苇楠注意安全。赵苇楠可能还好，现在涉及苇楠集团的事需要暂时拘留，文辉必须得小心。"杨坤说着把目光投向董立，"老董，这个任务交给你，不能再出命案。"

"没问题。"董立刚说了一句，李伟就制止了他："我觉得在文辉破产以前不会有生命危险。我要是曹麟，肯定会让他身败名裂，之后再杀他。"

"你不能代表曹麟。"董立抢白。杨坤摆了摆手，阻止了他们的争执："还是小心点好，这事让董哥和老杜去办。班海涛的事就交给小林和小牛，他们还找你有事呢。"

"他们什么事？"李伟诧异地问道。杨坤摇头站起来，转身离开病房，就听外面叽叽喳喳有人说话，一听就是林美纶的声音。接着就看见她和牛智飞走了进来。

董立看他们进来要出去，被李伟拦住了："董队别走，一块儿说说案情。"林美纶这会儿已经跑到了李伟床前，扑上来关切地问道："李哥，你怎么样了？"

"我没事，你没看生龙活虎得很嘛。"李伟看见小燕子般的林美纶心下稍慰，问她找自己什么事。林美纶恍然道："对，那天我和小牛说呢，你记得当时有人开车送我回分局吗？"

"嗯，怎么了？"

"当时我被捆着，嘴里也堵着东西，那滋味别提有多难受了。可我鼻子没事啊，我一直能闻到一股特殊的味道。"

"什么味道？"

"来苏水的味道，你还记得吗，我们在马志友身上就能闻到这种味道。"林美纶信誓旦旦地说道。李伟看了眼牛智飞，后者不约而同地点了点头。两人好像真的在马志友家和他身上都能嗅到那种淡淡的来苏水味。李伟低下头沉默不语，脑子里飞快地将这几个案子在脑海中过了遍。

"单凭这个也说明不了什么问题。"他终于抬起头，对林美纶说道，"今天还有一个任务要交给你们，就是要帮我查清楚斑点绿植公司负责人班海涛的情况。他是县委班书记的侄子，苇楠集团的隐形大股东。"

"哦，那曹麟的案子呢？"牛智飞在一旁问道。李伟指了指一直沉默不语的董立："董队会安排跟进，我们还是分头进行。"林美纶扫了眼身边的董立，冲他笑了笑："那我下面该怎么做啊，董队？"

"你们——"董立愣了片刻，随即道，"就按李伟的意思办吧，有什么问题随时联系。"说着又不再说话。林美纶和李伟招了招手，直起腰说："好吧，那我们现在就去。"

"注意安全，这个人是个危险分子，很可能已经潜逃。你们的任务就是把他的情况摸清楚。"说到这儿，李伟觉得应该把案情和他俩说一下，便把班海涛的事拣重要的说了一遍，唯独隐去自己遇到曹麟这段。

离开医院时是早上九点多，林美纶和牛智飞不敢耽搁，直接前往斑点绿植公司找班海涛。其实他们也清楚，这会儿班海涛准不在公司，可线索要从这儿查起。

两人到了斑点公司所在的写字楼才知道，他们公司今天就没有上班，不知道为什么，一个人都没来，留的几部电话也都没人接听。林美纶找出李伟刚才给她的资料，发现班海涛和妻子在三年前就离婚了，房产归女方，登记的地址是济梦园小区。

"济梦园就是济梦湖的第一个别墅区吧？听说外国人特别多，小区都是别墅，均价和北京北五环的房价相当。"牛智飞探着头感叹道。林美纶笑了笑，朝他打了个响指："走，带你去看看怀志最贵的房子。"

虽然两人做足了思想准备，可当他们进入这个平时只有主人邀请才能进入的小区时，还是被里面的豪华吓了一跳。原来济梦园不仅全是别墅，小区还非常大，一面紧临济梦湖，岸边的码头上停满了各色游艇。

"师傅，这都是谁的游艇啊？"林美纶跳下汽车，问一个正在码头执勤的胖保安大叔。胖保安看了她一眼，估计没认出问话的是警察，但还是客客气气回答了她的问题："这个游艇码头是小区的，这儿停的都是业主的游艇，小区代管。"

"哦，真有钱，这东西不便宜吧？"迎着绚烂的朝阳，游艇身上光洁的漆面反射出夺目的光芒。保安点了点头，说道："不便宜，最少也得百十万。"

"哦，不知道我爸那个朋友家买了游艇没有。"林美纶随口说道。牛智飞见她谎话张嘴就来，不禁哑然失笑。保安眨了眨眼，问她这个人叫什么名字，林美纶装作想不起来的样子，好半天才说："班，班海什么来着。"

"哦，班海涛啊。你看最里面那艘最大的白蓝色相间的大船没有，那个就是他的游艇，里面可大了，卧室、客厅、浴室、书房啥都有，三室一厅，特别豪华。整个小区最贵的这艘游艇就是他的，五百多万。"

"啊——"林美纶吓得直伸舌头，和牛智飞对望一眼，心道，这家伙好有钱，恐怕文辉都不一定有如此手笔，忙又问道："他家在哪儿啊？"

"你爸的朋友你不知道在哪儿住？"保安似乎对林美纶的身份有些怀疑，好在这位大叔脾气不错，很快指给了林美纶，"他媳妇住北区九排十八号，早和他离婚了。他现在住南区，是独栋区，好像有个相好的女人和他住一起。"

"离婚了还在这儿住？"林美纶很奇怪地问。保安点了点头："这小区好，有小型的高尔夫球场，有湖还有商场啥的，别说怀志了，就是在塞北市，也找不出第二个这么高档的小区。估计他是不愿意离开，也不是个例，我知道小区就有好几对这样的有钱人。"

"好，谢谢大叔。"问明方向，林美纶和牛智飞决定先去见见班海涛的前妻。当林美纶敲开门的时候，彼此都愣住了。开门的人竟是赵苇楠。

(2)

前一次牛智飞送文宇昂的时候，在苇楠集团见过赵苇楠一面，双方都有些印象。此时在这里的相遇超出了三个人的心理预期，气氛一下子相当尴尬。还是赵苇楠反应比较迅捷，马上就意识到了警察的来意。

"你们是为班海涛的事儿来的吧？"赵苇楠将他们让进客厅。林美纶和牛智飞只觉得眼前一亮，客厅约有七八十平方米，可谓金碧辉煌，正中的大窗户正对济梦湖，坐在沙发上就能看到碧波荡漾的湖面。

"喝杯咖啡吧。"赵苇楠从厨房咖啡机里倒了两杯咖啡，款款端给牛智飞和林美纶，然后拉了把椅子在他们对面坐下，静静地等着警察发问。牛智飞摊开笔记本，望着面前温婉淑丽的赵苇楠，不禁陷入了沉思。

要说年龄，赵苇楠其实也不小了，看上去还显得挺年轻，给人的感觉一点都不像四十多岁。相较之下，她的同龄人多数已经身材走形、气场崩塌，靠化妆品的堆砌才能挽回少许颜面。面前的赵苇楠完全不同，不仅身材高挑傲人，五官和皮肤也是极致秀美，只略施粉黛就显得颜值逼人，与林美纶相较也不落下风。

如果放在大街上，林美纶就是那种让人见了就想多看几眼的姑娘，美丽大方亲和力强，谁都想认识一下；赵苇楠绝对是那种让牛智飞看都不敢多看的女人，总有一种自惭形秽的感觉，是那种只能远观不可近赏的典型。

这班海涛到底是什么人，怎么会和文辉成了……成了……想了半天牛智飞也不知道该怎么定义他们这种关系。这俩人的心真大。正琢磨着，林美纶开口了，她倒是没有牛智飞想得多，只是单纯好奇："你们这是怎么回事啊？"

"没想到会变成今天这个样子。"赵苇楠轻叹一声，从茶几下面拿出一盒烟来，抽出一支点燃吸了两口，"我和文辉已经离婚十年了，由于担心各方面的影响，一直没和外面说。"

"离婚怎么怕外人知道？"林美纶不解地问。赵苇楠望着她清纯的面孔笑了笑："文辉之后，和我走到一起的人是班海涛，他小我几岁，是文辉的……合作伙伴。也是从他加入开始，苇楠地产公司开始多元发展，不再小打小闹，成为综合集团企业。"

"你的意思是，苇楠集团其实是由于班海涛的原因，才能有今天这样的规模？"

"算是吧。班海涛是班书记的侄子，父亲班建国本身就是商人，家资雄厚。他本身也不是怀志人，搬来怀志的时候，看中了怀志的地产潜力，想收购一个现成的项目，后来就选了苇楠地产的济梦园。也是因为这个，我和文辉认识了班海涛。"赵苇楠说着把手中的香烟掐灭，又给牛智飞续了杯咖啡。

按照赵苇楠的说法，班海涛来怀志之前，已经有了在怀志做网络赌博生意的想法，但运营方式还不成熟。结识了文辉以后，他觉得可以考虑和文辉合作。文辉年富力强，在怀志县有一定的社会关系和影响力，很多事情相对好办，但又没到引起叔叔以及上层领导注意的程度，这样生意就可以神不知鬼不觉地进行下去。

另外就是，有文辉在前面顶着，自己只要处理好和他的关系就行，完全不用出头，也就没有风险。所以他开始和文辉接触，有意无意地帮助文辉解决一些他不能或解决不了的事情。而这第一件事，就是文辉和赵苇楠的关系。

　　原来班海涛之所以能和赵苇楠走到一起，也是因为文辉当时和赵苇楠已经势同水火。赵苇楠的父亲赵秉礼生前在塞北地委任职，塞北市不少干部都由他提拔，正因为这层关系，文辉和赵苇楠结婚后开始做生意，成立了苇楠地产公司。

　　赵苇楠和文辉的结识也属偶然，年轻时赵苇楠喜欢滑旱冰，那时候的溜冰场人员混杂。有一次她去玩的时候，被几个地痞骚扰。文辉和赵保胜正好赶上，二话不说双方开战，打了个人仰马翻。不得不说，文辉的战斗力很强，两人和他们七个人斗了个旗鼓相当，最后都被抓进了派出所。

　　之后文辉被拘留，赵苇楠觉得过意不去，让赵秉礼托人把他弄了出来。两人因此结识，一来二去，年轻的赵苇楠和当时已经结婚并有儿子的文辉好了起来，最终的剧情也极为庸俗——文辉离婚，和赵苇楠结婚，开始走正道。

　　开始两人好了几年，但由于他们出身、阅历、学历、价值观都不尽相同，婚后分歧逐渐加大。这种情况，如果有个孩子可能还好，可无论怎么努力，他们都未能如愿，后来二人去体检，结果是文辉的精子活力低，再次受孕的可能几乎为零；赵苇楠和文延杰的关系也是要多糟糕有多糟糕，没有孩子这层情感调节剂，文辉和赵苇楠的婚姻裂痕越来越大。

　　待班海涛认识他们的时候，文辉和赵苇楠早已同床异梦，就差离婚了。而苇楠地产公司当时刚刚拿了济梦湖这块地，如果这时候分家，很可能影响到公司的业务。班海涛见状，找自己的朋友，也就是后来被他杀掉的银行信贷科主任秦增民给苇楠地产注资，改组成立苇楠集团，让赵苇楠做法人。之后，他又协调赵苇楠和文辉秘密离婚，一来二去，和赵苇楠产生了感情，也就顺水推舟成了家。

　　如此一来，班海涛不仅解决了赵苇楠和文辉的家庭问题，还让苇楠集团成为怀志第一大综合企业，使文辉身价倍增。虽然他挣的钱多数都落入了班海涛的口袋，但两人一个得名、一个得利，也算一举两得。至于赵苇楠这朵带刺的玫瑰，推给班海涛后，文辉怕自己形象受损，影响到他才开始的仕途，还和赵苇楠、班海涛签了个协定，并未对外公布离婚的消息。

班海涛这人虽然比赵苇楠小，但很务实，他没有文辉那么要面子，除了喜欢御姐之外，最大的爱好就是打理自己的财富，一步一步实现心目中的理想：买别墅、买豪车、买游艇、买飞机、投资移民……

他办事圆滑，聪明无比，在文家左右逢源。连一向和父亲以及赵苇楠均不睦的文延杰都和他关系甚笃，称他为"老佛爷"。加上班海涛担心枪打出头鸟，影响到叔叔，所以尽量不让其他人知道自己的存在，乐得做个影子独裁者。

说完这些，赵苇楠好像将积郁了几十年的衷肠一诉到底，深深地松了口气，表情也轻松了些许。林美纶又问她为什么后来又和班海涛分开。

赵苇楠无奈地苦笑一声："有钱的男人能有几个耐得住寂寞？他结婚半年以后就开始夜不归宿，身边的女人走马灯似的换。除此之外，他的胆子也越来越大，不仅搞房地产、搞网络赌博，还和文辉打算搞阿拉伯茶种植，这东西是毒品，他根本就是在给自己挖坟墓。"

"你就不劝劝他？"林美纶说。

"你觉得他这种人会听我的话吗？"赵苇楠冷冷地顶了林美纶一句，神色中充满了轻慢，好像她的话有多可笑。林美纶心中不快，狠狠地瞪了她一眼。赵苇楠却像没看见一样丝毫不以为忤，又轻声细语地讲起了自己的事："班海涛和秦增民因为贷款闹掰了，根本原因还是班海涛一直想搞新型毒品，不仅风险大，资金量也大，秦增民不愿意蹚这潭浑水。"

"他就因为这个杀了秦增民？"

"不清楚，我只听班海涛说他跑了。"

"那你和文辉去越南是怎么回事？"

"和班海涛会合啊，他要是不杀张志虎，我们也许就在那儿见面了。"赵苇楠柔声说。林美纶吃惊地望着她，一时没想起来她是怎么知道这件事情的。赵苇楠得意地微微仰起头，以一种从上到下的姿态望着林美纶和牛智飞："我回来就被你们请走了，今天早上刚回来。你们两位恐怕还不知道吧？不过我有个好律师，这一点文辉可比不了。"

"班海涛去哪儿了？"牛智飞提高声音喝问道。赵苇楠白了他一眼，似乎完全没把眼前的两个小警察放在眼里："我怎么知道？"

"我就不信，他就没说什么？"

"苇楠集团的事情，他都知道。自从文宇昂和文延杰出事以后，他就开始往境外转移资产。由于时间紧，所以很多钱都是以我和文辉的名义出去的，后来我们就商量，如果有紧急情况先到越南。"她停下微微喘了口气，端起面前的咖啡喝了一口，"我们上飞机前，他打过一个电话，说张志虎是个大问题。后来也没说别的，感觉他对自己身份这事看得挺重。其实那会儿他要走了，你们也很难在短时间内找到他头上。"

林美纶没有说什么，可神色分明出卖了她。赵苇楠笑道："我不知道他会躲到哪儿去，他在这个小区还有个家，听说还有个相好的，他不大可能带她走，你们要不然去问问她？其他的，我真不知道他能去什么地方。他是单亲，父亲在我们结婚当年就去世了，除非现在去他叔叔那儿，让班书记帮他想办法。"

林美纶看了看牛智飞，牛智飞又瞅瞅林美纶，两人谁也说不好这事和班书记有没有关系。正在这时候，屋门响动，似乎是有人用钥匙开门的声音。赵苇楠脸色微变，噌地站了起来："真是说曹操，曹操就到。有我这儿钥匙的，现在只有他了。"

林美纶和牛智飞也愣住了，没想到在这儿竟然能遇到班海涛。

(3)

济梦园小区正门对面的湖边，停着一辆很旧的面包车。离面包车不远的湖岸上放着马扎和一个红色塑料小水桶。夏天的时候，这种情况经常见到，每每有钓鱼人一坐就是一整天，水桶里总会装各种淡水鱼。只是现在这个季节，收获的性价比很低，来的人并不太多。当然，不太多也不代表没有，所以车停在这儿也不算显眼。

只是车里的人并没有钓鱼，事实上，他连钓竿都没准备，放在湖边的东西只是掩人耳目罢了。此时他坐在驾驶室前，用望远镜紧紧盯着小区门前。从时间上看，牛智飞和林美纶已经进去一个小时了，按理说应很快就出来才对。

车是他偷来的。这年头偷车并不容易，如果让车主发现车被偷，会很麻烦。之前的行动已经把他几个月来物色的僵尸车资源用尽，这恐怕是最后一辆可用的车了。不过他不太在乎，计划已经快要结束了，眼瞅着就要大功告成。

警察的车终于出来了，开车的还是那个姓牛的小伙子。他发动汽车，准备跟上去，就在这时候，一向的谨慎告诉他似乎有什么不对。他放下望远镜，不紧不慢地跟在后面，就在前车拐弯的时候，终于发现警车里似乎多了一个人，具体是谁没太看清楚，但似乎是男人。

难道文辉被他们带走了吗？不对，经过这两天的观察，他确信文辉此时还在公安局给苇楠集团的乱摊子擦屁股，不可能出现在这里。那会是谁呢？计划中的名单里并没有这个人，他没有精力和时间去查出这人的下落。

思忖片刻，他重新将汽车停回济梦园门前，不紧不慢地守着，看样子很可能又是漫长的等待。好在天还没全黑，赵苇楠的汽车开出了小区，顺着怀云路往城里方向走，看样子应该是去看孩子。

没错，这个方向是去看孩子。这个连警方都还没有掌握的信息被他了解得一清二楚。这个孩子是赵苇楠的小儿子，第二次离婚后由赵苇楠独自抚养。想到这儿，他豁然开朗：刚才那个被带走的男人不就是班海涛吗？是自己把他和李伟关在一起，逼他交代犯罪事实的啊。

人老了，这记性还真是差，撂爪就忘。对，就是班海涛。他没想到班海涛还会回济梦园来，如果是自己，早就逃之夭夭了。离开绿野仙踪是班海涛唯一离开怀志的机会，失去了就永远失去了。

他跟着赵苇楠进了城，又看着她去超市买了不少东西，来到孩子所在的小区。在这里帮她看孩子的是赵苇楠母亲老家的远房表妹母女俩，来怀志已经快三年了。自从她和班海涛离婚以后，她就把孩子送到了这里。她离婚三年，孩子四岁。这是个聪明的女人，两次婚姻给她留下的财富不仅可以让她把孩子抚养成人，也足够她养老。苇楠集团的法人其实是个挂名的职务，她相信有办法将法律制裁降到最小。

计划里本来没有班海涛，这个人就像海底的石头一样，随着海水干涸才逐渐暴露出来。他考虑了很久，终于发现如果不把班海涛扳倒就不可能达到目的。只是这个人和赵苇楠的关系太复杂了，他不得不临时改变了计划，使之原本非常完美的方案有了一点点瑕疵。

晚上九点左右，赵苇楠从小区里出来，看样子应该吃了晚饭。她开着车离开城区，绕过半条内环路，开进了纤维厂家属区。这里面应该有文良（也就是文辉父亲）留下的一套老房子，是当年纤维厂的福利房，已经有四十多年历史了。

看来文辉回家了。苇楠集团的主要负责人是赵保胜和文延杰，这两人一死一关，文辉被连累的可能性其实比赵苇楠还小。如果说挂名法人要承担责任的话，文辉最多伤个皮毛。他知道这家伙早就准备了健康状况堪忧的相关文件，很可能连看守所都不要他。

趁赵苇楠去找文辉，他换上一套快递公司的衣服，从大衣口袋里拿出一把枪，擦干净，放到一个没有密封的纸盒里。枪是他自己加工的，这把枪只能放一颗子弹，还要用大拇指从后面击发，但样子非常像手枪，有这一点就足够了。他需要的是威慑力而不是杀人，况且必要的时候，这东西不是不能杀人。

他走出汽车，用右手托着盒子站在文辉家门口的阴暗处，大约等了四十多分钟，不到十一点的时候，赵苇楠从楼里走了出来。他躲在角落，确认文辉没有跟出来，趁赵苇楠上车的空当，转到副驾驶门前，一把拉开了车门。

"你是谁？"赵苇楠一时没认出他，还以为是个送快递的小哥。他轻轻地从纸盒里拿出手枪，迅速跳上了副驾驶。

"开车。"他把枪交到右手，微微喘着气。刚才的几秒奔跑和紧张快速地消耗着他的体力，让他好一会儿才缓过气。上一次这么累还是救林美纶的时候，他必须要在曹麟和那个司机交涉的几分钟内把自己车上的人换到对方车上，再悄悄地拖回去。好在那天晚上没有月亮，野外的视线很微弱，那个不太聪明的司机没有发现他把人调了包。

说起来简单，如果没有过人的胆量和体力是干不成这种事的。他曾经是个侦察兵，几十年都没有停止锻炼，为的就是这一天。如今虽然年纪大了，可他仍然觉得自己还是那个活跃于敌人后方的优秀侦察营长。当年，因为在对越作战中的出色表现，被择优提干，一直让他骄傲至今。

"你……你是马志友？"赵苇楠紧张地发动汽车，好一会儿才让车平稳行驶。马志友点了点头，没再说话。这时候，他们已经驶离纤维厂家属区，马志友叫赵苇楠靠路边停下。

等车停稳，马志友让赵苇楠双手伏在方向盘上，从后腰取出副网上买的仿制手铐，把赵苇楠铐了起来。如果再年轻十岁，马志友都不屑于用这种东西，可现在他觉得得力的工具是抵消年龄和体力下降的最好选择。

把赵苇楠嘴堵上，马志友才敢让她坐到后面去，同时取出绳子捆上赵苇楠的双腿。马志友夫妇为儿子的事，已经准备了十多年，虽然之前从未想过某天真的会实施这个计划，可细节早已烂熟于胸。他可不愿意冒险，万一这个女人要和自己同归于尽，他在副驾驶可是无力阻止。

马志友开着赵苇楠的汽车又回到济梦湖对面，在这里不仅有他自己的车，更主要的是监控还没覆盖。这是他花了一年时间绘制好的怀志县区监控分布图中不多的盲点之一。

赵苇楠被他带上面包车，然后开进了离济梦湖最近的南甘庄村。这里有马志友租的一个大院子，足够开三辆车进去。之前他偷的车都藏在这里，直到消耗殆尽。

停好车关好门，马志友解开赵苇楠腿上的绳子，带着她走进了房间。此时，他已经没有多余的力气扛她进屋了。

"你儿子的死和我没关系。"赵苇楠一语中的，她已经知道马志友为什么带自己来这儿了。想到赵保胜死时的惨状，她有些不寒而栗。马志友没理她，慢慢地倒了杯水喝，好半天才问道："那两个警察把班海涛带走了？"

赵苇楠没想到他会问这事，愣了一阵儿才拼命点头："带走了，他早和我离婚了。刚才其实是找我拿钱，想离开塞北。"

"蠢到家了，这时候还找你拿钱，他这影子总裁是怎么当的。"马志友嘀咕了一句，又问道，"警察和他说什么了？"

"什么也没说，他进屋的时候，警察被我藏起来了。他找我要钱，警察出来就把他抓了。"赵苇楠有些害怕，说话非常紧张。马志友想了想，记得抓他的时候那家伙挺有劲，要不是自己拿着枪差点就让他跑了。不过这家伙也是运气不好，正和得到消息的马志友赶到一起，提前一步捂死了张志虎。

如果不是他杀了张志虎，马志友还没留意这个人。他记得自己跟他到了楼下停车场，然后突然暴起将他按倒，就在被对方翻到身下的瞬间，马志友掏出了手枪。

在多数人没有见过枪的情况下，这东西的威慑力会成倍放大。班海涛刚才还如此凶悍，立刻就成了纸老虎，任由马志友带到绿野仙踪。马志友不愿露面，就换了曹麟审他。两人装束相同，又都戴着口罩和墨镜，估计这家伙在如此慌乱的情况下也不会注意。不过到那会儿，马志友觉得无所谓了，能拖延一刻就是好事，就算立即暴露也在预料当中。

别看这家伙细皮嫩肉，没挨几下就开始求饶，可实话一句没有。他只好让曹麟骗李伟过来，再放火烧集装箱，诱使班海涛把自己的犯罪事实交代出来。说实话，这是步险棋，要是这哥们儿挺着不说，他们也不能真把这两人烧死。好在班海涛外强中干，在洞悉人性的马志友看来，死前是他最渴望得到认同的时候。

只是他突然暴起伤害李伟是马志友没有料到的事，他也不能放着不管，就像那天眼睁睁着林美纶和牛智飞两人进去，只出来牛智飞一个人一样。作为一个侦察兵，马志友十分相信自己的眼睛和判断力。他儿子是警察，所以他不愿伤害警察，更不愿看着警察在自己眼前出事。纵使枪击李伟时，马志友的心里也有杆秤，知道橡胶子弹的威力足可以让他逃离，却无力杀人。

想到这儿，他打了个唉声，问赵苇楠是不是准备和警方合作，该说的都说了。赵苇楠沉默良久，缓缓地点了点头。

"你没做过什么坏事，其实应该饶了你。可是你和文家，以及和班海涛的关系这么不清不楚，又有一个文家的孩子，我不杀你怎么能让文辉感到恐惧呢？"马志友慢条斯理地从床底下拿出一把剔骨尖刀，明亮的刀刃在日光灯的照耀下发出夺目的光芒。

"不要——"赵苇楠刚喊出这么一句，就被马志友堵住了嘴巴：

"认命吧,我都认命二十年了。"马志友横操尖刀,像追求完美的雕塑家面对一尊厌恶的作品那样,毫不犹豫地对准赵苇楠的咽喉!

第十五章　阴婚和碎尸

(1)

　　早上起来，文辉热了杯牛奶。这么多年来，这是他头一次为自己弄早餐。他慢悠悠地回到客厅，电视里正放今天的新闻。文辉身体不好，飞机上差点犯心脏病，所以警方没有抓他，而是让他在家里等传唤。

　　回来以后，他一直猫在父亲留下的这套老房子里，集团的事情完全没过问。昨天晚上赵苇楠来说班海涛被抓了，估计整个集团被破产清算也不会太久。文辉喝口奶，庆幸自己有意不吃药是多么明智的选择，否则的话，自己是不是会步班海涛后尘？

　　他这辈子什么没见过？最底层的小混混儿当过，企业家联盟的负责人也干过，大风大浪都闯过来了，怎么能在这儿翻船。想当年自己一文不名，不是也有了偌大的家产。说起来，苇楠地产公司的成立和赵苇楠不无关系，没有赵秉礼，就没有今天的成就。

　　至今文辉还记得自己第一次去她家时的情况。赵秉礼坐在客厅的沙发上，像看动物一样盯着自己，目光中没有丁点儿温度。文辉平时没怕过什么人，可一见到赵秉礼就浑身不自在。他们就这样尴尬地坐了很久，赵秉礼忽然开口问他家里的情况，文辉支支吾吾地说不出来。他不知道赵秉礼是否了解自己有家室，没敢明说。

"你要真打算和苇楠好，就赶快把家里的事情料理清楚。"赵秉礼一句话就给他的后半生定了性，他说话中自然而然地有种威严，这是他在领导地委工作中的职业习惯。文辉咬了咬牙，最终和张秀萍办了离婚手续。

其实张秀萍没有什么对不起自己的地方，之前自己惹是生非，经常是她找人弄自己出来，整夜整夜地哄孩子等自己，把饭热了一遍又一遍。张秀萍很普通，无论是家庭、颜值还是生命，都是普通得不能再普通的那种女人。可文辉觉得自己不应该这样活，他不愿守着张秀萍过一辈子这种日子，所以从赵家出来，他终于下了决心。

孩子让文辉要了过来，可他经常往张秀萍那儿跑，这一直让文辉很头疼。从叛逆期开始，他就不喜欢文辉，不仅仅因为他觉得文辉对不起张秀萍，更重要的是，他不喜欢文辉纸醉金迷的生活。可他自己呢？长大后，文延杰从某种角度上就是文辉的翻版，甚至更过分。

文延杰原谅文辉，与他和好，还得感谢班海涛。后者通过文延杰一个同学的关系找到他，希望他能说服文辉合作。开始文延杰没同意，他根本不想管父亲的事情。可班海涛还是通过一些非常手段让他就范了，据文辉了解，应该是文延杰某个女同学的魅力。这之后文延杰找到文辉说：如果你不和班海涛合作，我这辈子都不打算再和你说一句话。

虽然赵苇楠反对，可文辉还是同意了。他不仅想改善和儿子的关系，更重要的是，希望能实现自己的抱负。可惜事情的发展完全超出了他的预料，文延杰不仅比父亲更有野心，而且更加不择手段。借此契机，他与班海涛狼狈为奸，将苇楠集团变成了他们的私产，基本不受文辉约束。经过这件事，文辉彻底对他死了心，父子之间貌合神离。

苇楠集团开始疯狂扩张，班海涛带给他的不仅是资金和人脉，还有对文辉全方位的碾轧。他能做的只是班海涛的代言人，执行一个又一个命令，文辉真切感觉到了刺骨的寒冷。他没有选择，可带着苇楠集团在刀尖上跳舞的人是他文辉，不是后面玩着他的老婆数钱的班海涛。

赵苇楠是个聪明的女人，知道这样下去迟早会毁了两个人。再加上他们早就看对方不顺眼，干脆分开了事。文辉没想到，赵苇楠刚和班海涛结婚就怀了孕。

赵苇楠拒绝给孩子做任何形式的亲子鉴定，就为这事拖了两年，最后班海涛和她摊牌，她干脆离婚了事。这下她把班海涛也坑得够呛，几乎被分走了一小半家产。两人屡次对簿公堂无果，要不是文辉于心不忍，用苇楠集团给她担保，再加上班海涛不敢张扬，天知道这家伙会不会走极端。

可自己为什么要帮赵苇楠？难道是感激赵秉礼的那句话和他的全力支持？苇楠地产是赵秉礼亲手打造的，临终前，这位老人还当着众多亲友、下属的面，将女儿的手交到了自己手里。文辉什么都没说，他觉得这辈子做得最正确的事，就是这次用苇楠集团换回了赵苇楠的心。直到现在，文辉仍然觉得和她离婚是自己另外的一个错误决定。

和班海涛离婚后，赵苇楠主动要回来工作，虽然她不管事。班海涛也没和她完全断了联系，有意无意地保持着若有若无的关系。至于赵羽枫，则由她自己带。没错，孩子姓赵，不姓班也不姓文，管班海涛叫班叔叔，管文辉叫文伯伯。每当想起这个事，文辉就有点蛋疼，这他妈是多狗血的一件事，恐怕电视剧都不敢这么演，偏偏就发生在自己家。

据文延杰说，班海涛对这事也是极为光火，又有些无奈。他需要解决的问题太多了，不能因为这种鸡毛蒜皮的事影响前途。在他看来事业最重要，家庭、女人和孩子只是副产品而已。事业上的一切障碍都要无条件清除，副产品只需要顺其自然就好。反正他不缺女人，愿给他生孩子的大有人在。这和文辉完全不同。

文辉老了，他没有班海涛的野心，也没有他的精力。他现在更愿意帮着赵苇楠糊里糊涂地把赵羽枫培养成人，别再走自己和文延杰的老路。自己不愿弄清楚孩子的身份了，可能赵苇楠自己也不知道这孩子到底是谁的吧？这甚至还能证明他本人没有失去生育能力，还是个男人呢！

出来混，迟早要还。文辉太佩服写这句台词的编剧了。真他妈精辟，无论放在自己身上，还是班海涛身上，都是一语成谶。绕了一大圈，他好像是黄粱一梦，什么都没有得到，又坐回了老宅的沙发上看电视。

这次文延杰承担了苇楠集团的绝大部分罪名，班海涛如果不是自己作死，根本查不到他那里。无论怎么说，这孩子是恨透自己了，再见面恐怕不是自己探监就是他给自己上坟了，前提条件是他愿意去。不过文辉觉得，那时候的文延杰白发苍苍，比自己现在还老，也许能体会到他的苦衷。

文宇昂被宋艳的家人带走了，他们甚至没和文辉打一声招呼。所以昨天赵苇楠拿出宋家人给她的抚养权变更协议的时候，文辉几乎要疯了。他不想签，可又不得不签，直到赵苇楠拿着协议离开，他觉得自己的心都要碎了。

如今的文辉，什么都没有了，好像转了一圈又回到了原点。说来也怪，他竟然不恨曹麟，总觉得这是命运使然，如今只求平安就好。

早点吃完了，追忆到此结束。文辉今天和赵苇楠约好，再去见孙子一面。时间也差不多了。他慢吞吞地洗了碗，还不慎弄伤了胳膊，又手忙脚乱地拿了块创可贴贴上，胡乱地找衣服穿。正在这时，门铃响了。

赵苇楠有钥匙，难不成又是那个爱管闲事的贾大妈？她负责全楼的电费、水费收缴，要是有一户不交，她就能敲破你们家门。文辉想到这儿，从抽屉里翻出五十块钱，猛地拉开门，却看到一个快递公司的小哥站在门外。

　　说是小哥，年龄应该不小了。他身材魁梧，戴着口罩、墨镜，一副叉叉丫丫的大胡子从两腮钻出，给人一种不怒自威的感觉。他手里捧着一个半尺多见方的纸盒，从上面撕下快递单号交到文辉手里："到付，二十五块钱。"

　　"什么东西，谁寄的啊？"

　　"不知道，寄件地址是——"小哥拿起盒子瞅了一眼，"山东胶州。"

　　文辉愣了，山东胶州是他的老家，祖籍所在地。他小时候听父亲文良说过，二十世纪二三十年代的时候，山东闹饥荒，他太爷爷文靖勋跟着家人从胶州一路逃荒到天津，在外国人的工厂里做工。后来英国人承建塞北到常阳的塞阳铁路，在天津招工，他应召跟来塞北，就留了下来。现在文辉的户口本虽然籍贯填的还是胶州，可那地方早就没家人了，怎么会有人给他寄东西呢？

　　迟疑时，快递小哥伸手和他要钱，文辉把五十块钱递给他，瞅着他找了零钱下楼，才拿着盒子回屋。盒子挺沉，不知道里面放着什么。他在屋里找了好久才寻出一把小刀，慢慢打开，里面是个泡沫塑料盒，掀开盒盖才发现是整整一盒冰块，最上面放了个苇楠集团的钥匙扣。

　　看到这个钥匙扣，文辉心里一紧。这东西他太熟悉了，不仅因为他是苇楠集团的总裁，而是这个钥匙扣自赵保胜被杀首次出现，再到如今自己落到今天这步田地，这东西一直紧随其后。屈指算来，赵保胜被灭门才不过月余，自己的境地怎么就像从天上到地下一样。

　　文辉把泡沫塑料盒子随手扔到一边，又感觉不太对头，难道对方送来这么个东西给自己？他又拿起纸盒，上面都是打印的字迹，只有"山东省胶州市城北文家庄"几个字非常清晰，寄件人的姓名却是文良，没有留电话。

　　这是说要让自己回老家吗？父亲文良都去世快四十年了，他给自己寄东西不是召唤自己过去的意思吗？这寄件人也忒歹毒。想到这儿，文辉把盒子拿到卫生间，把冰块对着马桶就倒了下去。

"哗啦啦——"随着冰块掉落，一只白皙秀美的人手从盒子里跌了出来，"扑通"一声溅出无数水花，打在马桶盖上、马桶圈上以及文辉的脸上，手腕关节处露出森森白骨，还微微渗着没有擦干的些许鲜血。

明显是女人的手，修长的无名指上还戴着一枚斑斓夺目的钻石戒指，那微露点点星光的淡粉色立时让文辉陷入了混乱当中。这枚戒指的主人就是昨天晚上还和他见过面，今天相约要去看孙子的人。

这是赵苇楠的手！

(2)

班海涛的归案让整个专案组着实兴奋了一阵。虽然他和"二四灭门案"等一系列案件没有直接的关系，但通过他的交代，警方已经基本确认曹麟就在本市，抓他结案似乎只是时间问题。如今整个塞北市就像是个铁桶，曹麟再有本事也不可能再犯案了吧？

曹麟偏偏就要和警察作对，这边布置任务的会还没开完，那边文辉的报案电话已经打了过来。杨坤带着李伟、董立一干人立刻放下手头的工作，足足忙了一整天才梳理出点头绪。这期间，他们又在文辉家门口的小超市里发现了另外一个给他的大箱子，里面同样用冰块装着一对切下来的女人脚。

据超市老板娘讲，快递员应该是早上九点多把快递放到这儿的，说文辉家没人，委托她中午十二点的时候给文辉打个电话，临走的时候还硬塞给超市老板娘二十五块钱。根据监控和时间推算，他应该是从文辉家出来后送的第二份快递，两份快递的递送人都是曹麟。

虽然现在已经把曹麟的新形象输入了怀志县在逃人员信息系统，可由于他的虬髯形象都是戴着口罩和墨镜，无法有效采集面部特征点，所以要通过人工筛选查找他的行动轨迹，致使事倍功半，拖慢了案件进展。

另外就是，曹麟对怀志县的监控设施非常熟悉，虽然主干道已无盲点，但由于很多小区的监控不完善而导致的疏漏点，为曹麟逃亡提供了方便。

吃过晚饭，大家都没有回家，围坐在一起探讨案情。李伟坐在牛智飞身边，接过他递给自己的香烟，没有急着点燃。这段时间的工作量骤然加大，一次又一次地将李伟回家看媳妇的梦想击得粉碎。每到这时候，他都会后悔自己为什么会答应宋局长这么个差事，下次坚决不当冤大头。可这阵过去，他还是会像拼命三郎一样把全部精力投入到工作中去。

技术员老孟刚把发现的部分肢体情况做了介绍。李伟看了两眼笔记，问了几个没弄明白的问题。

"孟哥，你刚才说这三块肢体是人死后切下来的，应该在二十四小时内，但由于冷冻过，会有偏差，那这个偏差大约有多长时间？另外你说的被中等强度离子射线照射过，造成 DNA 有一定程度的破坏，是不是指不能提取 DNA 进行身份确认了？"

"死亡时间的数字偏差要进一步确认。所谓中等强度的离子射线中最常见的就是 X 光，经过照射后会损伤 DNA 的关键信息。至于能不能提取，还要看损伤的程度。"老孟回答。

李伟拿着笔在桌上画了几个问号，又问道："这么说，这三块肢体是通过专业的 X 光设备照射的了？"

"不一定是医用 X 光机。网上有售一些小型或便捷的 X 光设备，经过改造也可以发射中等强度离子射线，只是这样会影响设备的使用寿命。"

"这东西什么地方有销售？"董立问。

"医疗用品专卖店有，有的大药店也会有。另外就是网上购买配送。"

听老孟这么回答，董立满意地和身边的杨坤咬了咬耳朵，然后对老杜说道："老杜，你回头跟一下，到咱们县城卖医疗用品的地方转一转；网上的话，看能不能让市局帮忙，最好一年内发往怀志的这类产品都列个表。"

李伟把董立的话记到了笔记本上，回头问林美纶："小林，我让你查的那个事，查得怎么样了？"林美纶正低头写东西，听李伟问她忙抬起头，匆忙道："那个……我查过了，县城附近没有听说有倒卖尸体的事情发生，倒是杨树岭镇那边离着龙山县比较近，好像有所耳闻。"

"那待会儿你和我去一趟杨树岭。"李伟刚说完，董立在一旁就竖起了耳朵："你们俩什么意思，什么倒卖尸体？"

李伟抬头看了他一眼，又垂头写东西，没说话。林美纶见状忙回答："李哥说想查查尸源，因为我们听说之前有倒卖尸体的事情发生。"

"倒卖尸体，你们的意思是，这三块肢体不是赵苇楠的？"董立疑惑地问。林美纶嗯了一声，不知道该怎么回答他。李伟接过话来道："如果这几块肢体是赵苇楠的，嫌疑人为什么要费这么大的劲来隐藏她的身份呢？昨天我就感觉有问题，因为嫌疑人不愿意伤害赵苇楠的可能性很大。"

"说说你的理由，咱们集思广益嘛。"杨坤插言道。李伟犹豫了一下，斟酌道："马硕的案子发生后，赵苇楠主动去看过李玉英两次。昨天我问过文辉，她说李玉英和赵苇楠的关系一度还不错，最起码能博得李玉英的好感。"

"听你这意思，嫌疑人是马志友了？"董立冷冷地问。

"我还是觉得马志友不能洗清嫌疑。如果我是曹麟，就直接对付文辉了，何必绑了赵苇楠来要挟他？只有马志友这种心思缜密、深谋远虑的人才会这么做。退一步说，如果不是马志友，谁又能是曹麟的帮凶呢？"

"那可不一定，文辉因病取保候审，这几天咱们盯得很紧，嫌疑人根本没法下手。"董立说道。李伟说话的时候，杨坤听得很认真，不时地点着头，听到这儿，朝董立摆了摆手，意思让他先别说话："好，继续说你的理由。"

"第二，如果这事马志友参与了的话，他应该不愿意多杀人。这一点在曹麟冒险救小林、救我这事就能看出来，他一定是说服了曹麟。至于赵保胜家被灭门，我还是倾向于曹麟主导，而非马志友。"

李伟说到这儿调整了一下，接着说道："第三，就是我刚说的，就算他们要用赵苇楠来对付文辉，为什么要寄送处理过的肢体呢？还记得我们在曹麟家发现的线索吗？我总觉得是他有意放在那儿，等我们去取一样。"

"为什么？"杨坤道。

"感觉吧，他们策划了这么多年，每个细节都务求完美，连城里的监控和每次出逃的路线和时间都是精心设计的，怎么能想不到万一被我们找到该怎么办呢？模仿将军山分尸案的线索和箱中男孩一样，就是一种用来混淆警方视听达到他不可告人目的的烟幕弹。"

李伟说完了，专案组办公室内一片安静，所有人都等待着李伟的总结，他却没事人一样自顾自地端起了茶杯。

杨坤愣了几秒，问道："完了？"

"完了，他要达到什么目的我也不知道。不过还是要先去看看尸体的来源。"李伟以退为进，怕董立反对，杨坤又不好反驳，干脆先发制人。果然，杨坤这次没等董立说话就先提出自己的意见："行吧，你们去一趟也好，把工作做扎实。"他说完又想起了什么，忙提醒道，

"那个文辉怎么还在局里，我刚才看他在食堂吃饭呢。"

"他说他不敢回家，这儿安全。"林美纶说道。

"这是怎么回事，还得找人陪他。"杨坤说着站起身摆了摆手，"散吧，该干什么干什么去。董师傅，你来我办公室一趟，晚点要向媒体公布案件进展，你和我商量商量……"

李伟看了看时间，正好是下午上班，于是走到林美纶身边："你和小牛辛苦一趟吧，去弄明白尸体的事。我还想找班海涛聊一聊。"

"和他有什么聊的啊？"林美纶奇怪地问道。

"我去和他聊聊赵苇楠的事，我觉得这个女人挺有意思。关于她，咱们现在掌握的信息还是太少了。"李伟没有和林美纶细说。他隐隐觉得这个能在班海涛和文辉之间游刃有余的女人颇有传奇色彩，脚踏两只船又让两边的男人不恨她，甘愿付出，真不是一般人能做到的事。

林美纶茫然地和牛智飞离开专案组，不知道李伟怎么想的，这时候了解赵苇楠有什么用。不是应该马上抓捕曹麟，找出马志友参与的证据吗？她当然不知道李伟的直觉，有时候直觉是一种说不清楚的东西。

牛智飞挺乐意和林美纶去杨树岭镇。那是怀志县最偏僻的地方，紧临龙山县，从镇里出发，到龙山县城开车不到二十分钟，距怀志县却要一个多小时。他们这次是要找出贩卖尸体的线索，所以首先来到杨树岭派出所，想让派出所的吕所长帮着找找线索。

吕所长五十多岁，人长得很魁梧，说起话来声音洪亮。他昨天已经和林美纶通过电话，所以也没客气，直接介绍起情况来。

"杨树岭这边有不少村还有土葬的习俗，再加上离龙山县比较近，所以龙山那边的尸源相对好搞。有几个村有人专门从事尸体贩卖的生意，主要就是配阴婚用，女人的尸体很抢手，好的能卖到相当高的价格。"

"都是女人吗？"林美纶问。

"也不一定，看需求，有人要男人小孩也会去给你搞。之前我们抓过几个，据说前一阵，怀志有人要走了个小孩的尸体，卖了两万块钱。"

林美纶和牛智飞一惊，两人都想到了文宇昂被绑架时那个小孩的尸体，忙问年龄和体貌特征，拿出照片让吕所长发给他的熟人一对，果然就是那具小孩尸体。这下两人心下释然，知道曹麟一定来过这里，很有可能从这儿不止一次购买了尸体。

"龙山县医院太平间存放尸体一般没有什么明确的标准，只要有人送就接收，是收费存放。地下交易一直存在，但量不大。昨天你们问起，我还专门与龙山那边联系了一下，最近还真有人高价收了一具女尸，是个小伙子，说是要给哥哥配阴婚用。"

"竟然还有这种事？"牛智飞感叹道。

吕所长大笑一声，说道："有需求就有市场，这里其实一直隐藏着一条从阴婚市场需求到交易的隐秘链条。这个链条上，有需求者、寻找尸源的中间人，还有盗尸或贩尸的二道贩子。"

"那个女尸是什么情况？"林美纶拿出笔，想做个记录。吕所长想了想，说道："我把那个二道贩子带来了，你们要不然问一问？他知道这尸体的具体情况。"

"行，那就辛苦吕所了。"林美纶客气了几句，和牛智飞去问二道贩子，谁知道对方一见面就说出了个让他们惊讶不已的消息。

(3)

贩尸的嫌疑人叫许飞，长得精瘦，两条文满龙的花胳膊，一双滴溜乱转的大眼珠子，一看就不是什么正经人。见林美纶进来，这家伙一下子就活了，眼睛片刻不离林美纶。

林美纶厌恶地白了他一眼，低下头没理他。吕所提高声音轻轻一拍桌子，喝道："许飞，老实点。"

"老实老实，我一直很老实。"许飞说话带点当地口音，回答问题驾轻就熟，一看就是一根老油条。

吕所点了点头，问道："你老实交代，高价卖的女尸是怎么回事？"

许飞龇牙一笑，说话时还是对着林美纶的方向："那具女尸四十来岁，病死的。一般来说，女人越年轻越好卖，十万八万的也不少。这具尸体是我最近几年卖价最高的一具，整整十五万。"

"买尸体的是个什么人？"

"三十多岁吧，看上去挺壮实。戴着墨镜，还沾了胡子。虽然他没说，可我一看就知道是上次和我见面的那个哥们儿。这人办事痛快，电话里说只要符合条件，钱都好说。我当场打了几个电话，正好有这具尸体，于是拉到怀志，一手交钱一手交货。"

林美纶听许飞的话，来买尸体的人应该是曹麟没错，可他为什么见许飞也要乔装呢？既然之前见过而且有过合作，他又主动找对方，应该是有信任基础才对。只是此刻容不得她多想，追问道："在什么地方交易？"

许飞听林美纶问他，咧嘴一乐，露出的两颗大黄板牙差点把林美纶看吐了。"就在济梦湖边上，我琢磨着是因为那地方没监控。他开了辆面包车，车牌号挡上了。"

"什么面包车？"吕所问。

"松花江，灰色的旧车。他付了钱离开的时候，我用手机拍了张照片，不太清楚，可也能看出车的大概模样。"许飞说完，又转向吕所，"领导，我这可算有重大立功表现吧？"

"想什么呢，你要能帮我们抓着他，我还能考虑考虑。"吕所冷冷回道，"手机在哪儿呢？"

"被你们的人给我收了。"正说着，有人把许飞的手机给吕所递了过来，林美纶接过照片看了看，是辆很普通的旧面包车，没什么特征，车牌号上蒙了张报纸。她让吕所把照片发过来，通过微信转给李伟，顺便把自己刚才考虑的几个问题也发给了他。

"我能帮你们抓他。"许飞兴奋地说，"他走的时候和我说，有可能还要一具男尸，留了个电话号码。我之前说过男尸比较少，得提前打招呼。"许飞忽然说道，"要是我还能约他出来，你们不就抓着他了？"

许飞这句话引起了牛智飞的兴趣，他和林美纶商量这事其实可行，只要地点选好，也许真能成。吕所在旁边想了想，又拿出手机瞅了一眼："现在他已经进来十二个小时了，难保对方是否了解情况。另外，你们说的这个嫌疑人，就是叫曹麟的这个人，是通过网上的电话和他联系上的，人非常谨慎。要是我们让他约嫌疑人出来，会不会打草惊蛇？"

林美纶觉得吕所的话也有一定道理，一时拿不定主意，便打电话向李伟请示。李伟也很谨慎，和杨坤商量后决定试一下。现在要曹麟出怀志县几乎是不可能的事情，这也许是抓住他的一次机会。

事情一定下来，杨坤带着李伟、董立等人没等天黑就赶了过来。他们先让许飞给曹麟留下的手机发了条短信，让市局的技侦支队帮忙定位，然后又忙着安排侯培杰扮成尸体。上报行动方案，回去领用枪支等物资，待曹麟回复信息的时候，已是晚上十一点多。

"给你两个小时准备，一点钟等我消息。"曹麟的回复非常简单，由于开机时间较短，不能准确定位。但这也足以让大家兴奋了一阵，待到夜里十二点的时候，龙山县局的沈局长和怀志县局的马雷局长都已赶到了作为临时指挥部的杨树岭派出所。

时间似乎慢了下来，所有人都开始有种度秒如年的感觉。林美纶没有直接参与行动。虽然她也知道这是为她好，可一想到抓曹麟这么重要的行动都不能参与，心底多少有些怅然若失。此时大家的注意力都高度集中，没人注意到她的情绪，直到零点过了准备出发，牛智飞才过来打了个招呼。

林美纶懒洋洋地嘱咐了几句，和几个领导坐在一起等消息。如果说刚才算难熬，这时候几乎是煎熬了。她不停地翻看手机，就算知道大伙儿都忙，可还是揣着丁点儿希望，想着李伟能不能第一时间给她报个捷。

时间就像停滞了，整个世界仿佛都睡着了。

马雷可能看出了林美纶的焦虑，伸手从口袋中掏出手机交到她的手中："我这个手机特别慢，小林你帮我清一下。"说着和蔼地拍了拍她的肩头。林美纶拿着马雷的手机愣了一会儿，知道他是给自己找点事做，无奈地点了点头。

由于曹麟可能持有武器，所以这次行动的同志都配发了手枪。林美纶一会儿担心李伟出危险，一会儿又怕牛智飞鲁莽，不计后果往前冲，出了岔子可怎么好。整个人心乱如麻，半天也没把马雷的手机弄好。无奈之下，她只好给自己倒了杯水，才喝了两口就收到了好消息。

曹麟被抓住了，无人伤亡。

一下子整个办公室都沸腾了，阵式比林美纶参与过的任何抓捕行动都热闹。马雷笑着拿起手机对林美纶说道："我们处理一下这边的事情，你和小汪、老杜先回专案组。今天晚上可有得忙了，待会儿我给大家订夜宵。"

林美纶做梦一样跟着老杜回县局，感觉最近一个月的工作终于有了结果，比自己高考那年听到分数还兴奋。马上就能知道这个曹麟到底是怎样一个人，又是怎样逃过警方的追查，一个月内犯了这么多案子的。

当见到曹麟的时候，林美纶简直不敢相信自己的眼睛。这段时间他们掌握的资料中，曹麟是个粘着大胡子、戴着墨镜的冷酷中年男人。一见面她就觉得自己被骗了，敢情这家伙的大胡子是自己粘上去的，之所以戴墨镜是他竟然只有一只眼。

林美纶这才想起当日华垣山汽车坠崖，当他们赶到现场的时候，有一个独眼乞丐站在路边看热闹。当时他们谁都没注意，那个满脸灰尘、瞎了一只眼睛的叫花子竟然是曹麟本尊。这真是让人大跌眼镜。

曹麟是牛智飞和李伟带进专案组的，三个人身上都是泥，甚至后进来的董立、侯培杰和杨坤亦无例外。林美纶这才知道，和许飞见面的曹麟异常谨慎，现场也非常危险，当时曹麟的右手一直放在裤兜里，紧紧握着只有一颗子弹的简易手枪。

"一只眼睛，再加上戴着口罩，很容易躲过监控。"李伟解释道，"你猜他藏在什么地方？这半个月，他一直在苇楠集团的后勤打扫卫生，连带烧锅炉。"

"苇楠集团不是关门了吗？"林美纶奇怪地问道。

杨坤走过来笑道："公司一上规模都有大公司病，文辉他们管不了底层人员的任职，最危险的地方反而是最安全的地方。当时曹麟非常谨慎，感觉不对开车就跑，最后被我们堵到台头村口的时候还想弃车溜走。"

"苇楠集团管理混乱，后勤没人注意，只要和部门负责人打个招呼就能进去，这事我会确认，先过一堂再说。"李伟说着和杨坤准备审讯曹麟，一副志在必得的样子。林美纶和所有人一样，也猜测这将是今天晚上的第二个好消息。

可事情和他们想的不一样。曹麟这边还没出结果，那边又发现了一块女人的肢体，却是另外一只手。由于文辉没有回家，尸块被人直接送到了家门口。就在李伟他们抓曹麟的时候，文辉家楼上一个醉汉打开了放置于文辉家门前的纸箱。这位爷看见塑料箱里散发着酸臭气味的人手时，径直从楼梯上滚了下去。

　　监控表明，曹麟当天没有去过文辉家，另有一个戴着墨镜和口罩的人在下午三点多走进了文辉所在的小区。他没有开车，尽可能地避开了监控，从背影和走路的姿态看，与马志友极为相似。

　　曹麟就像之前的文延杰一样，面对审问只有一个原则：不说话。无论怎么问，这家伙的嘴就像粘住了一样无动于衷。从李伟到董立再换杨坤甚至马雷局长亲自参与，结果毫无变化。

　　好在他开的那辆车出卖了他。虽然他人可以不说话，但车的行踪不能完全消失。天还没亮，林美纶已经和汪红等几个同事把这辆车经常活动的大致范围摸了出来。最终李伟在地图上画了一个圈，圈定了汽车最有可能出现的范围：南甘庄村。

　　此时距离抓获曹麟仅过去四个小时，他们决定收网了。

第十六章　悄怆的琵琶鱼

(1)

　　南甘庄村的很多村民都见过那辆旧松花江面包车，属于谁家却很少有人知道。村口修车的胡老五有点印象，说村北头靠山根儿养羊的养殖户马建秋家旁边有一套院子，老两口早三年就去世了，儿子任伟在广州落户，这地方就空了。村里的房子不能卖给外人，村里又没人买，想租出去吧，马建秋家的羊味道很大，好几年都空着。

　　"那辆车可能租的就是任伟家。他们那儿比较偏，我们过去少，周围的味道特别不好闻。"胡老五说道。李伟问明出入村的几条道，确认没有其他小路之后，和杨坤商量了行动计划，趁天还没亮，一干人就包围了任伟家的院子。

　　要说这院子还真大，所有人分开和撒芝麻粒一样。李伟站在门口扒开门缝往里瞅了瞅，隐隐约约能看见点灯光，听不到声音。他轻轻地和杨坤使了个眼色，突然破门而入。

　　屋里没有任何动静，当李伟等人闯入的时候，只有最东边的小屋里蜷缩着正在床上睡觉的赵苇楠，除此之外没有别人。赵苇楠被人捆着手脚，迷迷糊糊地抬起头看到李伟，脸上却无惊喜之色。

　　"人呢？"李伟问道。

　　"什么人啊？"赵苇楠脸上带着迷茫，似乎对警察的到来并不意外。

李伟剑眉微蹙，提高声音道："抓你的人呢？"

"我没见过抓我的人，我回家的路上挺困，就把车停到路边睡着了，醒的时候就到这里了。"赵苇楠平静地说，好像她只是来这儿睡了一觉，真没有见过任何人一样。李伟听她这么说，没再多问，屋里转了一圈，发现外屋桌上放着台笔记本电脑，打开翻了翻，几无所获。除此之外，在小房间发现了一台手持式 X 光机，功率调节到最大发射状态。

"杨队你看，九十分钟前，刚好我们抓住曹麟不久，有人用这台笔记本登录了一个 web 邮箱。"

"能进去吗？"

"不行，让技术人员想想办法吧。"李伟说着让技术人员过来取证，又踅回去问赵苇楠谁用的电脑，还是一无所获。这时候老孟过来叫杨坤过去看看，说是发现了那具残尸。李伟跟着他们来到南房，看见他们正从地窖里取出一具没有手脚的残缺女尸。

"这下，马志友是曹麟同伙的事能定下来了吧？"牛智飞凑过来问。

李伟摇了摇头，很不甘心地望着屋里的赵苇楠："这女人有什么毛病，怎么就是不承认马志友抓了她呢？"

"你怎么确认就是马志友？"董立在旁边问道。

李伟回身看了他一眼，说道："除了他，还能有谁？"

"车辆的信息查过没有？"董立这时候不怎么和李伟抬杠了，也从心里开始认同马志友是同案犯这件事，只是目前手里没有过硬的证据。

只听李伟又道："偷的车还是辆黑车，没手续。"

一时间所有人都陷入沉默。李伟还想做做赵苇楠的工作，可她咬定没见过任何嫌疑人，又以身体不适为由拒绝配合，搞得他也没啥好办法。他悄悄把牛智飞叫过来说道："上次赵苇楠说她还有一个孩子是吧？你天亮就去查查，看看马志友控制了这个孩子没有。"

"哦。"虽然答应了，可牛智飞显然没有头绪。李伟只好告诉他，可以去车管所看看赵苇楠最近的行动路线，无论是谁帮她带，她一定会经常去看孩子。

嘱咐完了牛智飞，李伟又帮杨坤送走了赵苇楠和一干办案人员，和林美纶在屋里多待了一会儿，眼瞅着天光放亮，他带着林美纶去找钱晓娟。林美纶问这时候怎么想起她了，李伟笑了笑却没回答。

钱晓娟对于李伟的到来也甚为困惑。她这几天心情不太好。自从上次和李伟他们遇到张志虎以后，她就受到了惊吓，做梦的时候不是梦到浑身是血的蓝韵，就是被李伟砸伤的张志虎，好几天都睡不好。后来公司干脆彻底放了假，不仅当月的工资没发，连说好年后发的年终奖也没了着落。

这一切，钱晓娟觉得都跟警方对苇楠集团的调查有关。这几天又有消息说公司彻底破产倒闭，看来自己真得再找工作了。虽说苇楠集团干了犯法的勾当，可她只是个打工的，又不知情，和她有什么关系？所以李伟来看她，她并不是很高兴，半天才说一句话。好在这姑娘其实是个热心肠，没什么心眼，和李伟说了几句后慢慢打开话匣子也就好了。

"你真没听说过班海涛这个人？"李伟实在无法相信作为苇楠集团的员工，还是总裁办的员工，竟然不知道有班海涛这个隐形负责人。钱晓娟倒觉得没啥，每天找文辉的人那么多，经常来的也有三五个。他们普通员工怎么会知道哪个人是实际投资或控制人？

"不知道，不过这个人我经常见，开年会的时候，有时候旁听。之前蓝韵说是分公司的老总，我也没多问过。"

"你们还有分公司？"林美纶从来没听过苇楠集团有分公司。

钱晓娟说分公司有四家，位于北京、上海、广州和深圳，都只有几个人，是登陆科技的下属公司，听说搞研发工作。

李伟估计班海涛级别比较高，她真不知道也不是没可能，便换了个话题问起赵苇楠的情况。

"赵总是个挺有气质的女人，我们私下都说她皮肤真好，四十多岁了，一点也看不出来。她本人嘛——"钱晓娟似乎对赵苇楠知道得并不多，只能凭粗略的印象加道听途说来丰富内容，"以前很少在公司活动，即使参与会议也不太管事。另外就是，文总对她很好，有一年过年她参加了年会，之后文总送她回家。我听司机说她喝多了，文总自己把她背回去的，都没让司机上去。"

钱晓娟的话引起了李伟的注意，他问她准确是什么时候，钱晓娟想了很久道："我是二〇一五年初来的公司，当时她没在公司管事，来得很少。好像是二〇一八年年后，她才逐渐负责很多业务。那次事情我是听马四说的，当时我还没来。"

"马四是谁？"

"公司的司机。"

李伟和钱晓娟要了马四的电话，让她继续说。钱晓娟道："我觉得赵总人其实挺好，对谁都笑眯眯的，不像文总和文董，老绷着脸。我们私下都说文总是总经理，对谁都不理；文董是总裁，总想着裁人。"

李伟笑了两声，觉得这孩子挺有意思，只听钱晓娟又道："文董这个人好面子，就是那种好大喜功的类型。他每年都做慈善，老拉上两位赵总，但很少叫文总。我觉得赵总，就是赵苇楠好像不愿意去。"

"你说文辉爱面子？"

"对啊，我有一次去他办公室。他正看一本书，叫什么《墓志铭图书馆》，看我进去，他就拉着我说'小钱，你说我将来身后会有什么样的评价？'"

"你怎么说的？"

"我没想到他会问我这个问题，不知道说什么好，就愣着不说话。文董就说'人都有少年的时候，谁没个十七十八呢，叛逆期有，事业期也要有。既然有了事业，就要多给社会一些回报，百年之后还有人记得你就是好事。'"

钱晓娟说到这里，歪着头想了想，又道："他说他父亲文良当年是塞北国术馆的馆长，又给我介绍他父亲的情况，说现在图书馆里还有他父亲写的一本什么书，还说自己也应该写一本书或自传，如果有机会最好能写本文家的书，和我说自己的祖先是文天祥。"

钱晓娟忽然停住了，忽闪着大眼睛望着李伟："李警官，我是不是跑题了？"

"没有，你想说什么就说什么，我们都爱听。"李伟笑着又让她说说赵苇楠，可她平时和赵苇楠接触很少，并没有什么有价值的内容。李伟谢过后，离开钱晓娟家，根据电话去找马四。

和马四见面是在家麻将馆。这哥们儿显然玩嗨了，竟然让李伟和林美纶等他把这四圈打完，甚至让他们去休息室喝东西，他来买单。李伟走到他身边，轻轻地说了句'你犯事儿了'，吓得他一下子从麻将桌前站起来："你开什么玩笑？"

"过来。"李伟带着他来到休息室，关上门坐好才笑道，"和你聊聊文延杰的事，别紧张。"

"你吓死我了，以为找我的呢。"看样子这家伙也没干过什么好事，一听警察找腿肚子就往前转。

李伟示意他放松，问他文延杰的事情，马四愣道："你们不是已经抓走他了吗，教唆杀人，我们公司那个办公室主任蓝韵不是他让张志虎杀了吗？"

"你听谁说的？"事实上文延杰并没有承认杀人，由于张志虎的死，他们一直也没有得到蓝韵死亡的有力证据。马四这才知道自己说漏了嘴，脸色吓得刷白，不知道该说点什么。

"我……我听张志虎说的。"好半天，马四才说出了事情经过。原来张志虎和马四素来交好，经常一块儿谈天谈地谈女人。有天中午，张志虎吃完饭见马四坐在车里抽烟，就过去和他聊了几句。马四见他脸色很不好，问起缘由，他老半天才说文延杰他们早上开会的时候，发现蓝韵偷听，就让张志虎去处理掉她。

"就为这个吗？"李伟问。

"我不知道啊，我就听他这么一说。反正蓝韵是文延杰的情妇，估计知道的太多了呗。"马四说道，"后来他说不好办，文延杰就说他把蓝韵约到酒店，那儿只有她一个人，到时候张志虎去给蓝韵打一针就行。打针的东西，什么药啊针头啥的，都是文延杰给的，他就去了一趟。"

"后来呢？"

"后来他没和我说啥，不过蓝韵死了，这事他肯定做了呗。张志虎也害怕得要命，甚至给我交代了他的后事，让我在他出事后照顾他老婆孩子。再后来张志虎也被你们抓了，我以为你们知道这事。"马四有些后悔说了这些话，李伟没理他，让林美纶做好记录，然后道："本来想和你在这儿说说就完了，不过你交代的这事太大了，得和我们回去一趟。而且我们还有一件十分重要的事情要问你。"

李伟冷冷地说道。

(2)

马四说赵苇楠在公司就是个橡皮图章，除了签字开会，别的事不怎么管，年薪很高，给人的感觉好像她就是为了挣钱才来这儿工作。反正每天也没什么事，一年的收入赶上别人好几年的工资，何乐而不为呢？

马四也没听说过班海涛这个名字，但他听张志虎和文延杰都说过老佛爷，知道这个人是苇楠集团的后台，至于其他内幕，他这个级别也不可能了解。不过有一件事还是引起了李伟的注意。

马四说好像是二〇一四年元旦，公司开年会，那时候还没和班海涛结婚的赵苇楠来参加年会，本来会后她应该和文辉走，谁知道那天来参会的几个嘉宾非要带文辉去什么私人会所喝酒，说晚了估计就不回家了。其实谁都知道他们准没好事，可这几个人都是业务往来的重要关系户，不能得罪，所以赵苇楠很不开心。

之后文延杰说要带员工们去唱歌，赵苇楠也跟着去了。那天她喝了不少闷酒，眼瞅着就高了。马四和文延杰送她回家，当时她自己在外租房子住。到楼下的时候，都快人事不省了，文延杰说自己扶赵苇楠上去，让马四把车留下打车回去，于是马四就回去了。

"第二天早上，文延杰让我去弘海酒店接他，说昨天又来了几个朋友，出去吃夜宵什么的，就没回家。可我开车的时候，发现里程表上只多了七八公里，正好是弘海酒店到赵苇楠家的距离。"马四说道。

"你的意思是他没去会朋友？"李伟脑子转得很快，马上就明白了马四话中的隐意。林美纶还没听太懂，兀自问道："可能是他朋友开着车呢，他把车放到酒店就没动呗。"

"你见他朋友了吗？"李伟问。

"没有，他说他们在睡觉，也不用打招呼了。"马四谨慎地说道，"后来他就没提这事，不过阳历年后，赵苇楠没来上班，说是病了。我和文延杰还去过一趟，也是让我先回去了。"

"后来呢？"

"这事过完不久，就过大年了，年后听说赵苇楠和文董办了离婚手续。没过半年，也就是三四个月的时间，她又结婚了。对象是我们公司一股东，我以前也见过，挺有钱，一直对她不错。当然这事也保密，一般员工都不知道。"

"赵苇楠和文延杰的关系怎么样？"

"很一般，私底下不怎么说话。我觉得是赵总不愿意搭理文总，有几次文总主动和她打招呼，碰了一鼻子灰，我就在现场。"

"他叫赵苇楠什么？"

"赵总吧？"马四回忆着，"好像一直是赵总。"

李伟思索了片刻，问马四，文辉为什么和赵苇楠离婚。马四听李伟这么问，表情很古怪，好像李伟不应该问这么简单的问题一样："情感不合呗，还能有啥。他们俩没有共同语言，差得太远。"

这话换一个人说出来，其实也不稀奇，难得的是这个叫马四的司机竟然能讲得如此明白，真是让李伟等人刮目相看。只听他说道："你们看过《亮剑》没有，不是电视剧，原著。我这个人爱看书，我感觉文辉和赵总的关系就和《亮剑》里李云龙和他老婆，叫什么来着，那个意思差不多，两人的价值观什么的，差距太大。只不过《亮剑》是文学作品，要夸张一点，还得让读者爱看。我告诉你，现实生活中这种类型的夫妻最后实打实，铁定要离婚。"

"看不出来，你还能总结出这么深刻的理论。"李伟笑着半揶揄道。马四没理会他的话，循着自己的思路往下说："赵总这个人其实挺有能力的，她现在出工不出力绝对是苇楠集团的损失。你说当年文辉弄苇楠地产，其实还是赵总和她爸爸张罗起来的。整个公司从业务到运营，全都是赵总管，那时候文辉才是个橡皮图章，现在倒好，整拧巴了。"

"文辉现在怎么样？"

"你是说对公司的管理？我觉得就那么回事，除了做秀搞慈善、和县里的领导搞关系以外，他做最多的事就是给自己前半辈子洗白，还要参加什么怀志县总商会的会长竞选，弄文氏宗族联谊会啥的，一大堆事。你知道文延杰为什么和文辉关系一般吗？"

"为什么？"

"文辉经常强迫文延杰干他不喜欢做的事。比如和领导吃饭、在商会的朋友面前装高才生。好几次他都和我说这是最扯淡的事，搞得文延杰在饭桌上大气都不敢喘，生怕露馅。你说，文延杰这种人非要弄成知识分子，能像吗？"

"那文延杰平时干点什么？"

"吃喝嫖赌，什么都干，就是没正经事。光县城里面包养的情妇就三四个，蓝韵算什么，还不是小意思。我到现在都认为他们爷儿俩是傍上赵家的寄生虫。直到这会儿，公司很多业务关系还是赵秉礼当年留下的，好多事情都是看在赵家的面子上。当然这个赵家不完全是赵苇楠，他有个堂哥叫赵伟东，是赵苇楠亲大伯赵秉义的老儿子，现在是龙山县的副县长，这也是赵总能在公司任职拿高薪的另一个原因。"

赵伟东的事情，李伟他们不是不知道，只是最近几年，赵苇楠和赵家的亲戚们走得并不近，又和案件无关，所以一直没太受李伟的关注。此时听马四这么说，他才觉得自己似乎没有考虑到这方面的问题，也就是说，苇楠集团的发展除了班海涛的因素以外，赵苇楠本身的影响力也绝对不容小觑。

当然这事和案件的联系很小，只能对赵苇楠的个人心境有个较清晰的把握。李伟眼前似乎出现了气质卓绝的赵苇楠以及她那挂着淡淡忧伤的孤寂。一个年少时错爱浪子、遗恨终生的故事。只是赵苇楠并非故事里手无缚鸡之力的弱女子，而是魄力手段都臻至化境、不弱于男的强女子，也正因此，才有了整个苇楠集团如今的格局。

可是这些东西绝不能解释赵苇楠异常的行为，她无论如何都没有理由为马志友开脱。李伟相信绑架她的人就是马志友，可是她为什么要一反常态地拒绝警方的帮助呢？

"赵苇楠有个女儿，你知道吗？"

"知道，第二次结婚以后生的。不过好像那男的不喜欢这孩子，反正离婚的时候没要。现在有钱人都好几个媳妇，要男孩，从古至今都是这个道理。你没瞅现在人口老龄化吗，将来还得回养儿防老的老路上去——"

"你见过这孩子吗？"李伟不客气地打断他。

马四点了点头："见过，文延杰让我去过几次，给那孩子送了不少东西。不过赵总没要，让我拿回去。我说，赵总你不要我可交不了差。她说你就说我拿了，你处理吧。"

"都什么东西？"

"有小孩的玩具、书、奶粉啥的，还有大人的补品啥的。"

"值多少钱？"

"这……值不了多少，统共几万块钱吧。"说到钱，马四有些犹豫，不知道李伟问这话是什么意思，好在对方并没有继续追问下去。

从审讯室出来，李伟着手安排马四、班海涛分别和文延杰见了一面。当然他们之间不可能有任何形式的交流，但这足以打垮文延杰本就已濒临崩溃的精神防线。最终，他终于承认了自己雇凶杀人的事实。

原来"二四灭门案"发生后，由于不能迅速确定嫌疑人，文辉几成惊弓之鸟，连日开会讨论公司的人员调整事项，想把能交的工作都交出去，甚至和文延杰私下讨论过移民的可能性。只是班海涛那边已经确定成立新公司运营新型毒品的业务，而且已有数百万元的资金投入，如果这时候离开，恐怕班海涛不会答应。

为这事，父子俩多有争执。文延杰觉得自己和班海涛的关系比父亲要好，他没必要和他一块儿扛雷，为他当年犯的错误买单。事实上从这时候开始，文延杰突然有了种如释重负的感觉，如果真是曹麟杀的赵保胜，有很大概率不会放过父亲文辉。那时候自己会不会就是苇楠集团真正的负责人了？

文延杰十分讨厌文辉现在给自己安排的职位，根本就是背着炸药包冲在前线的靶子，平时看着风光，一出事先被拿下的准是自己。可他如今是苇楠集团这艘沉船的主舵手，没法像别人一样跳船。

那天他们又在讨论新型毒品业务的可能性，班海涛也在。忽然听见旁边房间有动静，班海涛循声出去，正好看到蓝韵慌慌张张地扶起一个倒下的花架子。他阴沉着脸回到办公室，让文延杰自己处理。文延杰本来不舍得杀蓝韵，可又怕班海涛饶不了自己，咬着牙答应了。

"我还是觉得知道这件事的人太多了，如果你不处理蓝韵，那我就亲自动手，到时候除了你和你爸爸以外，其他人都要消失。"班海涛从不说做不到的事情，这家伙简直没人性。文延杰亲眼所见，头一天还和他谈笑风生的秦增民被他骗到赵保胜的房子里，一点商量的余地都没有。

班海涛给文延杰递刀的时候，目光中充满了怀疑。让文延杰在赵保胜的家杀人，目的不言而喻。那是文延杰这辈子第一次杀人，事后光处理血迹就忙了好几天。想到这些，他知道必须牺牲蓝韵，否则知道班海涛身份的人可能都会死。文延杰担心，这些人里包括赵苇楠。她和班海涛离婚后几成仇敌，没什么不可能的事。

(3)

对于赵苇楠和班海涛的婚姻，文延杰有自己的看法，那就是一朵鲜花插在牛粪上了。单论外形，双方并不般配。班海涛其貌不扬，赵苇楠则一张银盘脸，容颜端丽，与如今流行的网红脸大不相同。曾经有一次喝酒的时候，班海涛和文延杰说，如果赵苇楠回到一百年前，肯定是上海滩最红的角儿。

"你知道银盆脸是旺夫相吗，在传统相书中，银盘脸才是最好的脸。没你后妈，你爸爸哪儿能有这么大的产业？"班海涛打着酒嗝，拉着文延杰的手，说起来就没完没了。文延杰不太喜欢"后妈"这个词，可他这时候什么也不能说。

"上海滩有个女星叫胡枫，长得和你后妈特别像，两人的气质和孪生姐妹一样。据说胡枫就旺夫，和她结婚以后，她爷们儿的生意越做越大。"说这话的时候，班海涛还没和赵苇楠结婚，但文延杰明显能听出他的弦外之音，以至后来他们走到一起，他的反应远小于父亲文辉。

虽然那时和赵苇楠的感情已经破裂，但文辉还是恼羞成怒，甚至扬言要和班海涛断绝往来。冷静下来后，他并没有这么做，可赵苇楠还是不得不从苇楠集团离职，直到三年后离婚才回来。

说到赵苇楠为什么和班海涛离婚，文延杰的表情立时古怪起来，沉默了好久才淡淡说了句"不知道"，可谁都能听出他的故事并没说完。好在这些东西不影响对他定罪，到这里他的情况已经基本梳理清楚了。

李伟没再和文延杰多纠缠，琢磨着从曹麟那儿想想办法，如果能让他开口，那马志友的问题就算解决了，没必要再啃赵苇楠这块硬骨头。等他回到专案组，正看见牛智飞回来，告诉他两个新发现。

第一，马志友这段时间没去见过赵羽枫，只有保姆对他似乎有点印象，半年前经常在小区里见这个老头和孩子们玩，曾经给赵羽枫送过小玩具、零食。

第二，他在交警队指挥中心见到了马志友。

对于第二个消息，李伟非常重视。他问牛智飞是否看清楚了，牛智飞点头道："看清楚了，他没看见我，我也没和他说话。"李伟想了想，觉得放任马志友在外面非常危险，虽然文辉暂时安全，可难保他不再对赵苇楠下手，另外就是，前政协副主席刘文静已经回国，根据现在对案情的分析，她随时都可能成为马志友的目标。

和杨坤商量以后，决定先传唤马志友，争取在四十八小时内找到他的犯罪证据。两人分头行动，李伟去审曹麟，于是带马志友回来的任务就交给董立和侯培杰。临行前，杨坤告诉董立，马志友身上可能带有武器，让他一定小心。

"放心吧，我们这么多人对付不了一个老头子？他的枪只能打一颗子弹，就算有十把也没用。"董立大刺刺地告诉杨坤，他们很快就能将马志友带回来，希望到时候李伟别让大伙失望。

李伟没理他，和林美纶走进审讯室。

曹麟低着头，还是一副死猪不怕开水烫的架势。这段时间他很疲惫，就算这样，仍然没有开口的意思，看样子是要零口供上刑场了。想到他的遭遇，李伟其实多少能理解他的心情，虽然他无法认同他的手段。

李伟望着曹麟，先自我介绍："我是李伟，你也很熟悉了。咱们直接捞干的说吧，你的情况我们已经摸清楚了，就算你什么都不交代，也能定你的罪。你现在说了，还能争取时间见见你女儿，也是给你身后留个好名声。"

曹麟抬头看李伟一眼，又把头低下了。

"我知道你不在乎这个，可你不想想你女儿和你姐姐吗？你女儿长大了，怎么面对这些事？你姐姐一辈子的名声，到时候都让你毁了，你不心疼她我还替她可惜呢。她多疼你啊，你忘了你们小时候的事情了……"

"别提我姐姐——"曹麟突然歇斯底里地吼叫起来。看得出李伟的攻心术有了效果，说到了他的痛处。可说完这句话，曹麟又陷入了沉默。李伟担心再刺激他不利于交流，便换了个角度和他沟通。

"好吧，那咱们说说马志友吧。"他试探地说了这么一句，看他没有反应才继续道，"你和他到底什么关系，他这么听你的话。你想报仇他就帮你，出钱出力，你因为什么选中他了？就因为他老伴死了，他得了病没了顾忌？"

曹麟不说话，无动于衷。李伟想了想，拿起桌上的烟盒点了支烟："抽烟吗？"看他没反应，走上前把一支烟放到他嘴边，然后说道，"我实话告诉你，你不说一会儿就没机会了。马志友已经被我们控制，等他说了你就可以不说了。"

本来说这话，李伟是想给曹麟点压力，没打算让他开口。既然曹麟预谋了这么长时间，有了必死的决心，今天他也做好了持久战的准备。谁知道这话刚说完，曹麟就愣住了，他接过李伟的烟点着，狠狠地吸了一口，然后说了句让李伟和林美纶意想不到的话："你们真把他控制住了？"

李伟虽然没明白他这话什么意思，可看情况似乎有所转机，不敢迟疑，忙顺着他的话回答下去："对啊，一会儿就弄回来了。"他这话不尽不实，有违反审讯原则的嫌疑，可此时除此之外也没啥好办法。况且对于李伟来说，这种事驾轻就熟，完全不能用常理度之。他不仅办案的时候不拘小节，连审讯这种事也常标新立异。其实这也是当时的领导让他去当讲师的主要原因之一。

曹麟一个劲地抽烟，直到一支烟快抽完的时候，才又抬起头确认："你们真的控制住马志友了？"

"对啊，你怎么这么磨叽。"李伟回到座位，装作满不在乎的样子，觉得到这会儿他已经开始掌握主动权，曹麟就要交代了。可是曹麟下面的话着实让他吃了一惊。

"那太好了，他身上有武器，千万要小心。"

曹麟这话让李伟和林美纶都很困惑，他们不知道他这话是什么意思。难道他和马志友不是一伙儿的？李伟点了点头，觉得应该是曹麟手里没牌打了，开始往好的方向发展。

"不是我那种枪。"曹麟恋恋不舍地扔掉手里的烟头，"那种枪他一共制作了两把，我一把、他一把。除此之外，他还有一把能连发的仿五四，连膛线都有的那种。"

"也是他自己做的？"李伟警惕地问道。

"对，网上买了一些乱七八糟的材料，又自己搞了点东西做了一把，挺简单的，能装八颗子弹。听说之前他加了一个 QQ 群，里面卖五四的子弹，不是给我用的那种橡胶弹。"

"他有刀吗？"

"有，不仅有刀，他还有两颗手雷。"曹麟声音不高，可这话说出来完全有惊世骇俗的效果，几乎把李伟吓了一跳。他们之前没有掌握马志友手里有手雷的信息。

"你确认？"

"确认，手雷是他自己做的。用那种消防烟幕弹引信，还有玩具手雷模具里面装了钢珠、礼炮火药啥的，都是攒了几年慢慢在家弄起来的。不过那东西不在他身上，用的时候去拿。"

"去什么地方拿？"

"他有个朋友开了家烟酒店，他把东西放在那儿了。不过他那朋友肯定也不知道帮他放的箱子里装的是手雷。"曹麟说道，"要不然谁给他冒这个险。"

李伟腾地起身出了审讯室，立即把情况报告给了杨坤。想到董立他们之前并没有掌握这个情况，杨坤发出停止行动的命令。

"为什么？"电话里的董立非常不理解。

"他身上有手雷，要重新制定行动方案。"杨坤说道，"找人先盯着他，我们再商量一下。"

"他刚从家门口的喜多烟酒行出来，取了个小箱子，不知道要去哪儿。"董立说道，"手雷就在箱子里吗？"他刚说完这句话，突然喊了一声糟糕。

"怎么了？"杨坤问。

"他可能发现我们了，上了一辆出租车要跑，追不追？"

"不要追，他身上有武器，先跟着，尽量保持距离。"李伟和杨坤在这边紧张地盯着，那边董立他们一行跟着马志友穿过多半个怀志县，往济梦湖方向驶去。

"他到济梦园小区对面了，正在打电话。"

济梦园小区里，除了班海涛就是赵苇楠了。如今班海涛已经归案，看样子马志友打电话的对象是赵苇楠。

"马上告诉赵苇楠，不要出去。"杨坤刚说完这句话，只听董立道："他下车了，出租车已经离开。"

大家松了一口气，想着如果赵苇楠不和他见面，就可以拘捕了。只是他大概率知道警方在跟他，想密捕不可能，只能调狙击手过去，实在不行只有击毙一条路。

马志友在湖边坐下来。

赵苇楠出来了，隔着宽阔的马路望着马志友。李伟的心都提到了嗓子眼儿，竖起耳朵听杨坤手机里的动静。林美纶紧张地站在他们身后，觉得连手心里都是汗。

时间一分一秒地过去，赵苇楠没动，马志友也没动。

就在支援到位，狙击手开始找位置的时候，马志友突然站起了身。他朝着警方藏身的位置看了一眼，然后慢慢地转向赵苇楠。

他面朝着赵苇楠打开小皮箱，轻轻在里面鼓捣了一下。电话里，董立"啊"地叫了出来，接着一阵剧烈的喧嚣声从听筒中传出。

手雷爆炸了。

第十七章　N方案

(1)

马志友坐在济梦湖边，当着警察和赵苇楠的面，把自己炸得千疮百孔。他手工制作的手雷威力不大，引爆之后躯体还算完整，只是身受重伤。

董立气得一跺脚，第一个冲上去把马志友抱了起来。接着侯培杰和几个同事七手八脚地抬着马志友上车，风驰电掣般驶向医院。这一切就发生在赵苇楠的面前和李伟的耳边……

李伟深深地吸了口气，扭头回了审讯室。这边曹麟还紧张兮兮地望着他，眼巴巴地等着李伟的消息。李伟看了他一眼，轻轻地咳嗽一声："你继续说吧。"他尽量用平静的语气说话，不把刚才的情绪带出来。事实上，此时的李伟内心早已是万马奔腾，有种落寞的空寂，好像和对方格斗时蓄力已久且又必中的一拳挥出，对手忽然消失的那种感觉。

虽然情绪不高，可他怕这时候将曹麟放回去会前功尽弃，还是决定把审讯继续下去。林美纶一直跟在他身后，眼瞅着事情的发展完全超出了预料，不知该怎么安慰，只好默默坐下记录。

曹麟迟疑了片刻，嘴唇动了几动，最终还是说出了自己的顾虑："那个，你们真的抓住马志友了？"

李伟目眦欲裂，死死地盯着曹麟，很想问他到底担心什么，可还是放弃了："你说吧。"曹麟如释重负地叹了口气："案子都是我和马志友干的，他主谋我出力。我如果不按他说的做，他会杀了我的家人。"

"什么？"李伟愣住了，曹麟的话又让他沉入了新的困惑当中，之前所有的假设瞬间都被推翻了。曹麟对他的反应也不算意外，嗯了一声道："从我出狱开始，马志友就一直谋划着为儿子报仇，也许开始得更早吧。他虽然上了年纪，可能力很强，做事心狠手辣，要是不按他说的做，我真怕家人遭他的毒手。"

"你们之前到底是什么关系，你凭什么说他会伤害你的家人？"李伟对他的话半信半疑，不太相信一个得了阿尔茨海默病的老头子能把他控制于股掌之间。曹麟知道他不信，笑道："奇怪吧，其实我每天晚上睡觉前，想起这些年的事情也很奇怪，好像自己一步一步上了他的套，想回头也难了。"

曹麟说到这里又和李伟要了支烟，边抽边把多年来的经过，像讲故事一样讲了出来，虽然不算惊心动魄但也是匪夷所思。

从小到大，曹麟都在姐姐的照顾下。他们姐弟相依为命，无论是孤儿院还是到了曹家，做什么事都是姐姐拿主意。他对于小时候的事情记得模糊，只是从姐姐的口中得知父母都是塞北市郊的农民，早年跟着长辈从山西来塞北落户。他刚满两岁那年，父亲乘坐村里人的三轮摩托车进城，翻了车，正好被压在车下，当场去世，那年姐姐曹芳四岁。

两年半之后，母亲被查出胃癌晚期，开始她想把姐弟俩托给亲戚照料，可是大家都不富裕，少有人收，两个孩子分开送人，母亲又有所不忍，便将他们送到了塞北福利院。开始的时候，她还能隔三岔五去看看他们，后来病发去世，姐弟俩连她葬到哪儿了都不知道。她这一去，两人就彻底成了孤儿，姐姐带着弟弟艰难地生活，守护着对母亲最后的承诺。

当曹红军夫妇来领养曹芳的时候，她无论如何都要带弟弟走，这是她唯一的原则。曹红军同意了，没想到他才是一只披着羊皮的狼。只是那时候曹麟岁数小，不知道具体发生了什么。只记得姐姐有一段时间终日以泪洗面，每天晚上睡前都让曹麟把她捆在床上，然后紧紧地搂着弟弟才能入睡。

曹麟觉得养父对他们不好，不仅打自己还欺负姐姐，答应和姐姐离开，大不了再回福利院。他们没有成功，可这事还是引起了养母贺东婷的注意，她终于和曹红军摊牌，说这两个孩子将来要给他们养老，不允许曹红军由着性子来。曹红军同意了，还专门在曹芳生日的时候买了蛋糕和不少好吃的给他们道歉。曹麟记得姐姐那天答应了，可晚上睡觉的时候她还是哭得很伤心。

好在没过几年，曹红军就得心脏病死了，这让曹麟和姐姐着实高兴了一阵儿。说起来，贺东婷虽然为人小气，对待曹氏姐弟其实也说得过去。就因为这一点，曹麟至今没有为难她，有条件还去看看。可惜好景不长，没过几年就发生了济梦湖的事，曹芳和男友马硕失踪，让曹麟几乎失去了理智。他记得打文延杰那天晚上喝了啤酒，从家里专门带了把锤子。

出门的时候，有个男人站在家门口问他去哪儿。曹麟认识他，这男人这段时间经常推着他的残疾媳妇来家里找养母，具体是谁不清楚。曹麟怕他拦自己，把握着锤子的右手藏在背后，站在那里什么都没说。男人走过来一把握住曹麟的右手，看见了他手中的锤子。

不过男人没有拦他，曹麟带着锤子站在文延杰学校的门口，直到晚自习结束才堵到他。后来他才知道，他是"姐夫"马硕的父亲，叫马志友。

入狱后马志友常来看他。出狱后，曹麟理所当然地住进了马志友家。马志友帮他找了工作，让他先在泉州跑船。那时候贺东婷的身体不算太好，隔三岔五地闹病。他就听从马志友的建议，把养母送进了养老院，自己安心地跑了两年船。

有回过年，马志友突然问曹麟想不想给姐姐报仇。曹麟被问愣了，不知道这话什么意思，迟疑了好一会儿，才肯定地点了点头。马志友说，要想给曹芳报仇就得听他的话，完事后他们一块儿躲到国外去。于是年后曹麟没回泉州，由马志友出面倒卖了名额，说是可以混淆视听。

马志友后来很久都没再提报仇的事，只让曹麟到战友的养老院帮忙，还拿了几张假身份证给他，说他老大不小了，应该先在塞北安个家。曹麟开始觉得自己这条件不好找，再说姐姐大仇未报，不太愿意。可马志友说成家是一辈子的事，报仇要等机会，如果一辈子没机会，是不是就不成家了？

曹麟被说服了，其实他没啥好主意，顺水推舟跟着马志友去了趟龙山县，把亲事定了下来。其实曹麟的内心深处挺渴望有个家的，省得每到过年自己没地方去，孤零零的不是待在出租房就是宿舍，想着姐姐流眼泪。

马志友给他在怀志买房置地，结婚当天还作为曹麟的家人讲了话，他说儿子没了，曹麟就是自己的儿子，给儿子成家天经地义。那一刻，曹麟哭得稀里哗啦，他觉得这辈子对他最好的人，除了姐姐就是马志友了。只是马志友不允许他再叫曹麟，他给曹麟起了个新名字，说这是为了将来报仇大计考虑。

之后一年，曹麟度过了一生中最幸福的日子。他除了在养老院工作，就是在家摆弄花草拾掇院子，和岳父老泰山倒班跑车，过得十分平静。直到有一天，马志友重新出现在他面前，告诉他时机成熟了。

他们来到一家名烟名酒超市门前，马志友说这家店的老板娘离异，要他去接近她，利用她的资源先对付名单上的第一个人。那天他给曹麟看了名单，上面一共有五个名字：安慕白、赵保胜、胡梓涵、文延杰和文辉。

曹麟本不喜欢二婷，可他不愿违拗马志友的意思。好在马志友眼光毒辣，看人极准。二婷似乎对曹麟没什么抵抗力，双方就像干柴遇到了烈火，曹麟能做的也算体力活。

马志友说文辉父子坏事没少做，可势力过大，不太好弄。想搞垮他们，就得借助外部的力量，现在需要做的就是尽量扩大案情的影响，只有这样才能引起重视。所以他们第一个下手的对象，那个叫安慕白的女人算是练手，由二婷提供必要的协助，尽量摆脱警方对他俩的关注。

在这之后平静了几天。马志友需要这段时间来打探警方的动静，以判断和梳理下一步的行动计划，以及准备相关工具、绘制监控地图、选择作案车辆等很多工作。曹麟记得第二次动手是大年三十晚上，他从家里出来，把马志友提前给他拿的两万块钱放到史茹手里，打手语说自己要出门，也许很久才会回来。

手语是马志友让他学会的，一来要跟史茹交流，二是他和马志友要通过手语来传递信息。马志友用水在地上写诗，中间会夹杂简易的手语，把它们拼出来就是他要告诉曹麟的内容，通常都是下一步的行动计划和方案。有时候诗文的内容也有意义，只是曹麟多数看不太懂，一时半会儿也记不住。

马志友在怀志有很多老战友、老部下，不少在各单位的领导岗位任职，所以他想探听消息比一般人有优势。再加上他说公安局里也有熟人，使曹麟信心倍增。马志友给曹麟看过一份逃亡方案，与他本人设计的杀人计划一样详尽可行，使曹麟完全相信只要听马志友的话，给姐姐报了仇后，他就能带着家人一块儿躲到东南亚，开始新生活。

曹麟跟着马志友翻墙越脊，尽量避开路上的监控探头，来到赵保胜家的时候，正好是年三十晚上十一点。他知道，真正的复仇正式开始了。

(2)

年三十的晚上，怀志县爆竹声此起彼伏；街衢巷尾静谧清肃，偶有行人俱是行色匆匆。几个小孩从赵保胜家门前跑过，手里拿着璀璨的仙女棒，映射着孩子们欢愉的笑容。马路对面，闪烁着红蓝相间光芒的警务巡逻车穿过主干道，拐进小路，渐行渐远。

赵保胜家的别墅建在胜利机械装备厂医院后院，在原来医院后面的东风路开了个门，拐出去三百米才是主干道上海路。早几年，赵保胜给胜利机械装备厂医院干活，欠他不少钱。医院就拿锅炉房后面的一块地抵账，让他盖了别墅，房子共三层，小三百平米。

医院的西边是新华道菜市场，白天晚上都停了很多车子。曹麟跟在马志友身后，绕过横七竖八的自行车、电动车群，翻过菜市场的矮墙，从墙头跳到胜利机械装备厂医院门口的大白杨树上，再滑下树干已进入医院院内。

他们从后院穿过太平间，再从太平间往里走，就到了赵保胜家楼下。曹麟和马志友都戴着口罩和墨镜，彼此点了点头却未说话。

马志友将运动衣的两个袖子分别向上一撸，背包扣紧。来到墙角处慢慢摸索，寻定了之前留下的记号，左脚轻轻抬起半米踩到挖好的砖缝里，这个地方正好容他把半个脚掌塞进去。待用力无碍，右脚再慢慢抬起向上踩住墙壁凸起处，整个身体撑直，左脚使劲猛地一跳，右手刚好可以攀住二楼的空调外机护栏。

马志友右手抓紧了，又将左手也放了上去，慢慢地横着挪动身体，好像负着千斤重担。他让身体平平伸展，双腿腾空，双臂猛地向上一拉，将整个身体撑了起来。他竖直脖子，挺着背，瞪着眼，抬着头，只双臂用力让上半身完全与空调护栏平齐，右手迅速抬起，拼命抓住护栏最上方，一使劲将身体拽了上去。

曹麟在底下静静地瞅着马志友站在二楼的空调护栏上面，平心而论，他没有马志友这两下子，别看对方已过耳顺之年，身手却远超自己。就在胡思乱想的当口儿，马志友已经弄开卫生间的窗户钻了进去，不多时他解下绳子，将曹麟拉上楼。

这是二楼卧室的卫生间，平时没什么人用。马志友和曹麟从卫生间出来，听到楼下电视机里传来春节晚会的歌曲。此时鞭炮声越来越响，正好掩盖了他们下楼梯的脚步声。

马志友从背包中拿出几条剪好的短绳和手枪交给曹麟。这把其实只是看上去很像手枪，扳机、准星也一应俱全，但只能射一颗子弹，需要用大拇指使劲按下后面的开关来击发，没有膛线，射程也极短。马志友本人的那把枪更好一点，是他花大力气制作的，自然不能给曹麟使用。

客厅里坐着赵保胜和妻子杜倩，儿子赵楠和儿媳宋玉乔，共四人，正吃东西看电视，听得楼梯声响正惊异间，看到两个戴着口罩的蒙面人走了出来。赵楠反应极快，转身就往外跑，被马志友一脚踹倒在门厅出口处，拽着衣领拖了回来。

马志友右手的枪口对着赵楠的头，吩咐曹麟把人捆上。曹麟先到门口瞅了一眼，看外面没什么动静才折回来拿绳子绑人。两个女人都吓坏了，蜷缩在沙发上一个劲哆嗦，一句整话也说不出来，没费多大劲就捆好了。只是赵保胜还在低声求饶："你们要什么，我都能给，绝不报警。"

"用这个把他们的嘴都堵上。"马志友从口袋里掏出几块破布丢给曹麟，又亲自动手押了赵楠，把人都赶到餐厅角落，才让赵保胜跟他上楼。曹麟在楼下看着这几个人，听见楼上赵保胜在和马志友说话，断断续续听不太清楚。

开始赵保胜还求饶，后来马志友说出马硕和曹芳名字，他就突然不说话了，只能听到马志友的声音。他说话很小声，所以听不到内容。过了一会儿，楼上传来窸窸窣窣的声响，马志友走了下来。他用准备好的大塑料袋把身体包裹严实，上面沾满了血迹。

"动手吧。"随着马志友话音落地，曹麟也拿出几个塑料袋把自己从上到下套好，按事先商量的计划，咬着牙手起刀落，将面前三个人分别捅死。只是赵楠身体素质不错，连捅几刀还在挣扎，曹麟就有些犹豫。马志友见状哼了一声，过来补了三刀，他的身体才停止扭动。

"别摘手套，去把嘴里的东西取下来，尽量别留物证。"说着马志友在屋里转了两圈，从口袋里取出两个蛋黄派吃了，将空袋子扔到电脑桌前。他见曹麟不解，说道："这是模仿做案，可以增加案件的神秘感，也是吸引媒体注意的策略。"

马志友还小心翼翼地从口袋里拿出一个塑料袋，里面装着几根头发。"这是我儿子的头发，我剪下来的，可以让警察多忙活几天。"马志友将头发随意找地方丢下，就往楼上走去。

他之前给曹麟解释过，只有这样做，才能让苇楠集团的曝光率更高。虽然事后证明，这些手段没有起多大作用，但当时绝对让曹麟心惊胆战，佩服得五体投地。两人干完这些事，马志友关了电视和灯，让曹麟上楼，自己待到五点再走。

一上楼，曹麟就见赵保胜赤裸裸地躺在卧室地板上，身下血肉模糊。他扭过头不敢多看，心怦怦直跳，生怕这时候有人敲门发现他们。好在此时鞭炮声响彻云霄，正逢一年新旧交替，无人注意举家同庆之时赵保胜家出了偌大状况。

马志友把曹麟手里的刀要了过去，说自己会处理掉。事实上，他除了有意留在现场的一把，另外一把刀的线索也留给了警方，目的就是要把警方的注意力吸引到曹麟身上来。

"第三个目标要尽快动手，那家伙是个纨绔子弟，他妈把他当宝，我看就是坨臭狗屎。那家伙喜欢搞些稀奇古怪的事情，把他办了，能增加案件的曝光率。"马志友淡淡地说道，"警方后面一定会注意到我们，所以对付最后两个人要准备多套计划。你先去人才市场那边儿住下，尽量少出门。缺什么我给你送。"

"好。"曹麟说。

"每天我都会在人民广场写字，你隔一天的晚上六点过去，不要走近，我写的字很大，上面就有下一步的行动计划。你按计划行事就行了，如果要联系我，就在对面的大槐树下面写上，尽量简单一些。我看完会处理，少打电话发短信。"

"好。"曹麟仍然没有多余的话。这时候他的心情已经略微轻松了一点，不似刚才那样紧张。这不是他第一次杀人，可安慕白只有一个人，又是马志友动手他在旁边协助，这次让他独自杀三个人实在有些勉强。马志友看了他一眼，又道："警察很快会找到你，到时候你听我的话，我们早作准备。"

开始曹麟没办法完全相信马志友，虽然他也没有啥好办法，总在屋里提心吊胆。可后来发生的事情，证明马志友的策略还算成功，他有意无意地把案件的调查方向往曹麟这边引导，向警方透露一些关于曹麟的信息，警方逐渐将他列为重大嫌疑人。

曹麟这时候已经按照马志友的嘱托，离开了人才市场的出租房，装成独眼乞丐，在马志友的关照下，在苇楠集团烧起了锅炉。直到马志友被李伟和林美纶带到医院确认病情的头一天，他收到马志友的新命令：明天去塞北第三人民医院精神科等我，准备执行新方案B2。

曹麟如约见到了马志友，他知道马志友的确有阿尔茨海默病，现阶段病情尚轻，理论上嫌疑不大。B2新方案需要对付的人是文辉的孙子文宇昂，可马志友并没有让他杀了这个孩子。就像后来他救林美纶和李伟一样，他对小孩和警察的免疫力是零，也就是说，只要是孩子和警察，都可以在马志友手中幸免于难。

为此，他们修改了计划，在可能导致曹麟暴露的情况下实施新方案C1。这是个逃亡方案，曹麟需要在头一天把自己眼睛弄瞎一只，去马志友家地下室把那具泡在福尔马林里的尸体搬出来换身衣服，再搬到汽车上。说实话他不愿意这么做，可当看到马志友阴鸷的眼神时，他知道自己没有退路。

C1 的执行还算顺利。说实话，曹麟这时候觉得他们应该马上离开怀志，就算对付文辉也应该再过一阵。此时文延杰已经被抓，整个苇楠集团鸡飞狗跳，这时候还能走得了，再晚就会暴露行踪，毕竟装乞丐不能装一辈子。

可马志友似乎并没把这件事放在心上，他平静地告诉曹麟这些他都有考虑，现在曹麟要做的就是听自己的话，无论是救女警察还是李伟，他都不会让曹麟有任何危险。曹麟相信了，他相信马志友还有新方案 C2、D3 以及 E4 或 F5……

可惜他失算了。事实上，随着名单上的人越来越少，马志友根本没把他自己的安危放在心上。一个不把自己生命当回事的人，你指望他把你的生命当回事根本不现实。他不断寻找机会和警方捉迷藏，必要的时候将曹麟推出来当替死鬼。

曹麟一直不明白他为什么不杀赵苇楠，再去买一具女尸完全是脱裤子放屁——多此一举。马志友仍然胸有成竹，使曹麟半信半疑地认为他还会救自己，直到他真的被警察抓住。

"你女儿很可爱，我会替你去看他的。"这是他们分手前，马志友和他说的最后一句话。曹麟没什么亲人，本来是绝佳的杀手人选，可马志友偏偏替他成了个家，曹麟有了惦记的人，然后再用这个威胁他，不同意就亲手毁了他们。

说实话，曹麟不是一个好杀手，他没有马志友那样的魄力。他有些儿女情长，除了姐姐以外，当真的有家的时候，会把所有的情感扑上去。如今他虽然知道自己成了弃子，可在马志友没有被警察控制之前，他仍然不敢冒险。

(3)

曹麟说完了，审讯室里静谧异常。李伟看看林美纶，又望着面前的曹麟，感觉有很多话要说，可又不知从何说起，他迟疑了片刻，问道："就这些？"

"对，我觉得……"曹麟欲言又止，李伟怕他还有顾虑，忙道："说吧，我们已经控制他了。"曹麟短叹一声道："该说的我都说了，仇我也算报了。以我对马志友的了解，他策划了这么多年，把所有家底都拿出来了，不可能剩下文辉。"他说到这儿又停住了，但意思很明显：只要有一丝机会，马志友就会杀掉文辉。

曹麟当然不知道，文辉此时就在公安局的留置室，自从赵苇楠出事，他就没有离开。李伟明白他的话，也没多说，转身出了审讯室。门外杨坤、董立等人都从屋里出来，相互点了点头。董立面露喜色，先道："曹麟这一摆，是不是可以结案了？"

杨坤瞅着他没说话，又将询问的目光投向李伟。李伟先问马志友的情况，得知还在抢救后沉默了一会儿，把案件前前后后在脑子里梳理了一遍，觉得案件大体脉络清晰，就是宋局问起也好交差，方道："先弄报告吧，如果马志友能醒来再说。现在最大的问题是马志友的犯罪动机，虽然大体明确，可他为什么突然选择年三十杀赵保胜，原因不太清晰。当然，我们可以解释成他刚刚准备完毕，曹麟的口供也这么说过，但他需要准备这么多年吗？"

"还是和他老伴的死有关系，李玉英刚去世不久嘛。"李伟这次没反驳董立，他想到上次去马志友家，找到了李玉英的一个新日记本，琢磨着是不是有什么线索，便回到办公桌前找到日记本打开。

日记本是李玉英根据当年情况写的一份备忘录，和上次马志友与他们说的案件经过没什么出入，详细记载了马硕和曹芳失踪前后的情况以及推论。他合上笔记，想到之前马志友家里应该还有一个日记本，就是林美纶拍摄过照片的那本还没拿回来，便起身去和董立商量。

"我已经安排小侯他们去取证了，还没顾上和你说。"董立说着打电话联系，两人又等了一个多小时，才见侯培杰抱着一堆物证走了进来。"董队，这是在马志友家发现的，还有一把自制的单发手枪、一堆橡胶弹、一把匕首，日记本也拿回来了。"

董立把那本日记递给李伟。李伟小心翼翼地翻开，果见这里面的字迹娟秀工整，是李玉英本人撰写。另外，在日记本中夹了几张叠得整整齐齐的信纸。打开信纸，是李玉英临终前写给马志友的一封信。

志友亲鉴：

如晤！今精神尚好，手书此信，意携享诸事。

自跳跳走后，我夫妇相互扶持至今，承蒙你照料开导，才不致使我心生短念。如今病入膏肓，惦念之人唯志友尔。实因你呆症渐重，如痴如默，今儿大仇未报，勿轻忘记。

记得当年我未出闺中，与母推车游园，巧遇你手捧红宝书奋笔抄撰，我二人方始相识，屈指算来已近四十载。当年你说我虽然腿脚不便，却秀丽灵动，知书达礼，非我不娶。怎知我第一次对你亦所倾心，复不为你曾娶亲所困，只因家父顾虑甚重，不得已才让你屡受辛苦。好在你志不曾改，让我多受感动。

你与我多次写信，我至今记忆犹新。你曾言：知人与人之间到底有无心灵感应，但思恋之时，总会得到来自你遥远的呼唤，是撼心动肺的心语。那一道道音符就是一封封寄自千里之外的一腔托予鸿雁的情愫和思念。

爱到深处，何等缠绵，宛如一首低婉的歌，酽酽地复唱，直唱到心底。我懂得了青春的感情，只觉得骤然间，心眼里有了一个海阔天空，有了一段绿水青山的韶华。那飞来飞去的鸿雁，宛如爱的小舟，载满一份异地相思的痴情浓爱，沿着心迹小路，往来于彼此之间。

如今四十余年过去，此时想来仍心如酒醉。你我半生夫妻，我此生足矣，只一男夭折，实平生之憾。若当年听你一言留下幼子，今日也能稍作宽慰。只计生惩罚之重，实非我夫妇二人能承之，全然罔顾政令也非你我行素，否则怎能得单位标兵十余年？

往事已矣，多言无益。你只记得我儿并儿媳命丧苇楠集团文辉、赵保胜二人之手，今生只留我夫妇一人一气，也必要此二贼偿之，以慰二灵。若呆症有犯，记不清爽，只拿出此信观之即可，当时其作案细节我已约略明白，日记续有所述，可阅之。之前我与你谋定方略十数个，待我走后你可从容就之。只世事变化，不可一味胶柱鼓瑟，切记通变之道。

孙子有云，兵无常势，水无常形。我方胜在暗处，始时依计行事既无纰漏；劣在警方资源充沛，你孑然一身，拖得久了定无胜算，恐有疏漏。故可提前部署安排人员名略，若不胜可只诛首犯，胁从不问。

年关将至，陌头柳色无绿。我必命不久矣，你自求多福，可于小杜处多探多问。曹麟与文延杰二人尝可用，不可交心；后者与其父面和心阅，素有罅隙，可以充分利用离间之法。四害中，孔自强避祸江南，可用之可弃之，随从余便，若形势紧迫，亦可将之供于警方证你清白，图延时再定谋略。

今日卜签一文，曰此事可成："前程杳杳定无疑，石中藏玉有谁知，一朝良匠分明剖，始觉安然碧玉期。"故你做万全准备，成事在天、谋事在人，我二人竭力便好。

信已至此，复不多言，你自安好，便是晴天。

妻　李玉英手书

丙申年辛丑月戊申日子时一刻

　　李伟拿着这封信翻来覆去看了两遍，将其中一处画了个红圈，走到对面老杜的桌前，将信扔到他桌子上。

　　老杜一愣，拿起信草草读过，当看到李伟标记的地方时脸色大变，好像喝醉酒一样，又仔细瞅过，把信扔到一边，抬头望着站在身前的李伟，如老僧入定。

　　李伟拉了把椅子坐在老杜面前："这里面的小杜是你吧？之前李玉英的日记里说过，当年季宏斌出事前，你也和他们夫妇有过交流。"

　　老杜取了支烟拿在手中，半天没说话。和李伟就这样枯坐良久，才悠然说道："没错，马志友是我的老上级，当年在战场上他救过我的命。我对他很信任，但绝没想到他会利用我。"说到这里，他有些歉然地看了眼李伟："前两天你警告过我，其实我也想过这事。只是案发后我基本没有和马志友说过案情，没想到他竟然预谋了这么久。"

　　"你先别着急，这案子里他能利用你的地方其实有限，你回忆一下都有哪些地方？"李伟平静地问道。

　　"案件一开始我就应该避嫌，难得组织上信任，所以我基本上没和他见面。他打过电话，约我喝酒，我没去。中间有一次战友聚会，我去了，但没和马志友单独交流。案发前他一直对儿子的事很关注，我能提供方便的地方的确给他开了绿灯。"

　　老杜说到这儿，疑惑地望着李伟："马硕、曹芳的失踪案一直没定性，只有他们夫妻认为是文辉杀了二人，我们到现在也没有充分的证据。你说我——"老杜说不下去了，看得出来是真懊恼。李伟想了想，让他先把这事好好梳理清楚，晚一点再和杨坤谈。

　　"不行，我必须得找马志友问明白，如果他真的利用我，那我要亲手抓他回来。"老杜也是火暴脾气,一辈子要强,自然不愿意在这时候摔个大跟头。他起身就往医院走,李伟拦也不是不拦也不是,赶快和杨坤简单地说了说。

"你先和他去吧,这事我要请示一下,回头再写个报告说明情况,再看怎么处理,要是马志友还没脱离危险,你们就回来。"杨坤看老杜青着脸,连忙吩咐了一句,让李伟注意点他的情绪。李伟应了一声,一言不发地跟着老杜来到医院,疾步上楼到急诊观察室,得知马志友还没有脱离危险。

"我就在这儿等他,一定要问个清楚。"老杜气呼呼地找个地方坐下,拿起手机告诉家里他今天不回去吃饭了。李伟注意到,他在打电话时,手一直在微微发抖。

他默默地在老杜身边坐下,转眼就过了两个小时。李伟看了看兀自无言的老杜,正准备说点什么安慰他一下,电话响了。

"李哥,我是小林。"电话是林美纶打来的,"刚才文辉家那个超市给他打电话,说又收到了一个大纸箱,和上次给他寄尸块的箱子一模一样,寄信人写着马志友。"

"什么?"李伟心下一动,心想,如今马志友还在抢救,曹麟已经被抓,难道还有漏网之鱼?正琢磨,急救室的门开了,一个护士匆匆跑了出来:"谁是马志友的家人,他不行了。"

老杜趁李伟和同事们不备,突然冲了进去。

第十八章 扑朔迷离

(1)

马志友有气无力地躺在病床上，浑身上下没有几处完整皮肤。多数伤口已经处理过，他被包裹得像一个尚未完成的木乃伊。可能是听到动静，他微微转过头，正看到脸色铁青的老杜站在面前。

"马哥，你每次去我家是不是都偷偷翻我手机来着？"老杜重重地喘着气，眼里几乎要冒出火来，"你媳妇还活着的时候，你每次都待好几个小时，不是喝茶就是和我侃大山，问这问那，我拣能说的都和你说过，你是不是偷偷记下来了？"

马志友艰难地抬起眼皮望着他，很轻地点了点头。老杜完全被激怒了，他把脸贴近床头，双手就那么在空中挥舞着，李伟甚至感觉他一不小心就会按到马志友胸口上。"你这是让我犯错误，难得我这么相信你，说了多少内情给你？"

老杜沮丧地直起腰，忽然从腰间取出手铐，飞快地铐上自己的双手，转过身，目光焦灼而涣散："李警官，你说对了，我的确给马志友透露了情报，犯了错误，你把我带回去吧。"

李伟打量着这位干了半辈子刑警的老同志，心中微有感触。他曾经听人说过，老杜除了工作以外没什么爱好，不喝酒不打牌，不好旅游不吹牛，连抽烟都是只在工作需要时才抽，向来严于律己。况且对这个案子，老杜的投入丝毫不在自己之下，如今出此纰漏就好像精心烹制的菜肴被人撒了一把沙子，着实不会好过。自己在这事上虽然问心无愧，可方式是不是有点问题？

想到之前和董立的不愉快，李伟由衷歉疚。如今老杜的态度也让自己多少有些难堪，觉得做事时多些手段亦不至于此。做了二十多年警察，李伟今天又一次感觉自己还很稚嫩，似乎缺少一点沟通技巧。有时候想做一个好警察不仅仅是满腔热情和秉公执法。他思忖良久，用诚恳的语气对老杜说道："对不起杜哥，这事我帮不了你……"

李伟正想着再说几句客气话，谋求老杜原谅，床头的心电监护仪突然发出刺耳的警报，随即站在他们稍远位置，一直关注马志友的两个护士不约而同地大声喊起了医生。李伟这时候才注意到她们刚才一直在病房中，脸上不禁有些发烫，好在这时候没人注意他。

医生风风火火地进来，把李伟他们都请了出去，两人面面相觑，站在急救室外约有十多分钟，才听他在屋里大声喊家属，再进去时，医生宣告了马志友的死亡。

李伟心中感情波澜激昂，好像人一下子被掏空，感觉疲惫不堪。他颓然退回走廊的长椅上，从警以来亲手抓获的嫌疑人在他眼前一一闪过，继而这一个月以来关于"二四灭门案"的点点滴滴渐隐渐现。这种感觉跟编剧全身心投入某个剧本创作，最终完稿时那种大病初愈的感觉一样，相信没有别人能体会和理解。他疲惫地站起身，和门口的同事交代了几句，然后头也不回地向医院大门走去。

马志友死了，曹麟摆了，可李伟总觉得案子还没有结束。他想到了刚刚收到的那个箱子，心里又是一阵紧张。就和坐过山车那样，心脏不强大还真承受不住。好在那个箱子已经由董立他们打开，里面只是一把深深埋藏在冰块中的匕首。

"这匕首擦得很干净，没有指纹，不像用过的东西。"董立把手中的证物袋交给李伟，"看日期是提前几天寄出来的，就是为了吓唬文辉。可惜马志友身上的东西都被炸碎了，要不然那些纸末里准有他接下来的计划。"

"这事要是放到美剧里，法医准能用高科技把那堆碎纸屑还原。"牛智飞不知道什么时候听到他们的对话，笑眯眯地插了一嘴。李伟把匕首还给董立，先说了马志友的死讯，又问文辉的情况。

"留置室呢，这几天吓得够呛。"董立说。

"我去和他聊聊。"李伟说着离开专案组办公室，到留置室找文辉。两人一见面，文辉挺害怕，一个劲地往墙角钻。李伟搬了把椅子坐到他对面，点了支烟问道："我有那么可怕吗，你吓成这样？我告诉你，你害怕的人已经死了，曹麟也被抓了。"

"马志友死了？"文辉惊愕地问道。

李伟沉默地望着他，没有直接回答："人这辈子要经历很多事啊，有的事还是别做，要不然你自己就能把自己吓死！"说这话的时候，李伟想到马志友的结局，不胜感慨，对面前的文辉丝毫没有同情。

文辉可能听出他话里的意思，辩解道："李警官，我一直想和你们说说这事。你不能听马志友的一面之词啊。"说着他抹了把嘴角的唾沫，又道，"当年的事我早就说过，你看看你们以前的问讯记录。"

"那你再和我说一遍吧。"李伟给他倒了杯水，摆出一副洗耳恭听的架势。文辉一口将水喝干，用手掌在嘴巴上抹了一下道："好，我告诉你到底是怎么回事。"

随着文辉的讲述，李伟的思绪也像一缕轻烟，追随着他穿越二十年的时空，回到那个改变了很多人命运的时代。那时候，文辉还是"怀志四害"的大哥，是个自认为在社会上颇有影响力的人。

受到港台电影的影响，二十年前的年轻人很乐于把自己装扮成所谓的帮会成员，在本该上学或工作的年龄，他们却游离于校门之外，靠义气和暴戾来武装自己。就在那年的正月十五之后那几天，一个阴沉沉的日子里，文辉早上从家里出来，到赵保胜家找他和自己去收钱。

他们先到怀志一中门口，这里已经有三四个中学生在等他们了。见文辉和赵保胜过来，几个学生立即站定，规规矩矩地叫了声："文哥、赵哥。"

"钱拿来了吗？"一般这种时候，文辉都是站在后面不说话，赵保胜上前和他们交涉。其中一个高个子点了点头，把自己怀里的一个纸包递了过去。赵保胜拿起纸包掂了掂，掀开一个角微微皱了皱眉："怎么这么少啊？"

"还没开学呢，年后返校的学生不全，有些回外地爷爷奶奶姥姥姥爷家过年。还有没有压岁钱的，也不能硬来不是。"高个子赔笑道。赵保胜回头看了眼身后冷冷注视着他们的文辉，用下巴虚点了一下，有意压低声音道："你自己和文哥交代。"

"别，赵哥给说两句好话，开学了我就补上。"高个儿学生诌笑道。赵保胜用阴狠的目光打量着他，半天才哼了一声："这是你说的啊，到时候就算文哥不说什么，八爷那边问起来，你掂量着办。"高个儿学生如蒙大赦，连连点头："好的好的，谢谢赵哥。"

赵保胜口中的八爷是怀志县的大混混儿，姓丁，当年号称"怀志第八"。前七名都是已经死、老、逃亡的历史人物，所以他就成了怀志县所谓的第一社会大哥。当然，八爷这个第一是他自己封的，有多少含金量谁也不知道。而且这家伙不懂收敛，九年后扫黑除恶第一个被抓进去判了十八年有期徒刑的就是他。那会儿文辉早已在赵苇楠的帮助下干起了工程，还靠着给希望小学捐款赢了个好名声。

当然，二十年前的文辉还是个半大小子，处于靠着八爷名声招摇撞骗的阶段，事实上他根本不认识八爷，只是听赵保胜说八爷的二叔家和赵保胜家住一个胡同，他曾经叫过两声八爷罢了。

另外几个孩子也过来把自己的纸包递给赵保胜，赵保胜满意地从中抽了几张塞回他们每人手里。"等开学以后，把钱都收齐，要是找不到我们，就放到上海路游艺厅。"

离开学校，赵保胜和文辉把钱分了分，每人约莫有个七八十块。他俩找了个酒馆坐下来吃饭，谈起了下午该干什么。文辉怅然道："靠学生这几个钱也不够花的，咱们得找点别的路子。"

"让老孔碰瓷儿、季哥去抠皮子，咱们找个洗浴设局。三道沟那个愣头五不是说认识洗浴的人吗，让他找外地黑头过来玩，三五局下来就够一年花的了，比这不强？"赵保胜嘴里嚼着酱牛肉，含混不清地说道。

文辉哼了一声，对赵保胜的提议有些不以为然："他俩能干啥？咱们下午先去济梦湖转转，搞点鱼也行。到时候把鱼拿回来找人处理了，比你说的那些靠谱。碰瓷儿和抠皮子都得有人罩，没人罩你又没人带你入门，光凭咱们四个非得让人打死不可。"

"车到山前必有路——"赵保胜酒量不济，说到这儿已经开始有些高了，文辉一摆手制止了他："别废话，哪次你办成事了？还得让我给你擦屁股。愣头五上次说带你找大哥卖针，他妈什么都没见着就让人追着砍，不是我偷了个摩托，你不得让人剁成八段？还信他呢，一个牛皮匠。他伤好了？"

"嘿嘿，谁让你是我大哥呢。"赵保胜谄笑着端起酒杯，"没钱没姑娘，奶奶的真寂寞呀。"文辉瞪了他一眼："少喝点吧，一会儿还有事呢。"两人结了账离开酒馆，迤逦着往前找出租车。头两辆车见他们出来都机灵地掉头走了，第三辆车的司机在睡觉，一个没留神叫赵保胜逮了个现行。

"大哥，去济梦湖。"赵保胜一屁股坐到车上，司机不情愿地开车前往济梦湖。这几位在怀志县是"名人"，司机也不愿意惹事，所以下车的时候并没有跟他俩收钱。就这一点事也成了赵保胜日后吹牛的资本，被李玉英记下当成了罪证。

两人顺着湖边往里走，发现今天没几个人钓鱼，弄点鱼的想法就没成。两人沮丧地越走越远，眼瞅着就没什么人了，在酒精作用下，赵保胜脸色绯红，左右趔趄摸了一阵儿，指着远处的黑点问文辉："那边是不是有一辆汽车？"

文辉定睛瞅了瞅，好像还真是辆车。赵保胜和他对视一眼，阴恻恻地说："把车搞回去，够打半年牌了。"

"过去看看。"两人往前走了一阵儿，果然发现是辆黑色的桑塔纳汽车，不过车里隐约好像有人。文辉正想说走，赵保胜的眼里突然像看到金子一样冒出火来："文哥，你看车里那妞盘儿真靓，我得过去喽。"说着就往前跑，文辉一把没拽住，赵保胜已经拉开车门，将头探了进去。

(2)

换作平时，赵保胜可能不会这么冲动。今天中午他喝了半斤白酒，此时正在兴头上，从腰里噌地拽出把尖刀，一下子就顶到了司机位马硕的脖子上。等文辉过来的时候，马硕已经被他拉出了车。

"你也出来！"赵保胜打着酒嗝凑近体如筛糠的曹芳，有意用鼻子往前凑了凑："香，真香。"说着扭头看文辉，"文哥，先捆起来呗？"

"你那么大声干什么？先弄上车，换个地方再说。"文辉唠叨着过去，和赵保胜上前要押马硕和曹芳，谁知道马硕趁他们不备突然将赵保胜推了个趔趄，转身就跑。文辉这时候还没上车，忙绕过去追他，赵保胜也虎吼一声扑将上去，在十余米开外的草丛里扭打成一团。

赵保胜个子不高，也没有多强壮，但打架经验丰富，下手又狠又准；相较之下，马硕身体素质不错，但经验远逊赵保胜，几个照面下来，他就支持不住了，被赵保胜打得鼻青脸肿，鲜血迸流，散得到处都是。

一直在旁边的曹芳见男朋友吃亏，也从车里滚了出来，她已被捆上双手，一时半会儿也没起来，只在地上大喊："你们别打他，要多少钱都给你们。"

赵保胜拖着马硕回到车上，把曹芳也塞了进来。就这样他在后面看着两人，文辉驱车沿着湖堤一路往北，直到济梦湖西北岸的松树林外才停下。这里是华垣山脚下，已至路尽头。

文辉让赵保胜把马硕和曹芳赶下车，指着面前的松柏林道："这里平时没人来，我就算把你们俩挖个坑埋了也不会有人知道。当然，你们俩要是配合，我们就考虑考虑。"

"你们要多少钱，我都给。"马硕怕他们对曹芳不利，一直在前面挡着她，"我钱包里还有一百多块钱，你都拿走。"

赵保胜一听只有一百多块钱，心里就老大不乐意，嘟囔着从马硕兜里掏出钱包，还没翻到钱就像被马蜂蜇了一样叫唤起来："我×，你是个警察啊。"

文辉也吃了一惊，探头看时，发现马硕只是个刚入职的交警，随即松了口气，把钱包抢过来翻出钱数了数，一共一百二十多块。还有一张银行卡。那时候人们用存折还比较多，银行卡这东西在怀志县属于新鲜事物，他捏在手里问道："这里面有钱吗？"

"有钱，两千多。"马硕只求文辉能放过他们，一下子把所有的底牌都亮了出来，"钱都给你们，车也给你们。我们俩走出去，好吧？这车是我爸的名字，到时候我帮你过户。"

文辉拿着银行卡问出密码，转头和赵保胜商量："带着他们去取钱不太方便，要不然我去取，你在这儿看着他们？"

"我去吧，你们在这儿等着。我看车里油不多了，顺便去加点油。"赵保胜说道。文辉想了想，觉得也行，又担心赵保胜加油出了岔子，就多了个心眼："你自己别去加油，最好让他们去。不行你带这男的去，我和这女的在这儿等着。"谁知道赵保胜愣了一下，小声说道："男的心眼多，我带女的去吧。"

　　文辉没多想，点头同意了。他这会儿还不知道赵保胜心里打着什么歪主意。说起来赵保胜和他是发小儿，两人从小一块儿长大。文良去世的时候，文辉还在强制劳教，是赵保胜替文良打幡摔盆儿当了孝子，为这事文辉回来感动得热泪盈眶。

　　赵保胜带着曹芳走了一个多小时，直等得文辉和马硕五内俱焚，生怕他俩出了什么事。直到汽车停下来的时候，文辉的心里才松了口气，他眼瞅着赵保胜脸色铁青，曹芳双眼红肿，与走时大有不同，当下就有些困惑。

　　"没事吧，取回来了吗？"

　　"取回来了，两千。"赵保胜把钱交到文辉手里，转头回到一边抽烟。曹芳木着脸躲到马硕身后，什么也没说。马硕回头低声和她说了几句话，她也只简单地嗯了两声。文辉走到赵保胜跟前，和他商量怎么处理马硕他们。赵保胜阴沉地小声说了句什么，看文辉没听明白才又提高了点声音："不行办了得了，扔湖里也没人发现。"

　　"不行。"文辉只想搞点钱，完全没有杀人灭口的意思，"我去吓唬吓唬他们，你先把车往远开开。"说着转过身，就听身后的赵保胜喊了句"文哥"，遂转过身问道，"怎么了？"

　　"没……什么，你去吧。"赵保胜又点了支烟，脸色多少有些不自然。文辉也没往心里去，走到马硕身边道："你的驾驶本我拿走了，要是一个月内，我们俩没事，我就把它扔了，你自己补一个去。要是我们哥们儿出事，我就找人带着这个去你家找你，到时候小心你全家。"

　　马硕一个劲地点头保证，他身后的曹芳显然心事重重，低着头什么也没说。文辉折回来和赵保胜打了个招呼，两人开车往回走，就在这时，文辉的呼机响了。

　　"是老季，一会儿我们过去找他们，看看谁去把这车处理了。"文辉说着发现赵保胜好像有什么心事，说话有点心不在焉，便问道，"你到底怎么了？"

"我……先让老季他们过来吧。"赵保胜说，"前面有个 IC 卡电话，我去给他回一个。"文辉没理解他的话，也没往心里去，点头同意了。赵保胜打了电话回来，才说道："文哥，我和你说个事。"

"什么事？"

"我刚才……"

"刚才怎么了？"

"我带那女的加油取钱，回来的时候我没忍住，把那女的……"赵保胜没说完，可意思再明白不过了，吓得文辉冷汗直冒："你真的干了？"

"对，她也没怎么反抗，我觉得算自愿吧。"

"放屁，你他妈这是强奸。"文辉气得抬手就给了赵保胜一巴掌，"真是成事不足败事有余，这——"赵保胜看文辉真生气了，一下子就拉住了他的胳膊："文哥文哥，我知道错了，我也挺后悔，你说咋办呀？你可不能不管我啊。"

文辉真想扔下赵保胜一走了之，可怎么想都觉得不行。一来赵保胜从小和他长大，跟他兄弟也没什么区别；二来自己是兄弟们的大哥，将来还指着这些兄弟给自己办事，无论如何不能不讲义气啊。对于文辉来说，可以没钱，可以没家，可以没女人，但不能没有两样东西：面子和义气。

"你把老季、老孔都找来什么意思？"

"我们一块儿过去，把他俩——"

"不行，你先别和他们说，我们过去瞅瞅那俩孩子怎么样了，要是他们还在的话……"文辉也不知道该怎么办了，"先去了再说。"话是这样讲，可到底该怎么办，他其实没有一点准主意。可当孔自强、季宏斌赶来的时候，马硕和曹芳已经不见了。

他们找了一圈也没找着人，只好先回了家。等送走孔自强和季宏斌，文辉和赵保胜一商量，觉得怀志不能待了，他们得先躲几天再说。两个人对了口供，又张罗着把车卖了，准备拿着钱跑路，人还没来得及走就被抓了。

说到这里，文辉痛苦地蜷下身子，面孔极度扭曲："李警官，我承认当年做错了事情。但杀人是要掉脑袋的啊，我真的没干过。而且我从来没强奸过曹芳，实际上我就没干过那种缺德事。"

"把自己说得和圣人似的，你以为你这几年躲起来事情就过去了？"李伟不屑地望着他，"当年段彩霞为什么上吊？你以为时间过去四十年，就没人知道是吧。"

文辉站起身，眯起眼睛打量着李伟："李警官，一九七九年的时候，你出生了吗？"

"你想说什么？"李伟两道剑眉往上挑了挑。

文辉苦笑道："四十年前，我才二十岁，连个小混混儿都算不上。你说我二十年前没做的事情，四十年前能做吗？"

"这又没有什么必然的联系。"李伟道。

"我告诉你，我当年没有强暴段彩霞。我承认我威胁了她，还把她关到我家一天。但我只是想吓唬她一下，完全没把她怎么样。后来她上吊，我也有点后悔。"文辉抬头望着天花板，好像整个人都沉浸到四十年间的悔恨中，李伟静静地望着他。

"我那时候年轻，有些事情处理失当。第一次因为关押段彩霞导致她上吊，和马志友的弟弟马志亮打了一架，为这事被劳教了两年。二十年后，又是一念之差，没有管好自己的兄弟，导致第二次入狱。出狱后我非常后悔，曾经几次找到马志友和李玉英，想做些补偿，求他们原谅。"

"结果呢？"

"他们不见我，我只好通过做些善事来弥补我的过失。这么多年过去了，我始终没有忘记这两档子事。这次马志友寻仇，我真想告诉他，如果杀了我能让他儿子复活，能让他消气的话，就直接来找我，和其他人没关系。"

"你还挺够意思。"

"我是大哥,是企业的负责人。历史上有多少人年少不更事时走过弯路?我是文天祥的后人,我不能为我的家族抹黑。我也不允许家族再有任何污点。"他说着眼圈竟然红了,"文延杰是他咎由自取,除此之外,我可以自豪地说,经过我二十年的努力,怀志文家是个恪守法纪、澄明达礼的家族,我也可以安心去见列祖列宗。"

泪水终于流了出来,文辉微抬起头,轻轻地冷笑两声:"宇昂被他姥姥接走了,文家现在只有我一个人啦。好在文延杰虽然糊涂,却都是自己背锅,没有做破坏文家声名的事情,否则我决饶不了他。"他擦了擦眼泪,摇头道,"扯远了,我再告诉你一件事,李警官,我从没杀过人,包括你们认为的那个人。"

(3)

本来李伟对文辉的自白没多大兴趣,正自昏昏欲睡,听他没来由地提到杀人,心下突然一动:难道他还有命案在身吗?忙竖起耳朵,只听到文辉的又一番辩解:"社会上都传季宏斌是我杀的,连孔自强也这么认为,还他娘的跑得挺远。其实我和季宏斌那事真没关系,我就是想给他家送点东西,谁知道没几天他就死了,完全是意外。他是酒后骑摩托车摔进水沟淹死的。"

"他和你说过马志友的事情吗?"

"没有,他从来不和我提这事。倒是我听赵保胜说,季宏斌瞒着我们,被马志友逼着指明过那两处有可能是他儿子自杀的地方。这家伙也有心眼,又怕马志友对他不利,走后又折回去悄没声儿地藏起来,亲眼看见马志友打捞上了儿子的尸体。不过这事马志友不清楚,宏斌也没和我说，怕我收拾他，其实我怎么可能那么做呢？"

李伟看了眼身边的林美纶，想起她拿回来的录音，好像孔自强还真是因为文辉才离开怀志远赴他乡。如此说来，这文辉还挺义气？李伟带着这个疑问离开留置室，开始了他的钻牛角尖之旅。

说是钻牛角尖之旅，是因为除了李伟，大家都认为案子的调查取证工作已经结束了。不仅如此，"安慕白疑似自杀案""胡梓涵中毒案"均和此案并案处理，专门召开了新闻发布会。杨坤代表警队发言，会后请大伙痛痛快快地喝了顿酒。

李伟那天回家了，没去和同事们聚会。出发前林美纶不知道从哪儿搞出来个盒子并递到他手里，说是送给他的礼物。李伟打开包装，发现是一个非常漂亮的蜻蜓标本，装在透明的标本盒中，黄蓝相间的身体和翅膀结合得异常紧密，看上去像是一只翩翩起舞的蝴蝶。

"这是南美彩裳蜻，南美洲独有的品种，我托人买的哦。"林美纶笑道。

李伟笑着收下礼物，说道："来而不往非礼也，那我也送你一个标本吧。"

"你打算送我哪个？"林美纶问。

"'侏红小蜻'怎么样，多漂亮。"

"那不是你的图腾吗，你打算飞出沼泽啦？"林美纶嬉笑道。

李伟点了点头，摆出一副相当认真的表情："对啊，迟早要飞出来，早点还能适应环境。"

"好啊，下次给我带来。"林美纶笑得自然。李伟见天气不早，简单地又和她聊了几句，开车回塞北。之所以这么急切是因为他的妻子快生产了。

在家忙了一个星期。周一早上，李伟送妻子上医院做检查，突然想起之前带马志友去第三人民医院做检查的时候，有份报告还没拿，便待妻子查完将她托付给家人，自己骑着车去取马志友的报告。他到了医院才知道，这份报告四天前已经被人拿走了。

四天前，马志友已经死了，他又没有什么亲人，是谁把他的报告拿走了呢？李伟让医院查了下记录，登记的姓名竟然是武卫军。这几年李伟的记忆力远不如前，坐在车上抽了支烟才回忆起来，这个熟悉的名字是马志友的战友，那个养老院的院长。

比起马志友来，武卫军显得比同龄人更老一些，一多半头发都已经白了。他丝毫没有隐瞒自己去取马志友病情报告的事，只是说他走了以后，战友们想把他的东西收拾收拾，送送他。想到马志友说过警察带他到第三人民医院检查的时候没有取报告，便跑了趟塞北。

"马志友知道自己的病情吗？"想到马志友完成了很多正常人都难以完成的事情，李伟就觉得他这个老年痴呆有水分。倒是武卫军对这事看得透彻，回答李伟的问话也毫不滞涩，比之前第一次见面显得更加从容一些。也可能当时要顾及马志友的感受，有些话不方便说吧。无论怎么说，他这会儿面对李伟更自然了。

"知道，其实马哥的病也不是那么厉害，除了少数时候都挺正常的，反正我感觉挺正常。对儿子的事也慢慢看开了，不像前几年那么撕心裂肺。"他给李伟倒了杯水，取茶叶的时候，李伟注意到他的右手缺了无名指和小拇指。武卫军注意到李伟在看他，笑道："打仗的时候被炸伤过，捡了条命，缺了两根手指。我这个养老院就因为这个还沾了点残疾军人的光，要不然我根本坚持不下来。"

"马志友是你的营长？"

"对，我们营长。"武卫军把茶水放到李伟面前，目光投向窗外，好像在回忆几十年前硝烟弥漫的战场，"我和老杜都是马哥的兵，我们的命也都是他救的，我们欠他一条命啊。"

"既然看开了，怎么他还选择了这么一条路。"李伟没接武卫军的话，事实上他不太愿意在这儿提起老杜。

武卫军看了他一眼，哼了一声："谁知道啊，可能他心里这个结始终没有打开吧。自从嫂子去世以后，他更消沉了，我开始以为是他伤心，谁知道还在盘算这个事。"

"他们两口子感情好吗？"

"好，马哥可是个好人，和媳妇相濡以沫一辈子，就是听她的话，最后才落了这么个结局。"武卫军感叹道。

李伟听他话中有话，忙追问道："你的意思是，他报仇的事是李玉英的主意？"

武卫军摇了摇头，似乎还在替马志友可惜："我不知道，我总感觉是这样。马哥非常听媳妇的话，当年就说过，等无牵无挂的时候，怎么也要找文辉讨个说法，说什么嫂子这辈子就这一个愿望，要不然死也不能瞑目。"他说到这儿沉默了一会儿，好像含了枚味道极重的橄榄，"当时我就担心出问题，结果最后成了这个样子。文辉虽然被抄了家，可人家不还是活得好好的吗？"

见武卫军主动谈到文辉，李伟觉得时机成熟了，问道："文辉卖马硕的车，被抓之后，马硕就失踪了。当年马志友组织人打捞儿子的尸体，后来结果怎么样？"

武卫军用怪异的目光看了李伟一眼，似乎有点不以为然："我只知道他找着了儿子的尸体，其他的一概不清楚。曹麟在这儿干过一阵儿，但和我们几乎没什么交流，他只听马哥的话。后来也不再上我这儿来了，马志友真没说过什么，这事我得跟你们说清楚。"想必是对李伟今天上门有些想法，武卫军一个劲地澄清自己。

李伟听他这么说，忙和他解释，说自己不是来问案的："我没这个意思，您别多心。我就是想知道一下当年的情况，毕竟时间过去太久了嘛。"

"我知道你想问什么，打捞尸体是邓光中的事儿，我就是把他介绍给老马了，其他的我没参与，这个你们一查就清楚。"武卫军主动说了自己知道的事儿，李伟心下暗喜，追问道："邓光中是谁？"

"是我们的战友腾连长的街坊，当年没事就在济梦湖打鱼，他组织了个队伍帮着马哥打捞儿子的尸体。"

"腾连长，他现在还在怀志吗？"

"早死了，听说邓光中也死了，当时就有六十岁了。你们要问，可以找找邓光中的外甥，叫——"武卫军想了一会儿，才道，"好像叫邢宪武吧。二〇〇〇年以后济梦湖禁渔，他改行在东风路菜市场开了个鱼行，卖了挺长时间的鱼，前几年我们养老院的水产啥的都在他那儿进货，从二〇一七年往后才不干了，具体干什么我就不知道了。"

"你有电话吗，给我一个。"

武卫军拿出手机翻了翻，找出一个号码给李伟："不知道还用不用了，反正我知道的就这么多。马志友虽然是我的老营长，我们关系也不错，但他和曹麟的事，我们真的什么都不清楚。"

"行，我知道了，谢谢你啊。"李伟谢过武卫军，离开利军养老院就打电话给邢宪武，对方一听来意马上就提高了警惕："啊，您好，我和马志友没什么联系，多少年都没见过面了。"

"我知道，我是问你别的事。"李伟打断了他的话，问道，"我问你，当年你舅舅帮着马志友偷偷打捞他儿子的尸体，你参与了吗？"

"我……"电话里的邢宪武好像有些害怕，半天才说出话来，"我当时才二十二岁，就是打个下手，真不知道是不是犯法。"

"那你见到他儿子的尸体了吗？"

"我没见过，当时我就是帮忙，都是我舅舅他们一夜一夜地下去找。"

"那你知道人是怎么死的吗？"

"什么意思？"邢宪武有些蒙，不知道李伟这话是什么意思。

李伟解释道："是死后被扔到湖里的，还是淹死的？"

"哦，当然是淹死的了，他不是自杀的吗？"邢宪武疑惑地问道，"当时谁都知道他是跳湖自杀的啊，要是谋杀那不就是警察的事吗？"

"你确认？"

"没错，我虽然没见着尸体，可我舅舅他们回来说了好几天，人肯定是自杀没错，怎么了？"电话里，邢宪武斩钉截铁地说道。

李伟又反复问了几句，确认回答无疑才撂下电话。

至此，李伟相信文辉最后和自己说的应该是真话。也许他是个做事不择手段的混蛋，可自始至终这个男人都认为自己是兄弟们的大哥，是那种有担当有负责的大哥，遇到事情的时候他要先帮兄弟扛下来。文辉重义气好面子，把个人和家族的荣誉看得比性命还重要。正因为如此，他才不喜欢文延杰，一直认为是他毁了文家的声誉。

从他对马志友的态度就可以看出来，文辉虽然坏却没有坏到底。最起码比起当年的赵保胜等人，他还算有良心。正因为如此，赵保胜这几年才跟着受了影响，经常做善事。马志友视文辉不共戴天，这事文辉不是不知道，他这几年也绝对有能力让马家在怀志无立足之地，可他没有这样做。

也许他小看了马志友复仇的决心吧。可这决心到底是马志友的，还是李玉英的呢？李伟觉得自己应该了解一下李玉英的情况，否则这个案子就不可能收尾。虽然已经结案，可它还没达到李伟的标准。既然宋局把案子交给了自己，就不能以结案为由草草将其画上句号，否则和当年的董立又有什么区别？

李伟骑着车漫无目的地游荡在怀志大街上，不知道该去找谁了解李玉英的情况。在案件侦破初期，他就让汪红了解过李玉英。除了马志友，她在怀志县没有任何亲人，父母早亡，唯一的哥哥李玉峰也早于她去世，再找其家人似乎也不一定能了解到什么。

想来想去，李伟猛地记起师傅高荣华说临退休前整理过一批档案，其中就有未破案件的所有原始资料，都存放在档案室里。也许从那里能找到点什么。想到这儿他立刻有了精神，骑着摩托车一溜烟就来到县局。

虽然"二四灭门案"已破，剩下的材料整理和补充细节其实才是最烦琐的工作。由于李伟是借调侦查，再加上他请了假，所以这些事务不用他参与，当然这也不是他的强项。当年他在市局的时候，就以查案和糊涂两样闻名全局。

所谓糊涂也不是说李伟真糊涂，而是指他这个人坐不住，经常把整理的报告档案搞得漏洞百出，无论怎么让他检查都是错别字连篇，气得上级都认为该给他配个专职秘书，也不知道他是怎么当老师的。否则，他手里的案子十有八九到了材料整理阶段就会超期，要不然就是材料违规，搞得全队人都帮他擦屁股。

对此李伟毫不在乎，他关注的往往是疑难案件的侦破，至于其他就是得过且过。如果满分一百，李伟的查案也许能打到九十以上，可其他工作加起来也不会超过五十分。正因为这样，宋局有时候才开玩笑说李伟像一只合格的猎犬，适合办案而不是文案。

此时，专案组里忙忙碌碌，大家都在埋头工作，冷不防看到李伟进来都吃了一惊。林美纶尤其高兴，一下子就扑过来伸出小手："我的东西呢？"

"什么东西？"李伟一脸茫然地望着她。林美纶秀眉微蹙，略带憾色，向李伟道："你又忘了，我的'侏红小蜻'呢？"李伟这才记起此事，忙赔笑道："不好意思，下次一定拿给你。今天临时想到一个问题，得去趟档案室。"

"干吗呀？"林美纶问道。李伟来不及和她解释，随口说了句查查李玉英的事，就往里走。林美纶还愣在原地，喃喃自语："查她干吗呀，不都完事了吗？"

杨坤听李伟来了也相当开心，拉着他说东道西，听说李伟想去档案室找李玉英的资料，知道他这不撞南墙不回头的脾气，便安排人陪他过去。

尾　声　惊鸿一瞥

　　李伟找到了李玉英的档案，高师傅清晰、工整的字体，一笔一画写得非常认真。上面不仅有李玉英的情况介绍，还有他父母以及重要亲友的简要资料，地址、工作单位、家庭成员甚至性格评述，而且有她从小到大的情况、品行概括。高师傅做工作的确称得上是县局的表率，向来一丝不苟。

　　在食堂吃过午饭，李伟骑着摩托车去找游慧芳，看档案介绍她应该是李玉英最好的朋友。此时刚过中午，游家也才吃完饭，看见李伟贸然到来，均有些手足无措。李伟忙给他们看了警官证，又解释说想补充一些关于李玉英的资料。其实马志友的事现在全城皆知，此时他来也算不得出乎意料。

　　游慧芳六十岁上下，花白的头发，身体看上去还算不错。她让儿子给李伟倒了杯水，然后拿了个沙发靠垫放到腰后，坐直身体对李伟笑了笑："腰不算太好。"

　　"想和您聊聊李玉英的事，其实也没什么。就是马志友的案子有些东西还要补充。"李伟边说边拿出笔记本做记录，游慧芳沉吟了片刻，悠然说道："李玉英从小就和我一块儿玩。她有小儿麻痹，小时候还能勉强走路，到了十岁左右，病情加重，逐渐就离不开轮椅了。不过她从小要强，向来用健康人的标准要求自己。那时候她在县里可有名了，都说她是'怀志张海迪'，文章写得漂亮，学习成绩名列前茅。要不是'文革'影响，考北大、清华也没问题。"说起李玉英，游慧芳好像有一车的话要说。

李伟今天没有准备什么问题，关于李玉英的一切他都想知道。虽然高师傅做了很多工作，之前的同事们也详细地调查取证，可他总觉得与真实的李玉英之间，像隔了一层薄薄的青纱，能看到却又模糊不清。所以他只是循着游慧芳的话头提示一两句，由着她往下讲。

"李玉英人长得挺漂亮，在我们那个年代也难得有这样的人才，像个电影明星似的，就是腿脚不好。她后来在县文联工作，每年都是优秀工作者，这是正常人都不容易做到的事。当年她父母的身体不好，就想给她托付个可靠的人家，可找来找去也没什么满意的。最后还是李玉英自己相中的马志友，两人才相恋结婚。"

"怎么是李玉英自己相中的马志友？"

"她妈带她去公园，看着马志友在看书，她觉得人不错，就让她妈推她过去和马志友说话。那时候马志友刚转业到怀志，不是很善于和女同志打交道，倒是李玉英主动大方，俩人才渐渐好了。"

"后来呢？"

"后来就结婚了呗，有了儿子马硕。本来还想再要一孩子，可惜当时计生工作抓得紧，被强行打掉了，再加上李玉英身体也不好，就没再要。谁知道马硕刚从警校毕业就出了事，李玉英这后半辈子都给毁了。"

看李伟杯中水尽，游慧芳又起身给李伟续了水，继续说道："李玉英也是苦命人，孩子死前他父母刚刚过世，老两口相差不到三年。她咬着牙什么都没说，就是每天看书写字，以前她除了名著以外不怎么读小说。儿子死后，为了排解寂寞，基本上是一本接一本地看，有点饥不择食的样子。"

"她都读什么书啊？"

"儿子去世以前，她是文联的副主席，除了工作以外，经常看些文学性强的书，还写过一些文学作品，像《怀志地方文学概论》《济北文学小史》，还有《文字的性格》都是她的作品。"游慧芳边说边从书架上找出几本李玉英早期的书，放到桌上。看得出来，这个老太太和李玉英也算知己，文学素养不低。

"之后她就不怎么写东西了，反正我印象中马硕去世以后，她什么也没写过。倒是和我说过，有机会写一个好作品给我们看，可后来什么也没写出来。看得倒很杂，可能也是为了打发时间，净看些侦探小说。"

"具体是什么？"

"福尔摩斯、阿加莎·克里斯蒂、奎因、约翰·卡尔、东野圭吾，都是挺有名的作家。"难得游慧芳记得这许多外国推理小说家的名字，只听她继续道，"有些书还是我推荐给她的，因为她以前不怎么看小说，看也是世界名著这个级别的作品。记得我有一次她和我说，除了福尔摩斯以外，还有什么有意思的侦破小说啊？我记得很清楚，她说的不是侦探，而是侦破。"

"她后来得什么病去世的？"

"癌症，胃癌。最后这几年李玉英特别消沉，连我见她都少。除了读书，她很少出门。最后人瘦得不成样子。临终前拉着我的手说：'慧芳，我先走一步了，你以后也要注意身体。'"说到这里，游慧芳语气明显有些沉重。

李伟一直没插话，这时候见她说得有些语塞，才安慰了几句，接着问道："您对马志友怎么看？"

"你是说他的为人还是这次的事？如果说为人，马志友是个好人，对李玉英也很好，两口子都没红过脸。要说他最近这个事，我也不知道他咋想的，也许就是觉得自己时日无多，不愿留遗憾呗。"游慧芳说得很自然，可李伟明显听出她对马志友怀有同情心。

话题就此搁置，两人好像突然没话说一样。游慧芳怔怔地望着窗外，似乎不愿再多说。李伟看多待无益，便起身告辞。他觉得两人虽然说得不多，可收获颇丰，至此给宋局的报告才能基本说清楚案件的来龙去脉。只是对于马志友和李玉英这点事，李伟还没想好怎么写。

　　回到县局打个招呼，李伟又开车往塞北赶，他最近老惦记妻子，就算有哥哥嫂子帮他照顾，他也放不下心。临行前林美纶又跑出来送他，李伟笑眯眯地朝她摆了摆手："你这是醉翁之意不在酒啊。"说着已经走远。

　　直到此时，李伟才觉心里一块石头落了地，好像大病初愈。琢磨着等妻子这边事情稳妥了就去找宋局一趟，这案子也该和领导汇报一下了。

　　就这样又过了两个星期，眼瞅着气温回升，春意已现。成小华的预产期也过了两天，可儿子还是没有出来的意思，李伟急得像热锅上的蚂蚁，把汇报案子一干事统统抛到了脑后。

　　直到这天中午，李伟坐在病房里给妻子削苹果，外屋哥哥嫂子侄子以及成小华的爷爷奶奶围坐了一群人，和大伙儿聊得正高兴，忽然手机响了，是林美纶打来的。

　　"这丫头，不是和我要蜻蜓的吧？"李伟嘀咕着走到外屋接起电话，却听到了一个让他无比震惊的消息：文辉被杀了。

　　如果不是林美纶打来，李伟根本不相信会发生这种事。他反复确认了几次才弄明白不是林美纶搞错了，文辉的确被人在家里杀了，杀人凶手还当场打电话自首，被送到了县局。并非旁人，正是文辉的前妻赵苇楠。

　　李伟简直要疯了，如果是其他仇人还好说，这赵苇楠怎么有动机去杀文辉呢？李伟放下电话，一直在屋里发呆，成小华把他叫过去问了原因，笑道："你就是操心的命，这时候待在这儿肯定心不在焉，不如去看看吧。"

　　"不去。"李伟回答得颇为坚决。刚说完这句话忽然听见身后有人喊他，回头一看却是嫂子："别装了，想去就去吧。我们这么多人还怕照顾不好小华啊？再说了，小华从怀孕到现在，你在家待了几天，不都是我和你哥照顾的她？"

李伟和哥哥嫂子一向不见外，也知道嫂子心直口快说的是实情，遂笑道："那也行，我去瞅一眼就回来。"说着过去又和成小华打了招呼，开着车心急火燎地往怀志赶。

"到底怎么回事？"一下车，李伟甚至来不及寒暄就直奔专案组，屋里一群人也迅速围上来给他介绍案情。

杨坤说道："人还在审讯室，要不你过去听听？"

"她说什么没有？"李伟指的是自首的赵苇楠。

"怪就怪在什么都没说，而且做好了善后工作。连孩子都托付给了别人，家里的房子、游艇都卖了，钱存入了孩子的账户。"杨坤说道，"态度很坚决，看来可以定罪，绝对不会交代为什么杀人。"

"人确定死了吗？"

"当场就死了，脑袋都快掉了。"牛智飞在一旁插言道，"这女人别看长得漂亮，下手可真狠。"

"这就怪了，怎么能没理由呢？"李伟决定会一会赵苇楠，希望再努力一把，看看能不能让她开口。

可惜，他失败了。

赵苇楠还是那么从容美丽，一点都不像杀人犯。她显然精心打扮过自己，虽然身上沾了不少血迹，可看上去丝毫不显狼狈。人也很恬静，无论李伟说什么都一言不发。

李伟要来了赵苇楠的手机，本想从里面找出点线索，可发现什么都没有，甚至连一张照片都没存。这引起了他的好奇心，把手机插到电脑上，通过一下午的努力，恢复了大部分数据。

通讯录、照片、微信、短信，李伟把数据看了一遍，没发现什么异常，直到最终看到一条备忘录信息——邮件发送倒计时：还有两天。

这句不明不白的话引起了李伟的注意，他来回在屋里踱着步子，把整个案件又梳理了一遍，想来想去只有一个地方和邮件有关，那就是马志友软禁赵苇楠的时候，在现场发现了一台笔记本电脑，曾经用 web 方式登录过邮箱，但当时没有破解开密码。

"杨队，上次马志友屋里那台电脑的邮箱密码破解了吗？"李伟问道。

杨坤愣了一下，随即叫来董立，才知道早几天技术部门已经把相关资料送过来了。

"没什么值得关注的东西。"董立说。

李伟要来邮箱密码，打开了马志友的电子邮箱。那里只有一封邮件，设置定时发送，日期正好是两天以后。李伟看了看邮件并无正文，附件是个压缩包，里面有几张照片。是份报告的影印版，准确地说，是份亲子鉴定报告，被检测的其中一方是赵羽枫，收件人是文辉和《塞外星闻》的投稿邮箱。

李伟听说过《塞外星闻》，是一家在省内很有影响力的综合媒体，以八卦新闻为主，有着高影响、低口碑的反差声誉。他关掉电脑，走出楼门，站在屋檐下点了支烟。

天黑下来，飘起蒙蒙细雨，雨雾弥漫着整个塞北市。电话响了，是嫂子打来的。她告诉李伟，成小华生了个男孩，六斤六两，母子平安。李伟激动地闭上双眼，仿佛看到浩瀚的宇宙中流淌着自己血液的那一抹生命正在熠熠放光。他挂断电话，看了看时间，然后翻出通讯录，找出宋建鹏局长的电话号码，拨了过去。

随着嘟嘟的两声等待音，电话接通了。

全文完

二〇二〇年二月二十九日于六中租处完稿

二〇二二年七月十三日日于家中九次修订

图书在版编目（CIP）数据

失独 / 朱琨著. — 北京 ： 北京联合出版公司，
2023.5
ISBN 978-7-5596-6764-9

Ⅰ．①失… Ⅱ．①朱… Ⅲ．①长篇小说－中国－当代
Ⅳ．① I247.5

中国国家版本馆 CIP 数据核字（2023）第 041627 号

失独

作　　者：朱　琨
出 品 人：赵红仕
策　　划：牧神文化
责任编辑：李　伟
特约编辑：华斯比
美术编辑：陈雪莲
排版设计：王　川
封面绘图：王琪萌

北京联合出版公司出版
（北京市西城区德外大街 83 号楼 9 层　100088）
北京联合天畅文化传播公司发行
上海盛通时代印刷有限公司印刷　新华书店经销
字数 254 千字　890 毫米 ×1240 毫米　1/32　10 印张
2023 年 5 月第 1 版　2023 年 5 月第 1 次印刷
ISBN 978-7-5596-6764-9
定价：59.00 元